El patio

THOMAS
KORSGAARD

El patio

Traducción de Blanca Ortiz Ostalé

RANDOM HOUSE

Papel certificado por el Forest Stewardship Council®

MIXTO
Papel | Apoyando la silvicultura responsable
FSC® C117695

Penguin Random House Grupo Editorial

Título original: *Hvis der skulle komme et menneske forbi*

Primera edición: mayo de 2025

Este libro ha sido publicado con la ayuda de la Danish Arts Foundation

Danish Arts Foundation

Printed in Spain – Impreso en España

ISBN: 978-84-397-4476-4
Depósito legal: B-4.542-2025

Compuesto en La Nueva Edimac, S. L.
Impreso en Liberdúplex
Sant Llorenç d'Hortons (Barcelona)

RH44764

Aunque no era muy mayor, era como si llevara la muerte dentro. Estaba siempre conmigo, en cierto modo. Al principio, yo jamás había visto morir a nadie, pero un crío sabe ya demasiado y al mismo tiempo casi nada de la muerte. Me preguntaba qué pasaría si mi padre se muriese al día siguiente. Como si solo la muerte pudiera cambiarlo todo. Si papá se muriese mañana..., me decía; pero entonces me embargaba una tristeza colosal que me cerraba el estómago y escocía como el hambre. No hay que pensar esas cosas. Aun así, esa idea me rondaba la cabeza sin cesar.

Si mi padre se muriese mañana, yo diría unas palabras en la iglesia. En las iglesias hay buena acústica, pero me temo que sería el único en decir algo. En mi familia no hay tradición de soltar discursos en las grandes ocasiones. La última vez que alguien lo intentó fue en la boda del primo Arne. Iba a casarse con Dak, una chica que se trajo de un viaje a Tailandia. Cuando la novia tocó con la cucharilla en la copa dispuesta a declararle amor eterno a su esposo en una mezcla de su lengua y un inglés macarrónico, mi tío le saboteó el discurso. Se levantó de la mesa y gritó «Salud» sin dejarle siquiera empezar a hablar. Dak se vengó durante años cocinando con muchísimo picante cada vez que recibían la visita de mi tío y de Jonna, su mujer. Fue el principio del fin de su matrimonio y de su permiso de residencia. En el entierro de mi padre diré unas palabras. No muchas. Se lo merece.

Mi familia vivía en pleno campo, al otro lado de la presa que quedaba detrás de la ciudad. Skive se alzaba en medio de la nada con sus altísimos silos y su estación, de donde salían más de doce trenes al día. Los trenes se dirigían a Copenhague y

Hamburgo. Todos los pueblos quedaban en mi lado de la presa. El agujero en que vivíamos se llamaba Nørre Ørum. Un arrabal de la oscuridad aprisionado en medio de un sinfín de poblachos. No creo que a nadie le haga ningún bien pasar allí mucho tiempo. Había demasiada muerte por todas partes. No pasaba día sin que las esquelas ocupasen una página entera del periódico. Mi padre leía el *Folkebladet* empezando desde atrás, y las esquelas eran lo primero que miraba. A veces nos las leía. Mira, se han muerto fulano, mengano y zutano. Pero la muerte en sí misma no era lo peor. Lo peor era que la pena no lograba abrirse paso. Como si se enquistara dentro de la gente y la cambiara. En mi familia tampoco lloraba nadie. La única era mi madre, que, para compensar, no paraba. Pero llegué a acostumbrarme. Si me salía lo bastante conmovedor, a lo mejor mi discurso hacía llorar a todos a moco tendido. La gente que nunca llora se vuelve muy rara. Se les apaga algo en la mirada.

Pondríamos largas hileras de lirios blancos por toda la iglesia de Nørre Ørum, aunque Jonna los detesta. No soporta ese olor tan penetrante. También habría que encender velas en el altar. Habría que ocuparse de un montón de cosas, aunque eso no evitaría que el de la funeraria nos trajese el ataúd media hora tarde. Su coche fúnebre, un Volvo 940 más que dudoso y sin filtro de partículas, se averiaría en la carretera. Pasa siempre que hay entierro en Nørre Ørum. Al final, el ataúd nos lo traería un gruista con chaleco reflectante, y Bent el Enterrador, que estaría esperando en el pórtico, se sacaría las manos de los bolsillos del mono para ir a recibirlo. Después iría a la nevera que tiene en el cuarto de las herramientas a buscar unas cervezas de las fuertes y se las tomaría con el de la grúa a la salud de sus muchos años de amistad. Por cierto, que Bent tiene que esmerarse en abrir hoyos bien profundos si luego no quiere líos con las autoridades. Pero él sabe lo que se hace, y si mi padre se muriese mañana, yo dejaría todo en sus manos sin dudarlo ni un segundo. En Nørre Ørum tienen experiencia en esto de la muerte, y morirse en Nørre Ørum ni siquiera es estar muerto. Es marcharse, o estar «muer», porque cortan el final de las palabras, y las más serias de todas las vomitan. No es un dialecto, es lo contrario: una lengua perdida.

Henning Antonsen, párroco de la zona y hombre curtido en entierros, es tristemente célebre por haber defenestrado el consejo parroquial. En su día, el pueblo estuvo a punto de convertirse en baluarte de unos forasteros que organizaban campamentos bíblicos y cosas por el estilo. Cuando, en vísperas de la elección del consejo parroquial, empezaron a ir a la iglesia todos los domingos, despertaron las sospechas de Henning Antonsen, que infiltró en el consejo a tres chiflados y así siguió mandando en su iglesia sin jaleos. Si mi padre se muriese mañana, Henning Antonsen propondría los tres himnos que escoge siempre, ya sea para una boda o para un entierro. Yo le habría pedido antes que desconectase el bucle magnético de transmisión del sonido para que la abuela, que lleva audífono, no oyese nada, pero él se negaría, porque todo el mundo tiene derecho a oír la palabra de Dios, y soltaría con voz chillona la misma monserga que suelta en todos los funerales –que el difunto era un hombre muy especial– con la nuez siguiendo arriba y abajo cada una de sus palabras.

«Querido padre», podría arrancar mi discurso, y seguro que ahí ya Jonna empezaría a cuchichear con mi tío, como siempre. Son propietarios de la granja de cerdos más grande de todo Herning y alrededores, y si mi padre se muriese mañana, ni por esas se libraba de la deuda que tiene con ellos.

Después no habría convite fúnebre, porque mi padre no tiene muchos amigos. Todos se irían directos a casa desde la iglesia y retomarían su vida donde la hubieran dejado. Tampoco estaría tan mal sin convite. La familia al completo se sentaría por decreto en los muebles de cuero de mi padre para pasar un buen rato. Con un par de banderitas a media asta en la tarta, el bíter Dr. Nielsen y demás elementos de rigor en ocasiones festivas, todo el mundo intentaría pasar el trago con su mejor sonrisa; verlo con cierto optimismo, porque en Nørre Ørum siempre hay algo que celebrar y, como diría Jonna, no hay mal que por bien no venga. Yo pensaría que esa es la misma mujer que siempre va por ahí diciendo que no está la cosa para tirar cohetes, y que ese pelo a lo paje se le pega demasiado a la cara.

Si mi padre se muriese mañana, yo sería su heredero. A menos que lo fuesen antes sus acreedores, entre ellos mi tío, yo no entiendo de esas cosas. Heredaría una granja abandonada, los perros locos, un calefactor eléctrico para los días más fríos del invierno, una partida de baldosas viejas, el pie de un árbol de Navidad sin estrenar, tres congeladores, un mono azul, una nevera americana que consiguió en un trueque y unos calzoncillos largos. Compondría mi discurso a base de recuerdos. De todo lo que debería recordar, lo que con más claridad viene a mi mente son los días que pasaron más despacio. La lentitud en mi pueblo es básica, y lo que ocurre en Nørre Ørum no sale de Nørre Ørum, como dijo Frank, el vecino, el día que le dio a mi padre cincuenta mil coronas en negro por una picadora de forraje. En el cementerio habría una lápida a ras de suelo. Estaría sin pulir y en ella solo estarían grabados el nombre, la fecha de nacimiento y la de la muerte. Si pronunciara un discurso, mi padre se convertiría en palabras. Supongo que siempre se puede decir algo bonito. No haría ninguna falta que fuese un discurso largo. Solo algunos comentarios sobre una vida y un buen cliché como colofón. Hay cosas que solamente pueden decirse cuando la gente está muerta.

1

Todo empezó cuando nos entraron ratas. Yo tenía doce años y mis padres eran inmortales. Ellos no veían las ratas como una señal de nada. Por las noches correteaban por detrás del zócalo de la cocina. Se habían abierto paso mordisqueando el aislamiento de la fachada y ahora se paseaban del otro lado de los cajones. Les oíamos las garras cuando pasaban zumbando por la madera. Se comían cualquier cosa que encontraran. Migas de pan y bizcocho del fondo de los cajones. Cebollas y patatas del armario de debajo de la pila. Hasta con las pastillas del lavaplatos y el antical se atrevían, y no les pasaba nada. Salía una peste asquerosa del nido que habían hecho al otro lado del zócalo. Mi padre había puesto una bandeja de plástico con veneno debajo de la pila. Era de un rosa intenso. Mamá nos tenía prohibido tocarlo. El veneno no hizo efecto y una semana después las ratas seguían vivas. Ni se habían acercado.

–La rata danesa ha desarrollado un altísimo nivel de resistencia –dijo mi padre.

–Podemos llamar a un exterminador –propuso mi madre.

–¡Quiiiiiita! –dijo él alargando mucho la i–. Frena, Lonny.

–No pienso seguir así, da un asco que te cagas.

–No hace falta llamar a nadie. Esto lo arreglo yo.

–Tú sabrás.

Mi padre salió y encendió una afiladora que tenía en el granero. Se oyó un chirrido que cortó la casa como un cuchillo. Luego volvió con una pala bien afilada en una mano y una palanqueta en la otra.

–Ahora veréis –dijo.

Entonces cerró las puertas de la cocina, arrancó el zócalo con la palanqueta y dejó que las ratas saliesen correteando por toda la habitación. Después fue de aquí para allá por toda la cocina con su mono azul, levantando la pala hasta los hombros y dejándola caer una y otra vez. Así partía las ratas por la mitad con un estruendo metálico cada vez que la pala atravesaba el suelo de linóleo y llegaba a los cimientos de hormigón. Una tras otra, se cargó a todas hasta dejarlas inmóviles en sus charquitos de sangre. A una casi la vuelve del revés. Cuando terminó, mi madre lo limpió todo con una bayeta. Luego mi padre volvió a clavar el zócalo y las ratas acabaron en el montón de animales muertos que teníamos en el patio. Los animales no se pudren hasta que los gusanos no se les meten por debajo de la piel y les invaden el cuerpo. Entonces empiezan a perder mechones de pelo lacios y pringosos, y cuando las moscas cagan en sus ojos secos empieza a oler. Terneros muertos de pulmonía, algún que otro gato muerto o una gallina hecha polvo después de un encontronazo con un zorro. A veces me quedaba mirando sin pestañear las pupilas de un ternero muerto y durante una temporada me dio por coleccionar los crotales que llevaban en las orejas. Mi padre les daba antibióticos como prevención, para que no se pusieran malos, pero no servía de nada. No era fácil vivir del campo con el ganado muriendo de esa manera, protestaba cada vez que sacaba del establo otro animal muerto. Una vez al mes venían a llevarse todas las carroñas de Nørre Ørum para quemarlas, pero en el patio siempre quedaba un remolino de bichos revoloteando y el olor nunca llegaba a irse del todo.

En la entrada de casa vivían unos ocho perros. Acababan de tener otra camada y mis padres no sabían ya qué hacer con los cachorros. A veces se ponían juguetones, pero tenían un aliento de mil demonios. A mi padre le encantaba tener perros, porque hacían exactamente lo que él decía. Había uno mucho más grande que los demás, un labrador que intentaba morderlo todo. Lo habíamos heredado de mi primo Arne. Dak, su mujer, se había empeñado en que lo sacara de su propiedad. Había destrozado una ventana a mordiscos y, además, en opinión de Dak los perros eran algo que había que comerse.

–¿Cuándo vamos a castrar a ese maldito labrador? –preguntó mi madre

–¿Quién ha hablado de castrarlo? ¿Estás zumbada?

–No podemos permitirnos tanto perro. No hacen más que tragar.

–Pero podemos vender los cachorros.

–¿Y cómo vamos a colocar cinco chuchos sin pedigrí?

–Pues colocándolos –contestó mi padre.

Mi madre se alejó rezongando, pero yo creía en él. Era capaz de conseguir casi cualquier cosa.

Durante la cena mastiqué despacio. Había oído en algún sitio que lo mejor para no estreñirse es masticar la comida más de treinta veces. No había nada peor que el estreñimiento. Era mil veces peor que la cagalera. Mi madre ya estaba fumando con un pie subido en la silla. Había empujado el plato hacia el centro de la mesa y lo estaba usando de cenicero. Mi padre estuvo royendo la espoleta del pollo hasta dejarla monda y lironda, y luego se la echó a los perros, que habían estado atentos durante toda la cena.

–Y ya no pidáis más –dijo después de lanzársela.

–Si te empeñas en darles de comer cuando estamos a la mesa, no van a parar nunca –le advirtió mi madre.

–Un hueso les podré dar, ¿no? –protestó él con la mano por debajo del mantel para hacerle carantoñas a uno de los perros.

–Pero así solo les enseñas a pedir comida en cuanto nos sentamos. Te tienen engatusado.

–¿Es que quieres empezar a darles de comer tú?

–Los perros son tuyos, yo lo único que digo es que nos salen muy caros.

–Los perros son *nuestros*, joder, que yo también te he visto acariciarlos. A ver si buscas trabajo ya de una vez.

–Que estoy de baja.

–Ya, ya, pero a ver si cuando nazca te das prisa y encuentras algo. Las cosas están muy mal.

–Ya se arreglarán –dijo mi madre al apagar el cigarrillo con fuerza en el plato.

Mi padre se sirvió las últimas patatas que había en la cazuela. Nina estaba en su silla tapándose las orejas. Intenté sonreírle.

–Tienes razón, podría ser peor –dijo mi padre respirando hondo.

A mi madre se le había puesto una tripa enorme. Estaba hinchada como un globo o como una calabaza. Me había contado que íbamos a tener otra hermanita. Mi padre y ella no hablaban mucho del tema. Les pregunté para cuándo. Mi padre dijo que aún faltaba. No sería antes de finales de año.

–¿Sabes lo que sale caro? –le preguntó a mi madre.

–No –contestó ella mientras empezaba a recoger los platos.

Rebañó todas las sobras y las echó a un cuenco grande. Para los perros. A veces añadían encima la salsa que sobraba, así se ponían bien acolchaditos antes del invierno, según decía mi padre.

–¿Sabes lo que sale caro? –repitió.

–Muchas cosas salen caras –replicó mi madre. Dejó el cuenco debajo de la mesa.

–Tener hijos, así que ¿no te parece que podemos permitirnos unos perros? –preguntó él mientras rascaba detrás de la oreja al más gordo de todos; luego se agachó a mirarle a los ojos y añadió–: Además, a los niños les conviene aprender a cuidar de un animal. Te quiero, gordinflas, eres un perrito bueno –le dijo al perro. Los demás se arremolinaron alrededor del cuenco dándose empujones para lamer la salsa.

–Pues yo prefiero un conejo –dijo Morten.

–Ya te estás quitando eso de la cabeza. Tenemos perros y en paz.

–¿Y por qué Tue puede tener peces? Eso es trampa –protestó Morten.

–Cállate la boca. Y una mierda va a ser trampa –contesté yo.

–¿A que te lavo la boca? –dijo mi padre. Era su amenaza cuando decíamos palabrotas. Que iba a lavarnos la boca con agua y jabón. Jabón de fregar.

–Ya me he duchado esta mañana –dije.

–¡A mí no me contestes!

Mi padre se mordió el labio y yo recogí los platos y los llevé a la pila antes de subir a mi habitación. Uno tiene que elegir sus luchas con cuidado, me había dicho una vez mi madre, y yo intentaba entrenarme.

Poco tiempo después, mi madre atropelló sin querer al labrador y lo echó al montón de animales muertos. Así fue como mi padre se enteró.

–¿Te das cuenta de que era el único macho? –gritó al entrar–. ¿Por qué cojones no miras por dónde vas?

–Ha sido un accidente.

–¡Era el puñetero labrador! Menos mal que nos dio tiempo a tener los cachorros.

Mi madre se llevó las manos a la barriga y fue a acostarse. Decía que el embarazo era agotador, que tenía muchas náuseas. Le habían salido unas estrías muy largas por la tripa. Dormía constantemente y a la primera de cambio se quedaba sin aliento. No tardaríamos mucho en vender los cachorros. Yo propuse que enterrásemos al labrador en el jardín. A mi padre no le pareció mala idea, siempre que fuese al pie de uno de los rododendros. Decía que la tierra ácida les venía bien. Me quedé al lado de Morten y de Nina viendo cómo cubría de tierra el perro. Después dio unos golpecitos con la pala en el montón y puso encima una piedra enorme que había encontrado al arar el campo que hay detrás de casa. Pasados unos días, trajo otro macho de un mercadillo. Un fox terrier que tampoco tuvo nombre.

2

Para Nochevieja, mi madre aún no había dado a luz. Había ido con mi padre al hospital unos días antes y desde entonces no había vuelto. Él, en cambio, volvió enseguida. Tenía mucho trabajo y se pasaba todo el día fuera, limpiando el establo y ordeñando a las vacas por las mañanas y por las tardes. Por eso nos cuidaban la abuela Ruth, madre de mamá, y O.P. Dormían en nuestra casa y tenían que mantenernos ocupados mientras esperábamos a la nueva hermanita. La abuela propuso que, por ser Nochevieja, pusiéramos la mesa en el salón para ver la tele mientras cenábamos. Se quedó a la entrada con su chaquetón amarillo puesto, sonriéndome. Había salido un momento a preguntarle a mi padre cuándo calculaba que acabaría en el establo. O.P. se acercó.

–¿Falta mucho para la cena? –preguntó.

–Lars aún no ha terminado –contestó la abuela.

–¿Y por qué no vamos preparando todo ya? Los niños tienen hambre.

–Muy bien.

–Podemos hacer estrellas fugaces,* seguro que echan alguna película buena, siendo Nochevieja –propuso O.P.

–Bueno, pero te encargas tú, que yo no soy un mesón ambulante.

El único problema era que O.P. no sabía cocinar, así que al final acabó haciendo las estrellas fugaces la abuela. Cuando fui

* Rebanada de pan blanco con filetes de pescado, espárragos… *(N. de la T.)*

a verla, la encontré en la cocina cortando un limón en rodajas. Luego las puso encima del pescado y se secó la mano con un trapo que llevaba atado a la cintura.

–¿Y tú qué, Tue? ¿También vas a querer que tu estrella tenga cola?

–¡Pues claro!

–¿Una o dos?

–¡Tres!

–Muy bien. Entonces ábreme esto.

Me pasó un frasco de espárragos empapado. No conseguí abrir la tapa, se me escurría entre los dedos cada vez que lo intentaba.

–No puedo –reconocí.

La abuela sacó del cajón un mazo para carne y se puso a darle golpes a la tapa hasta que por fin cedió. La desenroscó y resopló satisfecha.

–¡Toma los condenados espárragos! ¿Quieres tirar el caldo, Tue?

–¿No se puede aprovechar?

–No, qué asco, sabe a mierda.

Al acordarme de mi madre una vez más, ya no pude contenerme y pregunté.

–Abuela.

–¿Hummm? –murmuró ella, muy concentrada en colocar los espárragos encima del pescado.

–¿Por qué lleva mamá tanto tiempo en el hospital? –pregunté.

–No podemos decírtelo, pocholo.

–¿Y no podría venir solo esta noche?

–No, cielo.

–¿Qué le pasa?

Antes de que pudiera contestar nada, O.P. entró en la cocina.

–No son cosas para niños –murmuró mirándola.

Ella le mandó callar y le pidió que llevara los platos al salón. Casi nunca nos servían la comida en la mesa.

–¡Como en los restaurantes! –exclamó Morten. Estaba viendo la tele, pero no perdía ripio de lo que pasaba en casa.

Era imposible saber qué estaba ocurriendo, no querían decirnos nada. Mi padre directamente se negaba a hablar. Se pasaba todo el día con las vacas, y si alguien le preguntaba, cambiaba de tema. Empecé a inventarme historias de por qué no venía mi madre. A lo mejor la hermanita se retrasaba en salir. A lo mejor la comadrona estaba de vacaciones. A lo mejor mi madre se había muerto. No, no podía haberse muerto, nos lo habrían dicho. Los hijos son los primeros en enterarse cuando se mueren sus padres y, además, solo tenía treinta y seis años. Nadie se muere a los treinta y seis, pensé.

Fue muy raro celebrar el fin de año sin ella. En los demás pueblos habían empezado a tirar petardos ya por la tarde. Los cohetes nos pasaban por encima mientras se consumían en el paisaje helado. Los observábamos con la nariz pegada a la ventana. El cielo se ponía rojo e iluminaba toda la comarca. Como una batalla aérea perezosa que no había elegido su enemigo. Un nuevo año estaba en camino. El tiempo no terminaba de decidirse y la nieve derretida había vuelto a congelarse. Fuera, en la terraza, nuestro árbol de Navidad estaba en el suelo, en medio de unas líneas blancas de hielo. Lo habíamos tirado porque ya había empezado a perder hojas. Aún le quedaban restos de espumillón. Cada ráfaga de viento le arrancaba más agujas. Nosotros no habíamos comprado cohetes. A O.P. le parecía tirar el dinero.

–¿Podemos salir? –le pregunté después de cenar. Estaba en el sofá, viendo una película danesa antigua.

–Me temo que no. Ahí fuera hay un vendaval –contestó.

–Porfi –suplicó Morten.

La abuela trajo de la cocina una bolsita para nosotros.

–Qué iréis a hacer –dijo con un guiño.

–Nada –contestamos.

–Joder, Ruth –protestó O.P.

–Deja que lo pasen bien, es Nochevieja. ¿Vais a ir por ahí a gastar bromas de Año Nuevo?

–Qué va –respondí.

–Que no se os olviden las gafas protectoras –nos advirtió.

Eché un vistazo dentro de la bolsa; había unos cuantos cohetes para niños, se los enseñé a Morten. No teníamos gafas, pero eso me lo callé.

Ayudé a Morten a ponerse el buzo y le di la mano. Caminamos un buen trecho por el campo que había delante de la casa y abandonamos la idea de hacer saltar por los aires el buzón de los vecinos. Estaba demasiado lejos. Además, solo teníamos unas bombitas y un cañón de confeti. Cuando empezamos a tener frío, decidí que lo mejor sería dar media vuelta y volver a casa. Morten me siguió.

Mi padre por fin salió del establo. Se quedó dormido en el sillón delante de la tele. O.P. no paraba de reírse con la película que había puesto. Era de Chuck Norris.

–Chssst –le mandó callar la abuela señalando a mi padre.

O.P. hundió los dedos en un cuenco de salsa y empezó a chupárselos sin apartar la vista de la pantalla. Yo le di un traguito a la cerveza de mi padre.

–¿Dónde está mamá? ¿Por qué no nos lo decís? –preguntó Morten, pero siguió sin haber respuesta.

–No va a venir esta noche, pocholo –contestó la abuela.

Así que volvió a preguntarlo, esta vez a O.P.

O.P. puso una cara muy rara, pero no dijo nada.

El día menos pensado entrará por esa puerta, me dije. Estuvimos tanto tiempo en el sofá comiendo ganchitos y viendo pelis que no nos dimos cuenta de cuándo empezaba el año, y a la mañana siguiente nos despertaron los zarandeos de la abuela.

–¡Feliz año, chicos! –nos saludó.

La tele seguía puesta. Nina estaba sentada en el sillón de mi padre con un enorme bigote de leche. Solo tenía tres años y no entendía nada de nada. No se podía hablar con ella. Se me ocurrió la idea de salir a recoger los cohetes que habían tirado. Ya iba a echar a correr por los sembrados cuando vi que llevaba a todos los perros pisándome los talones. Les grité, pero no querían volver a casa. Los pantalones de esquí me quedaban grandes y me tropecé. Cuando logré levantarme, seguí corriendo con un saco enorme de basura a rastras. Los abetos azules de los lados del camino hacían que el invierno pareciese aún más frío. Cuando llegué a casa con los cohetes, los escondí detrás de la puerta del establo. Por abajo estaban negros como el carbón, y un par de fuentes fueron dejando un reguero por el suelo.

3

Uno de los primeros días después de las vacaciones de Navidad, me mandaron al despacho de la directora. No había nadie por los pasillos. Todo el mundo estaba en clase. Iba pegado a la pared, arrastrando la mano por los ladrillos amarillos. Aunque había dormido toda la noche de un tirón, me pesaba la cabeza y se me cerraban los ojos. En teoría podía pirarme, pero eso no traería nada bueno. Un día unos chicos de mi clase habían intentado irse en mitad de la jornada, pero un profe los pilló y los hizo volver.

Lo peor de que te mandaran a hablar con Margit era eso de tener que dar explicaciones. Margit siempre se empeñaba en que contara uno mismo lo que había hecho, y después te clavaba una mirada que hacía llorar a casi todo el mundo. Pero yo estaba curtido y conocía su método. Solo había que aguantar.

Casi siempre había líos cuando yo estaba en el colegio. Lo decía Inga, mi tutora, y no le faltaba razón. Líos antiguos que seguían cabreando a los profesores y líos nuevos que o bien tenían o bien podían acabar teniendo que ver conmigo.

Margit quería verme porque había vuelto a contestar a la profesora de hogar. Teníamos que preparar una comida de Navidad y yo no paraba de preguntarle a la profesora si había que echar vinagre al pudin de arroz. También había hecho una galleta gigante con toda la masa en vez de muchas pequeñas y la había metido en el horno. A ella no le hizo gracia, pero el resto de la clase se rio con la ocurrencia. Ahí sí que terminó de pillarse un buen rebote. Me chilló en toda la cara que el pudin de arroz lleva arroz y punto, pero eso no es verdad. Cuando se lo dije, señaló la puerta y me dijo que hiciera el favor de subir al despacho de Margit. Temblando de rabia.

Me senté frente a Margit y empecé a pasear la mirada de aquí para allá. Notaba que mis cordones tocaban el suelo si columpiaba los pies. Casi nunca me los ataba, se tardaba demasiado. En el despacho de al lado se oía a la secretaria tecleando sin parar. De vez en cuando sonaba un teléfono que nadie cogía.

–Tue, te has convertido en el payaso de la clase –empezó.

–Qué va –dije.

–Es el papel que estás asumiendo, Tue. Y yo creo que tú vales más que eso.

–Pero ¿qué es lo que he hecho? ¿Me lo puedes decir?

–Te lo tomas todo a guasa, pierdes el tiempo… y si fuera solo eso no pasaría nada, el problema es que también se lo haces perder a los demás.

–Mmm –murmuré sin más. Me puse a mirar al suelo, no me apetecía escucharla.

–Esto no funciona –dijo sonriente, enfundada en un jersey color turquesa y sin parar de hacer clic con el bolígrafo.

–¿Por qué me tienes manía? –le pregunté.

–Eso no es verdad.

A su espalda había un cuenco de cristal lleno de caramelos de nata Werther's. Una vez les dio unos cuantos a Michael y a Kris por hacer las paces después de estar peleados varios meses.

–Tienes que empezar a comportarte como los demás –dijo.

–¿Por qué?

–Porque aquí tiene que reinar el orden.

–Margit, ¿me dejas tu móvil para que llame a mi padre? –pregunté.

Asintió con cara resignada.

–Eso no va a hacer que cambie de opinión –dijo.

Cogí el teléfono, marqué el número de mi padre y le pedí que viniera al colegio. Antes de colgar, también le pedí que me trajese algo de comer.

–Ahora viene –anuncié.

Margit sacó un periódico y me lo puso delante.

–Para esto estamos intentando prepararos –dijo dándole unos golpecitos con el dedo.

Mientras esperaba a mi padre, me mordí las uñas y les pinté gafas y bigotes a todas las caras del periódico. Margit siguió escribiendo en el ordenador. De vez en cuando entraba la secretaria con notitas de gente que había llamado.

Cuando por fin llegó mi padre, se tiró un buen rato hablando con Margit. Yo esperaba en el pasillo y no oía lo que decían, pero salió furioso.

–A ver si te portas bien, me cago en la leche –dijo pasándome la tartera.

Dentro había tres rebanadas de pan con ensaladilla rusa. Yo odiaba la ensaladilla rusa, mira que se lo había dicho un millón de veces.

–Si me porto bien –dije.

Él negó con la cabeza.

–¡Pues pórtarte mejor! –dijo.

Margit y él habían decidido que lo mejor era darme el resto del día libre para recapacitar. Antes de irme, vacié la tartera en la papelera de Margit. Ella puso cara de asco.

–Nos vemos mañana –me despedí.

–Supongo que sí –suspiró ella.

Cuando llegamos a casa, no hablamos más del tema y fui al establo a ver los petardos. Pero ya no estaban.

–¿Tú has visto mis petardos? –le pregunté a mi padre.

–¿Los que había detrás de la puerta?

–Sí.

–Están abajo, donde la caldera.

–¿Por qué los has puesto ahí?

–¿No eran para tirar? Entonces qué más te da que los use para encender.

–No, los colecciono.

–Pues es una colección un tanto curiosa.

–Claro que no.

–Claro que sí.

–¡Que no!

–Para ti la perra gorda –zanjó mi padre.

Los petardos estaban delante de la trampilla de la caldera. Había doce y una fuente, pero esa no contaba. Tenía que salir a buscar más antes de que otro se los llevara. Estaba sentado en el suelo sucio del establo, cuando oí la voz de la abuela al lado de los cubículos de las vacas.

–Lars, vais a tener que ir saliendo hacia el hospital. Acaban de llamar. ¡Va a ser ahora! –gritó.

Me acerqué. La abuela llevaba las chanclas de mamá y estaba pisando una boñiga enorme. Ni siquiera se había puesto el abrigo. Mi padre dijo que le pidiera a O.P. que terminase de ordeñar las vacas. Cuando me vio, se quedó mirándome fijamente. Luego dejó la horca apoyada en el muro.

Cuando llegamos a Viborg, mi padre señaló un edificio alto al otro lado de una glorieta.

–Ese es el hospital, ahí habéis nacido todos.

–Me acuerdo –dijo Morten.

–Qué te vas a acordar –dije yo.

Nina solo babeaba mientras mi padre metía el camión en el parking subterráneo del hospital. Todo se volvió oscuro. Aparcó en un hueco muy justo entre dos coches pequeños, colocó el disco en el parabrisas y cerró con llave.

–Vamos –nos dijo, y nosotros lo seguimos.

Al parecer, había estado allí muchas veces. Se sabía los pasillos y las puertas. Cogimos un ascensor. Yo apreté todos los botones y tuvimos que ir parando en todos los pisos.

–¿Pero qué cojones haces, payaso? No hay tiempo para tonterías –dijo mi padre.

Me apartó la mano de los botones de un golpetazo. Cuando estampó sus nudillos contra los míos, vi las estrellas. Me apoyé en la pared y me quedé mirando el botón rojo de alarma. Me entraron ganas de averiguar qué pasaría si le daba, pero me faltó valor. Desde Nochevieja, mi padre estaba muy raro. En uno de los pisos donde paramos se montó una señora con bata blanca. Bajó la vista y me sonrió, y yo intenté devolverle la sonrisa sin mirarla a los ojos. Cuando el ascensor por fin llegó a la maternidad, nos bajamos. La señora de la bata siguió subiendo. Mi padre cogió en brazos a mi hermana y nos llamó a mí y a mi hermano.

–Quedaos quietos aquí –dijo, y luego se fue a hablar con otra señora en bata.

–Mis condolencias –oí que le decía a mi padre.

Vinieron hacia nosotros y la mujer nos acompañó hasta una habitación. Llamó a la puerta y, después de abrir, dijo:

–Adelante.

Entramos con ella. Mi madre tenía un cuarto para ella sola. Al lado de la cama había una cunita con ruedas. También había flores en un jarrón y una tele apagada en una mesita móvil. La enfermera se acercó a mi madre y le cogió la mano.

–¿Cómo te encuentras? –le preguntó.

Pero ella no contestó.

–Está aquí tu familia –intentó la enfermera.

Mi madre se frotó los ojos y se incorporó un poco en la cama. Tenía cara de cansada y apartó la vista; luego se echó a llorar. Era la primera vez que la veía llorar, pero no me atrevía a consolarla. No voy a saber hacerlo, pensé, aunque quería intentarlo. Estaba a punto de darle un abrazo cuando empezó a hablar mi padre.

–Mamá ha estado inconsciente.

Tenía la mirada petrificada mientras sujetaba a Nina en brazos. Morten había cogido una naranja de un frutero y la hacía rodar por el suelo del pasillo. La naranja hizo que se abriese una puerta automática.

–Ven aquí –dijo mi padre, y Morten se acercó a la cama.

Estábamos todos alrededor de mi madre. Tenía la cara muy pálida. Apreté los puños para controlarme, no era buena idea que yo también me echase a llorar. Pero no pude evitarlo. Las lágrimas me corrían por las mejillas y no era capaz de decir nada. Mi madre me cogió la mano.

–Ahora ya estoy despierta. Tranquilo –dijo.

–Pero ha pasado una cosa de la que tenemos que hablar –siguió mi padre.

–Sí –dijo ella.

–Al final no va a venir una hermanita.

–¿Por qué? –pregunté.

–Se ha muerto.

–¿Cómo? –quise saber.

–En la tripa de mamá. Son cosas que a veces pasan. Podéis verla si queréis. –Y señaló la cunita con ruedas que había al lado de la cama.

Me acerqué a echar un vistazo. Había un bebé con el cuerpo lleno de moratones. Los párpados cerrados se le hundían en la cara, tenía el pelo finísimo.

–Se va a llamar Stine –dijo mi padre.

–¿Por qué va a tener nombre si ni siquiera ha llegado a vivir? –pregunté.

–¿Cómo se te ocurre preguntar una cosa así? Tendrá que llamarse de alguna forma. Tendrá que tener un nombre.

4

El entierro sería al cabo de unos días. En cierta forma tenía ganas de que llegara, aunque sabía que no sería un buen día. Pero era mi primer entierro y nunca estaba de más ir aprendiendo esas cosas. Iba en el camión con los demás, intentando imaginar qué pasaría. Volvíamos al hospital a recoger el pequeño ataúd blanco en la capilla. Mi padre había llevado algunos dibujos nuestros de hacía siglos. Los metió en el ataúd.

–Así Stine se lleva unos regalos vuestros –dijo pasándome la mano por la nuca.

Vino un señor a atornillar la tapa. Hacía frío en la capilla. Había corriente y no me quité el abrigo. Nos quedamos un ratito mirando el ataúd cerrado. Nadie parecía decidirse a hacer nada. El del destornillador preguntó si necesitábamos algo más, pero mi padre dijo que no, le dio las gracias y se limpió los zapatos en el felpudo. El señor les dio la mano a mis padres.

–Mis condolencias. No se preocupen, seguro que será un día muy bonito –dijo.

Llevamos el ataúd a la iglesia en el camión. Cabía perfectamente en la parte de atrás. Nos sentamos en primera fila. Mi padre oía al pastor con la mirada perdida. No entendí muy bien las cosas que dijo. Daba un poco igual. Detrás de mí estaba la abuela, llorando. Tuve que aguantar la respiración, no me quedó más remedio. La mano de mi madre agarró la mía, temblaba como una hoja.

Mis padres ayudaron a bajar el ataúd a la fosa; a mi madre casi se le cae la cuerda. La abuela me dio una flor.

–Échala ahí –me susurró señalando hacia la tumba.

Lancé la flor a aquel hoyo hondo que se abría en la tierra. Fue a parar a la tapa del ataúd.

–Adiós, mi pequeña Stine –dijo la abuela.

También estaban el tío y Jonna, pero se quedaron en un segundo plano. Habían venido un montón de viejos del pueblo. Casi todos llevaban bufanda y gorro. Después se acercó la yaya a darle un abrazo a mi madre.

–Esta vida es un misterio –dijo. Había ido a muchos entierros, siempre alardeaba de ello.

El tío se acercó con Jonna, que le había pasado el brazo por la cintura.

–Nuestras condolencias –dijo al estrecharle la mano a mi padre. No se la soltaba, se quedó ahí sacudiéndola un buen rato hasta formar un atasco en la fila de personas que querían darnos el pésame.

–Gracias, Chresten. Y gracias por ayudarnos con todo esto.

–No pienses en eso ahora. Estáis pasando un momento muy difícil –dijo.

Luego siguió hacia mi madre y le dio un abrazo.

–Gracias –dijo ella.

–Si hay algo más que podamos hacer, no dejéis de decírnoslo. Para nosotros no supone ningún problema. Tenemos que ayudarnos unos a otros.

–Gracias, Chresten –dijo mi madre, y el tío la soltó.

Allí de pie, con su vestido negro, volvió a echarse a llorar. Llevaba unas botas de cuero muy resistentes que dejaban unas huellas enormes en la nieve que aún quedaba. Le asomaban por los bordes los calcetines térmicos verdes, siempre tenía los pies helados. Mi padre le echó un brazo por los hombros.

–Levantaremos cabeza, ya lo verás –le dijo después de darle un beso en la mejilla.

El tío y Jonna se quedaron un rato allí, mirándolos. Luego él se sacó del bolsillo unos guantes grandes y negros de cuero y se los puso. Dio unas palmaditas y echó a andar hacia la salida. Jonna fue detrás de él. Habían aparcado a la puerta de la iglesia. El tío presionó la llave y abrió su coche. La yaya me dio un tirón de orejas. Yo estaba al lado de Morten pateando la nieve para desenterrar un poco de hierba.

–Tenéis que ser buenos con vuestros padres. Ahora van a necesitar que os portéis muy bien –dijo.

–Claro. No te preocupes –le dije yo.

–Eso está bien. –Hablaba con voz severa. A mí no me caía bien, aunque siempre era muy amable.

Siguió hacia donde estaba Henning Antonsen y le dio las gracias por la bonita ceremonia. Su mujer había montado una mesita de camping plegable con té y pastas para quien quisiera, pero casi todos se estaban marchando. No había mucho de que hablar.

La tumba estaba en un rincón del cementerio, al lado de la fosa común. Aún no tenía lápida. El tío la había encargado el día anterior, pero el marmolista tenía mucho trabajo. Algunos ramos llevaban largas cintas de seda con el nombre de los que los enviaban. El colegio había mandado tulipanes azules y morados. A mi padre le pareció todo un detalle, pero yo al día siguiente fui a la iglesia y los quité de la tumba. Los lancé por detrás de la valla de piedra. Rodaron colina abajo y acabaron en el campo. Llevaba conmigo un cohete y lo dejé sobre la tumba en su lugar.

5

Había tres señoras mayores en la puerta. Casi nunca aparecía nadie así, sin avisar. Vinieras de donde vinieras, la granja estaba lejos.

Yo iba en calzoncillos. Una ráfaga de viento se coló en la casa y tiró al suelo unos catálogos de ofertas que había en la mesa de la entrada. Una de las señoras, la que iba al frente, llevaba la voz cantante. Se había puesto un pañuelito alrededor del cuello y un abrigo negro. Tenía un montón de folletos en la mano.

–¿No deberías ponerte algo encima, amiguito? –me preguntó.

No me hizo ninguna gracia eso de amiguito.

–¿Es que nunca has visto un culo al aire?

Las señoras de detrás pusieron una cara rarísima, pero la de delante hizo como que no me había oído.

–¿Podemos hablar con tu padre o con tu madre? –preguntó–. Nos gustaría muchísimo.

Le miré los pies. Llamé a gritos a mi padre con la esperanza de que me oyese desde el salón. Estaba mirando el precio de las acciones en el teletexto, como hacía todas las tardes después de limpiar el establo. Aunque no tenía acciones.

–¿Papá? –volví a chillar.

–Sí, ¿qué coño pasa? –gritó él también.

–Aquí hay unas señoras que quieren hablar contigo.

Salió al pasillo con todo el mono lleno de mierda de vaca.

–¿Qué queréis? –preguntó.

–Hemos sabido de vuestra pena y vuestra desgracia, por eso hemos venido a traeros la buena nueva –dijo la de delante. Y le dio los folletos a mi padre, todo el montón. Las otras dos sonrerían, nerviosas.

Me escondí detrás de mi padre y esperé a que hablara. Sabía que las señoras se traían algo entre manos y que él les iba a soltar una de las buenas. Las iba a dejar sin habla. Carraspeó un par de veces y las señoras de atrás retrocedieron un poco.

–Vosotras no sabéis nada de nada –les dijo.

–Pero tal vez encontréis una respuesta en los folletos –la señora los señalaba muy sonriente.

Mi padre le echó un vistazo a la portada del de arriba. Había una imagen de Jesús con un titular enorme: ¿EXISTE EL DIABLO? Lanzó un suspiro.

–Sí, existe el diablo –dijo.

Las señoras asintieron mirándolo intensamente.

–Y soy yo –añadió. Luego se partió de risa y ellas pusieron cara de ofendidas.

–Creíamos que podrían ayudaros a encontrar respuestas –dijo la de delante.

–Largo de aquí –les soltó mi padre. Arrugó el folleto y se lo devolvió–. Y llevadle esta mierda de folletos al que os ha mandado aquí con ellos… o metéoslos allí donde nunca os llega el puto sol de vuestro Dios.

Las señoras volvieron a su coche. Mi padre no se movió. La puerta seguía abierta. Entonces se quitó la camisa de cuadros rojos y me tapó con ella.

–¿Y tú por qué cojones no te pones más ropa? Con el frío que hace.

–Intentaré acordarme la próxima vez –contesté.

En la camisa quedaban algunas briznas de paja que me pinchaban. Entonces vi que mi padre tenía los ojos húmedos.

–Condenadas fanáticas –dijo moviendo la cabeza de un lado a otro. Se tapó la cara con las manos y soltó un gruñido por la nariz. Se le quedó un pegote de mocos en una mano.

–¿Estás llorando, papá?

–No.

–Que sí, papá, estás llorando.

–No, no estoy llorando. Deja ya de decir eso.

–¡Si lo estoy viendo!

–¿Y no serás tú el que está triste?

–Un poco.

–No te preocupes, todo irá bien

–Pero ¿por qué dices que no estás llorando?

–No podemos estar todos hechos polvo al mismo tiempo. ¿Quién va a consolar entonces a tus hermanos pequeños?

Me abrazó con sus manos huesudas, después cerró la puerta y me quitó la paja de la camisa.

6

A mi padre le pareció buena idea que algunas mañanas le echase una mano en el establo antes de ir a clase. Total, tampoco dormía por las noches. Tenía tantas cosas en que pensar que me daba lo mismo levantarme y ponerme a trabajar. Había mucho que hacer antes de que los de Arla viniesen a por la leche. Mi trabajo consistía en mezclar el sustituto lácteo para los terneros. Venía en un saco grande que se guardaba donde el tanque de la leche. Un día llené el cubo de agua caliente e iba a añadirle dos cucharadas, pero el saco estaba mal apoyado contra el muro y cuando fui a agarrarlo se cayó y se desparramó todo. Los polvos se disolvieron en la porquería del suelo. Le pregunté a mi padre a gritos qué podía hacer ahora. Vino a la sala de ordeño meneando la cabeza.

–Ya no sirve para nada. ¿Ahora qué van a comer los terneros? –preguntó.

–No sé –contesté.

–No es momento de liarla –dijo él.

–Lo siento –me disculpé, pero él solamente suspiró y me mandó que subiera al camión.

–Para esto es mejor que te vayas ya al colegio. No tienes ganas de estar aquí, te lo noto. No te lo tomas en serio.

–Ha sido un accidente, papá.

Pero él arrancó y nos fuimos.

Me daba igual. Yo no tenía mano para las cosas prácticas. El reloj marcaba las 06.55.

–Piensa un poco en lo que has hecho –me dijo mi padre al parar frente al colegio.

Entré en el patio y traté de abrir la puerta principal. Estaba cerrada con llave. Uno de los conserjes estaba encendiendo una barredora con unos auriculares puestos. Me acerqué y me puse a hacer aspavientos para que me viese. Él se quitó los auriculares.

–He llegado un poco pronto –le expliqué.

–Ya te digo.

–¿Me puedes abrir?

–No sé si debo.

–¿Y no podrías abrirme de todas formas?

–Supongo que sí. Pero no rompas nada o me echarán la culpa a mí.

Sacó las llaves sin dejar de mirarme con cara de asombro. Fuimos hacia la puerta.

–Cuando yo era crío, lo que nos gustaba era llegar tarde –dijo hablando como para sí. No dejaba de mirarme. Luego me preguntó–: ¿Tú no te llamas Tue?

–Pues sí –contesté.

–Entonces sé quiénes son tus padres. Conozco a uno que conoce a tu tío y se ha enterado de lo que ha ocurrido. Lo siento mucho –dijo abriéndome la puerta–. ¿Cómo están?

–Bien –respondí.

–¿Qué pasó exactamente? No sería un accidente, ¿no? –preguntó.

–No sé. Nadie lo sabe.

–Vaya, es que corren por ahí muchos rumores, ya sabes. Así que es mejor preguntar.

–No te preocupes, todo irá bien.

–Qué remedio –dijo volviendo a su barredora.

Eché a andar por el pasillo que llamamos Thomsens Allé y entré en el aula. Colgué la mochila del respaldo de mi silla y miré a mi alrededor. La clase parecía un sitio muy frío así, vacía. De repente se apagaron los fluorescentes del techo. Levanté un brazo y se volvieron a encender. Me puse triste de golpe, pero es que estaba cansado. El día se me estaba haciendo largo. Algo tenía que pasar.

Pensé escribir en la pizarra, pero no se me ocurría nada especialmente gracioso. Después de cantar, teníamos clase de lengua con Inga a primera hora y no me apetecía nada quedarme allí. Últimamente no me apetecía estar en ningún sitio. Bajé a los vestuarios. Había un desodorante abandonado, un bote de Axe que se había dejado alguno de los mayores. Lo llevé a clase; aún faltaba media hora para que tocase el timbre. Cuando cerré la puerta, oí unos tacones altos por el pasillo. Pasaron de largo. Sería la secretaria. En su despacho tenía un archivador donde guardaba bajo llave informes de todos los alumnos que habían pasado por el colegio. Sobre sus notas y su conducta. Cuando estuve bien seguro de que la secretaria se había marchado, estiré el brazo y apreté a tope el desodorante mientras contenía la respiración. Lo fui rociando por todas partes mientras me paseaba entre las mesas, hasta que lo vacié. Boqueando para intentar coger algo de aire, salí al patio. Me escondí en una casita donde solían jugar los pequeños y fingí que había llegado tarde.

7

En el acuario de mi cuarto había cada vez más guppies. Había empezado teniendo tres. Uno azul y dos naranjas. El acuario era gigante y tenía en la parte de arriba un fluorescente en diagonal. Todas las mañanas les daba de comer. No había que echarles más de una o dos escamas en total. Había quedado con varios chicos de clase en que intercambiaríamos algunos cuando tuviese bastantes. Lasse tenía un pez disco. Era un auténtico friki, y hasta iba a ver peces a exposiciones. Me había contado que el disco es el más caro que venden para acuarios normales de agua dulce, por eso solo estaba dispuesto a darme uno a cambio de diez guppies.

A veces me sentaba en mi puf y me buscaba el pulso con los dedos. Es bueno saber que estás vivo. Fuera se fundían los restos de la nieve que quedaban en la grava. Mi padre entró sin llamar. En realidad nadie de mi familia llamaba, y eso que había hecho un cartel bien grande y lo había puesto en la puerta. Mi madre no quería que pegásemos cosas en las puertas. Acababa de pintarlas. Mi padre entró dando tumbos con sus botas de agua y puso perdida la alfombra.

–Ven a ayudarme –dijo.

–¿A qué?

–¡Tú sube al camión!

No acababa de saber si estaba enfadado o no. En cualquier caso, era mejor obedecer. Salí con él y me monté en el camión.

–¿Adónde vamos?

Mi padre giró la llave en el contacto y nos pusimos en marcha.

–Necesito que me ayudes a una cosa.

–Ya, pero ¿A QUÉ?

–Ya lo verás.

Me pasé todo el viaje mirando por la ventanilla. No sabía de qué hablar con mi padre. Prefería ir viendo el paisaje. Me sentía agotado, pero no podía dormir. Pasamos por delante de un antiguo albergue, un edificio de madera negra. Había algo siniestro en él y en el camino en general. Reconocía el lugar, pero seguía sin tener muy claro adónde íbamos. Dejamos atrás extensos campos y atravesamos grandes plantaciones de pinos por las que alguien había abierto una pista. Al fin llegamos a un sitio que me sonaba de mucho tiempo atrás. Al bajar por un camino de grava con una casita de juegos destartalada al fondo, supe adónde íbamos. La enorme granja apareció al final del camino. Un olor desagradable se coló en el camión a pesar de que llevábamos las ventanillas subidas. Mi padre aparcó y bajó.

–¡Ven! –gritó mientras cerraba la puerta.

Le seguí. En la entrada principal había dos leones blancos de escayola, uno a cada lado de las escaleras, pero mi padre echó a andar hacia la parte de atrás de la casa. Un gallardete con la bandera danesa ondeaba al viento en mitad del patio. El cordón de poliéster chocaba rítmicamente contra el altísimo mástil. El primo Arne cruzó el patio montado en una minicargadora verde y levantó dos dedos a modo de saludo. Era el encargado de llevar el pienso del granero a las pocilgas de los insaciables cerdos. Iba oyendo la radio con unos cascos que tenían la antena oxidada. Mi tío nos recibió a la entrada del establo vestido con un mono blanco. Nos dio unas botas de agua y un mono desechable blanco a cada uno. Por cuestiones sanitarias, explicó. El mono que me tocó me quedaba grande y me colgaba por las manos y los pies. Me remangué las mangas y las perneras con varias vueltas sin dejar de preguntarme para qué habríamos ido. Atravesamos el gran establo. Pasamos junto a los cerdos listos para el matadero y junto a los cerdos más jóvenes hasta llegar al fondo, donde tenían a las cerdas que iban a parir. Estaban aplatanadas sobre el cemento a la luz roja de las lámparas de calor. Una cerda grande que estaba pariendo chillaba como una condenada. Cinco cerditos se arremolinaban alrededor de sus tetas, tiesas y al rojo vivo, pero la cerda aún no había terminado de parir. Aún le asomaba la cabeza de otro cerdito. Se había quedado atascado.

–Hay que sacar a ese lechón de ahí como sea, Tue. Tú tienes las manos pequeñas y puedes agarrarlo. Arne y yo llevamos toda la mañana intentándolo, así que es una emergencia –me explicó el tío.

Yo procuré que no se me notase el miedo.

–¿Crees que sabrás? –me preguntó mi padre.

–Sí.

–Es muy importante que esa cerda no se muera.

–Toma estos guantes.

El tío se los sacó del bolsillo de la pechera y me los dio. Me los puse sin dejar de preguntarme cómo iba a meter la mano dentro de la cerda y agarrar al cochinillo sin que la madre chillase ni me cocease.

–Hay que darse prisa. –El tío levantó la voz.

Me puse en cuclillas y encogí la mano todo lo que pude.

–Hemos hecho progresos bastante notorios en la productividad numérica de las cerdas, estamos muy orgullosos –le dijo el tío a mi padre.

–Me alegro por vosotros –contestó él.

–Bueno, no está nada mal. Ya es una cosa palpable –siguió el tío.

Yo conseguí agarrar la cabecita del lechón. Una sensación húmeda y caliente me oprimía la mano. El guante de plástico era muy desagradable. Al notar los pelos del cerdito retiré un poco la mano. La cerda pataleó. Yo me asusté, solté la cabeza y saqué la mano.

–Haz algo, hombre –me dijo mi padre.

Lo intenté otra vez.

–Qué te cuesta hacerle ese favor a tu tío –insistió.

Tenía tensos los labios y la nariz, se me había puesto rígido todo el cuello. Metí de nuevo la mano en la vagina mientras la cerda chillaba a coro con el resto de cerdos de la pocilga. No lo conseguí y tuve que sacarla otra vez.

–Vamos, hostias –dijo el tío–, no me vengas con remilgos. Ya no hay tiempo para eso, carajo.

Lo intenté una vez más y tiré del lechón lo más deprisa que pude. El animal salió solo, con la cabeza por delante. Después cayó la placenta en medio de un charco de sangre. Cogí al cerdito del suelo. Tenía dos ojos negros y bizcos. Lo observé esperando a que alguien dijera algo.

–Se ha asfixiado –dijo el tío. Luego me lo quitó y le dio varios azotes con la palma de la mano–. Está «muer». Del todo.

Me miró, pero yo no sabía qué decir. Volvió a pegarle. Agaché la cabeza y me quedé mirando al suelo. El olor caliente de la sangre era asqueroso. El tío se sacó unas tijeras del bolsillo y dio varios tijeretazos al aire antes de cortarle el rabo al cerdito muerto. El rabo cayó al serrín tibio levantando un remolino de partículas. Luego el tío lanzó el cochinillo muerto a una carretilla. El metal retumbó.

–¡Listo! –dijo.

–Lo siento mucho –le dijo mi padre; se le veía nervioso, tenía la frente empapada. Me tiró del brazo.

El tío sonrió con aire contrariado.

–¡Son cosas que pasan! –exclamó sin dejar de escarbar con la bota en la tierra.

–Lo siento –dije mientras los cerdos chillaban por toda la pocilga.

El tío soltó otra risita. Luego fue hacia la salida dando grandes zancadas con sus botas altas. Puso la radio y encendió el sistema automático de alimentación.

8

Mi madre encontró trabajo en una fábrica de ventanas. Era una de las fábricas más grandes de la zona. Su amiga Bitten le había recomendado que solicitara el empleo. Contrataban a cualquiera que estuviese dispuesto a aceptar un sueldo bajo, y mi madre dijo que necesitábamos traer dinero a casa. Se pasaba las noches de pie frente a una cinta transportadora, clasificando cierres y escuadras de metal. Era la única danesa. Todos sus compañeros eran orientales, por eso las mesas eran muy bajas. Y ella tenía dolor de espalda. En los últimos años habían cerrado muchas fábricas de muebles, pero, según mi madre, ventanas siempre iban a hacer falta. No empezaría a cobrar hasta pasado algún tiempo. Antes tenían que ver si valía para el puesto. Hasta entonces, el Ayuntamiento iba a darle algún dinero.

–¿Es divertido? –pregunté un día.

–¿Divertido? Yo no trabajo para divertirme –me contestó.

–Entonces ¿para qué?

–Pues para poder darte algo que comer –dijo.

De repente tuve una sensación muy desagradable en el estómago. Como si se me hubiera pasado el hambre. Mi madre dormía casi todo el día y trabajaba por las noches. Cuando volvía a casa, ya nos habíamos ido al colegio, así que era mi padre quien se ocupaba de nosotros. Aunque seguíamos haciendo lo mismo a las mismas horas, las cosas cambiaron mucho. Cuando nos levantábamos por la mañana, él estaba en el establo. Se notaba que había pasado por la cocina. El frasco de mostaza fuerte estaba en la mesa al lado de una taza de café vacía; «El mejor padre del mundo», ponía. Había un par de colillas recientes en el cenicero. Quedaba parte de una rebanada de pan negro al lado de un trozo de queso reseco y una pila de folletos con ofertas. La cafetera seguía encendida. Él volvía cuando ya estábamos desayunando. Mi madre siempre nos dejaba fuera la caja de cereales Guldkorn y un litro de leche.

–A ver si acabáis de una condenada vez, que tenemos que marcharnos –decía.

Aún no había ido nadie a ayudar a Nina a vestirse. Mi padre tenía que ir a buscarle ropa y ella no quería ponérsela. Él le gritaba que íbamos con prisa y que tenía que ponerse lo que le había sacado.

Todos los días nos llevaba al colegio en el camión naranja. Aunque ya tenía sus años, jamás fallaba por las mañanas. La pintura de la carrocería tenía unas manchas de óxido enormes. Cuando mi padre arrancaba, echaba el cuerpo hacia el parabrisas y pisaba los pedales con todo su peso.

–¿Podemos poner la radio? –pregunté un día mientras salíamos del patio dando marcha atrás.

–Si coge la señal –contestó él.

Había encontrado un transistor viejo en el desván y lo había encajado en la guantera. Sonaba mal, con ruido de fondo. El parte meteorológico anunciaba lluvia. Salimos a toda pastilla por la carretera. Mi padre estrujaba el volante con una mano y en la otra un cigarrillo. La ceniza le caía en el regazo cada vez que pillábamos un bache. Tenía el salpicadero lleno de envoltorios viejos con manchas de salsa remoulade. También había una multa. Estaba convencido de que dejándola ahí despistaría a los vigilantes del aparcamiento. Del retrovisor colgaba un llavero con un peluche raído. El polvo de los caminos se colaba en el camión y secaba el aire. Nina tosía. Morten iba pegado a la ventanilla tarareando una musiquita muy fastidiosa. En realidad solo había sitio para tres, pero como éramos cuatro teníamos que apañarnos.

–Me estáis aplastando –protestó Morten.

Mi peso y el de Nina lo aprisionaban contra la puerta. A mí me daba miedo que un día saliese despedida.

–Dejad de hacer el idiota –dijo mi padre acelerando más aún. Como si quisiera fanfarronear.

Pasé una mano por detrás de la cabeza de Morten y eché el seguro.

–Papá, vas demasiado rápido –dijo Morten.

–¿Prefieres llegar tarde a clase? –replicó él.

–No, papá.

Luego mi padre escupió en el parabrisas y comenzamos a ir cada vez más deprisa mientras peleaba con la palanca de cambios. Siempre tenía mucha saliva. Una vez mi madre me explicó que eso son cosas de fumadores. El escupitajo se quedó ahí vibrando hasta que empezó a resbalar dejando un rastro de caracol por el cristal. Abajo, entre los asientos, había una taza blanca medio llena de café. Chapoteaba y salpicaba. Aun así, mi padre no apartaba la vista de la carretera. Le pregunté si podía bajarme antes de llegar. Me daba vergüenza aparecer en ese camión tan viejo.

–Olvídate –dijo él.

–¿Por qué?

–Porque lo digo yo.

A Morten y a mí nos dejaba a la vez, Nina iba a la guardería, cerca de allí. Me puse la mochila y cerré con un golpe la puerta oxidada. Mi padre dijo algo desde dentro, pero no lo oí. Se asomó por la ventanilla. Había unos chicos del curso de los mayores al lado de la caseta para las bicis, cuchicheando y riéndose. Mi padre volvió a abrir la puerta.

–¡Hasta luego, mierdecilla! –me gritó. No conseguí adivinar si estaba de broma o lo había dicho en serio.

Morten ya estaba cruzando el patio para encontrarse con sus amigos. Oí que mi padre salía del aparcamiento acelerando y tocando la bocina. No quise darme la vuelta. Los chicos de la caseta se rieron aún más fuerte cuando pasé por delante. Di un rodeo. Me escabullí por el sendero de detrás.

A cada paso que daba, notaba que mi almuerzo iba dando tumbos en mi mochila. Casi no llevaba libros. La noche de antes mi padre me había preparado rebanadas de pan negro cortadas por la mitad y untadas con paté y mantequilla. Mientras daba ese rodeo para ir a clase, sabía que se estaban destrozando. Que cuando abriese el paquete a las once y media, las vería convertidas en un amasijo incomible. Pasé corriendo por delante de las placas solares, entré en el patio sin que me vieran y me metí en el gimnasio. El recorrido era lo suficientemente largo para llegar al salón de actos justo cuando sonaba el timbre sin tener que hablar con nadie. Cantábamos todos los días a las ocho en punto. Los profesores decían que así empezábamos mejor el día. Margit dirigía las reuniones.

–Buenos días, chicos y chicas. Tenemos por delante un nuevo día y empezamos, como siempre, cantando juntos.

Por lo general cantábamos himnos. Canciones a Dios. Para Dios. Sobre Dios. Pero esta vez fue distinto. Margit gritó el número de la canción que íbamos a cantar y todos localizamos la página y empezamos.

–¡*Crescendo*! –nos gritaba si cantábamos muy bajo los primeros versos.

Al final todo el salón se llenó de voces infantiles: «Aquí yace Jens el Peón, el que tantas piedras puso, y ahora no tiene una, para cubrirle la tumba». Cantamos a grito limpio y cruzamos los dedos para que saliera bien. Margit se tomaba muy a pecho el ritual de la canción de las mañanas.

–Os habéis empleado a fondo. Muy bien, muy bien –nos felicitó.

Después venía la parte de los anuncios de carácter práctico y sobre objetos perdidos, y para terminar rezábamos el padrenuestro. Todas las clases en fila de una pared a otra con sus tutores detrás, vigilando que todos uniéramos las manos. Pero Inga, nuestra tutora, no estaba.

–Inga Bartholin está de baja, los de quinto vais a tener una sustituta durante algunas semanas –anunció Margit.

Pegué un respingo. O sea, que estaba enferma. En su lugar había una señora gorda con una camiseta de Talk Talk que no se fijaba mucho en lo que hacíamos con las manos. Ella ni había unido las suyas. Margit dijo que se llamaba Lisbeth.

–Tienes que juntar las manos –le susurró Anna a Lisbeth cuando iba a llegar la parte de la oración, pero ella solo movió la cabeza a un lado y otro con una sonrisa y se metió una mano en el bolsillo.

Anna parecía inquieta y se puso a recitar el padrenuestro aún más alto.

–Amén –dijimos todos a coro, y ya podía empezar el día.

9

Esa noche me puse malo. No era nada serio, habíamos cenado nuggets y me había mareado. Mi padre no se creía que fuese en serio.

–¿Qué pasa, tienes cuentitis? –me preguntó.

Pero por la noche tuve ganas de vomitar. Me había quedado en el sofá mirando al techo mientras los demás se iban a la cama. Mi padre no quería que viese la tele cuando ellos tenían que dormir. Yo no paraba de ponerme y quitarme el edredón, no me aclaraba y no sabía si tenía frío o calor. Oí que mi madre bajaba las escaleras. Los perros le ladraron y ella los mandó callar antes de entrar en el salón.

–¿Por qué no estás durmiendo?

–Estoy malo.

Me miró y se acercó a ponerme la mano en la frente.

–Estás ardiendo –dijo.

–No pienso volver a comer nuggets en mi vida. La culpa la tiene papá, que no sabe cocinar.

–Hay un montón de cosas contagiosas por ahí últimamente, no creo que los nuggets tengan nada que ver.

–Que sí, que han sido los nuggets.

–No puedes estar seguro.

–Antes me encontraba bien.

Se volvió hacia la puerta. Sabía que estaba a punto de darme las buenas noches y cerrar, pero yo quería que se quedara un poquito más.

–¿Mamá?

–Ahora qué pasa.

–¿Cómo se llama O.P. en realidad?

–¿Y no te da lo mismo?

–Pues no.

–Se llama Oluf Peter. ¿Por qué lo preguntas?

–Es el marido de la abuela. No está de más saber cómo se llama.

–Es un subnormal, Tue.

–A mí me parece muy majo.

–Pues no lo es.

–¿Por qué?

–Mi madre solo se casó con él para tener guardaespaldas.

–Ese no es guardaespaldas ni de coña.

–No, pero es grandote y la gente le tiene miedo.

–¿A O.P.?

–Sí.

–¿Por qué?

–Porque cuando quiere puede ser odioso. En sus tiempos era un broncas.

–Venga ya.

–Pues es verdad. A mi padre una vez le rompió los dientes.

–¿A tu padre?

–Sí.

–¿Por qué a él?

–Era alcohólico, pero ya hablaremos de eso cuando estés bien y seas algo más mayor.

–Pues a mí O.P. me parece un tío divertido.

–Tú no lo entiendes, Tue. ¿Te traigo una cola? Viene bien para el estómago.

–No, gracias, no es el estómago. Es todo.

–¿Quieres que abra la ventana?

–No, pero creo que voy a vomitar.

Mi madre fue a buscar un cubo. Me lo puso al lado del sofá, y me trajo el refresco.

–Toma –dijo abriéndolo.

Le di un buen trago y noté las burbujas en el estómago. Después fue como si me hubiese salido pelo en los dientes.

–¿Ayuda?

–Un poco.

–¿Te encuentras mejor ahora?

–Un poco –contesté. Notaba que estaba a punto de quedarme dormido.

10

Mi madre se hizo una herida en el dedo anular porque en el trabajo nuevo se le cayó una pieza de hierro enorme en la mano. Al cabo de unos días, la herida se infectó y le salió una ampolla amarilla por el centro.

–Son cosas que pasan –dijo, y fue a buscar una aguja para reventarla.

Luego puso la mesa. Ese sábado la yaya iba a venir a tomar café. Mi madre le había preguntado si quería que fuésemos a recogerla a la parada del autobús, pero ella prefería andar. Mi madre decía que era muy cabezota. Me pidió que pusiera los cubiertos en la mesa, y justo cuando colocaba el último cuchillo, la yaya estaba limpiándose los zapatos en el felpudo de la entrada.

–Muy buenas, Lonny –dijo al darle la mano a mi madre. Cuando vio la herida le preguntó–: ¡Qué cosa más asquerosa! ¿Es que te has pillado la mano?

–No, es lo que pasa por trabajar duro –dijo mi madre riéndose, pero la yaya no se rio.

–Qué me vas a contar a mí –contestó.

Luego tiró de un extremo de su pañuelo de seda, que se soltó solo. Se lo guardó en una manga de la chaqueta y la colgó en el atestado perchero de la entrada.

–¿No tenéis perchas? –preguntó.

–¿Tú ves alguna? –dijo mi madre.

La yaya soltó un gruñido, entró y se sentó a la mesa de la cocina. Cuando su viejo cuerpo aterrizó en la silla, se oyó un suave golpe sordo.

–Hola, yaya –dije yo bajando de un salto de la encimera para ir a saludarla.

–Muy buenas, Tue, cariño –dijo estrujándome–. ¿Has echado de menos a tu yaya?

–Supongo –contesté.

–Eso está bien –dijo ella.

Me di cuenta de que me estaba examinando la cara.

–Tienes unos ojos bonitos de la leche –soltó–. Y eso que aquí los únicos que tienen ojos castaños son los inmigrantes. Pero te favorecen.

Yo me quedé sin saber muy bien qué decir. Ella se volvió hacia mi madre.

–Bueno, Lonny, y por lo demás ¿qué tal?

–Pues tirando.

–¿Ya le habéis pagado a Chresten el entierro?

–Todavía no. Acabo de empezar a trabajar. Antes nos tienen que volver a cuadrar las cuentas.

–Que no se os olvide. No conviene tener deudas. Y menos con la familia.

Mi madre apartó la vista y apagó la cafetera, que había empezado a borbotear. Sacó la tostadora de un armario y la enchufó.

–Tenedlo muy en cuenta. Las cosas no pueden seguir así.

Mi madre no contestó, pero se puso un cigarro en la boca y encendió la tostadora.

–Ahora hay que tirar para delante y solucionar el tema.

–Ya te he oído –respondió mi madre tragándose el humo.

–Bueno, bueno, Lonny.

La cocina quedó en silencio. El humo azulado del cigarrillo iba invadiendo la habitación. La yaya me miró y luego volvió a mirar a mi madre.

–Llevó ya quince años sin fumar, ¿y sabes lo que te digo?

–No –contestó mamá–, seguro que no lo sé.

–No me he arrepentido ni una sola vez. Ni una.

En ese momento se abrió la puerta y entró mi padre. Esa tarde había tenido una reunión con los del banco. Hacía tiempo que no lo veía tan sonriente.

–¿Qué tal ha ido? –preguntó mi madre.

–¡Ha ido!

–Pero ¿qué tal?

Él la abrazó y le dio un beso en la boca.

–¿Ha ido bien? –insistió mi madre, y él asintió.

Según ellos empiezo a ser un hombre con posibles.

–No está mal –dijo mi madre sonriendo.

–Entonces tenéis que devolverle el dinero a Chresten –se metió la yaya.

–Muy buenas, mamá –dijo mi padre. Luego se acercó a darle un abrazo.

–Hola, hijo mío, ¿así que estás haciendo dinero? –le preguntó ella agarrándolo fuerte por los hombros. De repente estaba de mejor humor.

–Ya veremos. Es por esos francos suizos. He decidido invertir todas las tierras en ellos y ahora mismo no hacen más que subir, están por las nubes –explicó–. ¿Has tomado ya café?

–Nada mal, Lars. Sí, Lonny está haciendo.

–Muy bien –dijo mi padre.

La yaya tenía las piernas cruzadas. Mi madre tiró a la basura el filtro del café.

–¿Lo quieres con azúcar?

–No, gracias –contestó la yaya–. Nunca lo tomo con azúcar.

Mi madre le puso la taza delante. La yaya bebió un sorbo y me preguntó si quería pasar con ella los primeros días de las vacaciones. Después Nina y Morten podían ir a pasar una semana cada uno.

–Así tus padres podrán estar algún tiempo a solas cuando se vayan a dormir los pequeños –me dijo. Luego añadió mirando a mi madre–: Por si queréis intentarlo otra vez.

A veces a la yaya le brillaban los ojos como a un ternero lleno de vida. Eran esos ojos que hacen rendirse a la gente, yo solía ponerlos en el colegio cuando quería escaquearme de algo.

–Ya veremos –dijo mi madre.

–Yo iré a tu casa de vacaciones, claro que sí –le dije a la yaya con una sonrisa.

–Me parece muy bien –dijo ella–. Lo vamos a pasar estupendamente.

11

Encima del conductor del autobús había un cartel que decía que estaba prohibido hablar con él mientras conducía.

–¿Se te puede hablar ahora? –pregunté cuando paramos en el arcén.

–¿Por?

–Por nada. ¡Solo quería darte las gracias por el viaje!

–Pues de nada, eres un chico muy educado.

–A veces –contesté mientras bajaba.

La yaya había prometido venir a buscarme a la parada y allí estaba, agarrada a su andador.

–Muy buenas, Tue, cariño –dijo con su vocecilla acercándose mi cabeza con la mano.

Echamos a andar por la acera. No sabía de qué hablarle. Las ancianas que paseaban al sol nos sonreían. Algunas se paraban a saludarnos.

–Qué mono es –dijo una mientras me acariciaba el pelo y me apretaba con un dedo la punta de la nariz.

–¿A que sí? –contestó la yaya.

En el pueblo de la abuela no había más que viejos. Jamás vi a nadie por debajo de los cuarenta. Yo tenía la ropa toda sudada. Mi madre me había preguntado por qué no me ponía unos pantalones cortos, pero yo había preferido llevar los largos. Aún iba a volver el frío.

–¿Es uno de esos niños de acogida durante las vacaciones? –preguntó otra abuela que pasaba.

–Qué va, es mi nieto –presumió la yaya con la frente muy alta.

–¡No me digas! Pues que paséis buenas vacaciones.

Y aunque caminaba apoyándose en un andador enorme, la señora se alejó por la acera a todo gas.

Me fui a dormir prácticamente nada más llegar para estar descansado al día siguiente. Por la mañana, me desperté en el lado de la cama que la yaya todavía llamaba «el lado de Ejler». Ella estaba haciendo solitarios en la cocina. Iba dejando las cartas sobre la mesa una a una con un murmullo incomprensible. Era como si llevase dentro una pequeña furia, aunque jamás decía lo que la enfurecía.

–Buenos días, Tue, enseguida están las gachas.

–Buenos días, yaya.

Estaba oyendo un concurso por la radio, un cacharro antiquísimo de Bang & Olufsen que había encima de la nevera. Al fuego, detrás de ella, hervían los copos de avena en una masa pastosa. Sin necesidad de timbres ni huevos temporizadores, se levantó, dejando el solitario a medias. Las gachas habían cocido el tiempo necesario, tenían la consistencia justa para, una vez en el plato, poder abrirles un huequecito donde meter un pegote de mantequilla. Nos sentamos a comérnoslas. Hice unos surcos para que la mantequilla llegase hasta el borde del plato. La yaya llevaba puesto su pijama violeta de satén y el pelo lleno de rulos eléctricos, yo una camiseta descolorida del trabajo de mamá. Mientras desayunábamos, la abuela alternaba entre añadir otra carta al solitario y soltarles unos gritos a los concursantes de la radio. Hacía tiempo que ya no llamaba al programa, aunque siempre había querido participar. Había llegado varias veces hasta la música que te ponen cuando te dejan en espera, pero el tipo grosero que filtraba las llamadas siempre acababa por descartarla. «¡Dichosa gente de Copenhague!», gritaba entonces, aunque la redacción del programa estaba en Holstebro. A veces hasta a mí me costaba entenderla, de tanto que farfullaba.

–Me voy a dar una ducha –dijo poniéndose en pie.

Fue al cuarto de baño y siguió oyendo la radio desde allí mientras ajustaba la temperatura con la alcachofa en la mano hasta que el agua salió templada. Luego volvió a colocar la alcachofa en su sitio y buscó con la mano la esponja grande. La yaya siempre llevaba un peine en el bolsillo y cuando se vestía, se peinaba delante del espejo. Luego volvía a guardarse el peine. Solía llevar una falda negra y una camisita blanca que tenía unas manchas amarillentas a la altura del hombro. No parecía haberse fijado en ellas. Después apagaba el transistor y empezaba a revisar los folletos con las ofertas del súper.

–Ven, Tue, tenemos que hacer planes –me dijo.

Yo me senté a mirarla en un taburete al otro lado de la mesa. Elegía por sistema las mejores ofertas y, tras hacer una lista, llenaba de bolsas de plástico viejas la cesta del andador y bajaba al pueblo a hacer la compra. Yo la seguía, sin más. La yaya no era muy habladora. Yo tampoco tenía mucho que decir. Siempre compraba las mismas cosas: huevos de gallinas criadas en jaulas, leche entera y tomates nuevos de una granja de Fionia. En la panadería, pedía siempre medio pan de molde con semillas por encima.

–Es que soy yo sola –le decía a la joven dependienta sin la menor intención de que la compadeciera.

Era más bien una declaración de guerra, la yaya contra el mundo, y cuando tenía el pan encima del mostrador, dejaba a cambio un billete recién planchado. Luego pedía el tíquet con insistencia y recontaba si le habían dado bien el cambio antes de echar a rodar el andador en dirección a su casa de ladrillo rojo, en una bocacalle del pueblo al que había venido a pasar su vejez. Era una casa que le compró el tío cuando murió Ejler. La casa donde iba a morir la yaya, se decía en mi familia.

En la pared de la cocina, por encima de la mesa, había un póster de un cuadro de Van Gogh. La terraza de un café parisino por la noche.

–Es una auténtica obra de arte –decía ella–, el que la pintó estaba loco y se cortó una oreja.

Durante el día, la yaya tenía la sala de estar cerrada con llave, pero encima del sofá había un reloj antiguo al que había que subir las pesas dos veces al día. Al lado había una foto aérea gigante de una granja. La yaya y Ejler la llevaron juntos un montón de años. Yo no sabía gran cosa de mi abuelo, solo que murió una Nochebuena pocos años antes de que yo naciera. No era el tipo de persona del que la gente hablara, y por eso me alegraba de no haber llegado a conocerlo. Estaba convencido de que no era un buen tipo. En las paredes de casa casa de la yaya había platos por todas partes. Se los habían ido regalando por el día de la Madre. El tío le daba uno todos los años hasta que los de la Royal Copenhague se quedaron sin motivos que pintar y dejaron de fabricarlos.

En el jardín había una mesa blanca de plástico. Allí nos dábamos palizas mutuas jugando al Rummy, bebíamos zumo de grosellas y comíamos galletas maría mientras las mariposas sufrían golpes de calor. Al lado estaba el invernadero, donde yo solía esconderme durante las reuniones familiares. Por las ventanas colgaban grandes racimos de uvas ácidas. No le daba bien el sol. Aun así, de ese invernadero salían las primeras fresas del pueblo todos los años. Cuando se reunía la familia yo me encerraba allí a reflexionar, aunque estaba muy lejos de saber que era eso lo que hacía. La yaya decía que era el invernadero más bonito del pueblo porque no había rastro de hierbajos ni verdín. Llevaba muchos veranos cultivando fresas, tomates, uvas y pepinos. También algunas rosas, ásteres y varias plantas de judías. Pero ese verano estaba casi todo marchito, unas babosas voraces habían invadido el invernadero. Durante el invierno se habían caído un par de cristales. Y aunque el tío se ofrecía continuamente a echarle una mano, ella siempre se negaba. Luchaba sola contra las babosas. Se tomaba muy a pecho su exterminio. Había leído en una revista que podía matarlas echándoles sal. Pero al día siguiente llegaban nuevas babosas. Y al siguiente había el doble. Lo intentó cortándolas por la mitad de una en una viendo cómo les salía de dentro un amasijo marrón. A la mañana siguiente había más babosas que nunca.

–Aquí quien manda es la yaya –murmuraba para sus adentros mientras las iba echando dentro de un cubo.

Yo me senté en una esterilla a ver cómo las rociaba con agua hirviendo, a ellas y a las plantas.

–Les mataremos los huevos, Tue, ya verás, les mataremos los huevos y sanseacabó –dijo, sosteniendo el hervidor por encima de las plantas.

La yaya siempre quería ocupar el puesto más alto en la cadena alimentaria. A mí no me gustaba el espectáculo y me metí en casa. La puerta de la sala estaba cerrada con llave, pero era fácil de abrir con un cuchillo de untar. Enchufé la tele y la encendí. Había un programa en sueco del que no entendía ni jota. Subí las piernas al puf y dejé el programa puesto sin hacerle mucho caso. Se estaba a gusto. La yaya llamó a la puerta con los nudillos. Aún llevaba puestos los guantes.

–¿Cómo narices has entrado aquí?

Me llevé un susto al oír su voz.

–La puerta estaba abierta –mentí.

–¿Y no crees que es mejor dejar la tele para esta tarde? –preguntó.

–Psé –dudé.

Ella la desenchufó y el aparato se apagó.

–Se te van a quedar los ojos cuadrados con tanta televisión. ¿Es que en tu casa no hacéis otra cosa?

–La verdad es que no –contesté.

–¡No seas impertinente!

Me levantó del sillón con sus propias manos y me soltó una tobita en el hombro.

–Venga –gruñó.

Volvimos al jardín; aún quedaban babosas vivas. Le pregunté a la yaya cuándo iba a morirse ella. No era más que una idea que se me había ocurrido, pero si antes no estaba enfadada conmigo, ahora, desde luego, sí lo estaba.

–¡Pero qué pregunta es esa!

–Pero ¿cuándo vas a morirte?

–¡Y yo cómo coño voy a saberlo! Pero bueno, tú calcula que aún falta mucho –contestó mientras clavaba un cuchillo en la tierra.

Desde luego, hay respuestas que no aclaran demasiado, pensé, y le sonreí.

12

Era la primera vez que llevaba a casa a alguien del colegio. Lasse y yo hicimos a pie todo el camino desde la parada de la iglesia. Era un buen trecho, así que apreté el paso con la esperanza de que pudiera seguirme el ritmo o no nos quedaría tiempo para jugar.

–Vas demasiado deprisa –protestó–, me duelen las piernas.

Pero seguí, porque funcionaba: al cabo de un rato estábamos en el patio. Al llegar me dolían las piernas tanto como a él, pero fingí que estaba tan fresco.

–Puaj, qué mal huele aquí –dijo Lasse arrugando la nariz.

–Es que estamos en el campo –dije yo.

–Qué va, a lo que apesta es a mierda.

–Qué dices. Claro que no –insistí.

–¡Que sí! ¡Que aquí apesta a mierda!

–Cierra la boca, Lasse, y ven.

Entramos en casa y tiramos las carteras por ahí. Los perros vinieron corriendo hacia él con la lengua fuera. Les pegué un grito, no quería que lo asustaran, pero Lasse empezó a hacerle carantoñas a uno de ellos.

–Qué majo, ¿cómo se llama? –preguntó.

–No se llama.

–Qué nombre tan raro.

–Muy gracioso, ¿no?

–Pero ¿por qué no tiene nombre?

–En el campo es así y listo, Lasse.

–Ah. ¿Y tus padres no están?

–Sí, mi madre sí. Pero prefiere estar sola un rato –le expliqué.

–¿Por qué?

–Pues porque sí. A todo el mundo le pasa de vez en cuando.

–Vale. ¿Y qué hacemos? –preguntó.

Pero yo estaba en blanco. No contaba con que aceptase mi invitación.

–¿No tienes PlayStation? –volvió a preguntar.

–No, pero se me ocurre una cosa mucho mejor –dije pensando a toda velocidad en un intento de dar con algo que pudiese estar a la altura de jugar a Tekken o al FIFA. Los chicos de clase no hablaban de otra cosa–. Podríamos subirnos a las pacas redondas –propuse.

Mi padre me había dicho un millón de veces que era peligrosísimo, así que me pareció la mejor opción.

–Bueno –contestó Lasse.

No parecía muy impresionado y se subió la cremallera del abrigo hasta por encima de la nariz. Cruzamos por el establo y salimos al granero. Allí estaban las pacas desde el verano anterior. Eran tan altas que casi llegaban al techo. Mi padre había empezado a venderle algunas a Cola-Kim; total, no íbamos a usarlas. Los perros nos siguieron por más que intenté espantarlos. Quería que solo estuviésemos Lasse y yo. Había pacas por todas partes, llenaban todo el granero. Nos subimos al techo de un tractor viejo y así pudimos trepar por la pila de pacas. Junté las manos para que Lasse me usara como escalón y él logró agarrarse al borde y columpiarse hasta arriba. Había una gallina paseando por allí.

–Si las gallinas no saben volar, coño –dijo Lasse mientras intentaba darle una patada.

–No, pero son tan tontas que a veces lo hacen.

Él se echó a reír, pero había algo malo en esa risa. Soltó otra carcajada como la anterior y me dio un empujón, y yo me reí con él. Me levanté y le empujé. Nos seguimos empujando hasta que me di en la cabeza con el borde del tractor.

–¡Joder, imbécil! Podía haberme hecho daño.

–Cállate la boca.

–Cállate tú, mongólico.

–Eres raro, Tue.

–¿Por qué lo dices?

–Porque eres raro.

–Raro tú. ¿Y sabes lo que te digo? Que, además, eres vomitivo –dije riéndome.

Si no hubiésemos estado pasándolo tan bien poniéndonos a caldo el uno al otro, habríamos oído el ruidito de varias toneladas de paja a punto de ceder bajo nuestros pies.

–Y tú más –dijo Lasse dándome otro empujón.

–Tu madre sí que da asco –dije empujándolo hacia atrás con tanta fuerza que noté un tirón entre los hombros.

Lasse salió volando, se hundió entre las pacas que empezaron a desmoronarse y cayó de culo al suelo. Yo no lo veía, pero le oía llorar.

–¡Llorica! ¡Compórtate! –grité.

Me asomé por el borde para echar un vistazo. Lasse se había pillado las piernas. Tenía los vaqueros chorreando sangre. Gritaba tanto que no me dejaba pensar, y empecé a bajar al suelo mientras sus lágrimas se convertían en lamentos de dolor.

–Lasse, ¿estás bien?

–¡No puedo respirar! –gritó.

–Voy a buscar a mi madre.

–No puedo respirar –repitió–, no te vayas.

Estaba aterrorizado. Sentía que el corazón me latía a toda pastilla dentro del pecho. Se sacudía y temblaba tanto que tenía la sensación de que no me cabía dentro de la ropa.

–¡Voy corriendo! –grité mientras me alejaba.

Mi madre estaba hipnotizada delante del ordenador. Hacía clic con el ratón por el casino online para empezar una nueva partida de póquer.

–Lasse se ha hecho sangre. Se han caído las pacas. No puede respirar.

Apartó la vista de la pantalla, se levantó y salió corriendo hacia el granero. Yo corrí tras ella, pero se detuvo y me gritó a la cara:

–¿Qué cojones haces?

–¿De qué hablas, mamá?

–No te quedes ahí mirando. Métete en casa y llama al 112 –dijo. Luego siguió corriendo por el patio hacia el granero.

Entré en el despacho y descolgué el teléfono, pero jadeaba tanto que me costaba explicarle las cosas al hombre. Prometió que la ambulancia llegaría enseguida.

–¿Cree que se va a morir? –pregunté.

–Es difícil decirlo sin haberlo visto antes –contestó el hombre, y claro, tenía razón.

Llegaron al cabo de un cuarto de hora. Yo nunca había visto una ambulancia ni un coche de policía en casa. Liberaron las piernas de Lasse cortándole los pantalones con unas tijeras. Poco después llegó otro coche más al patio. Bajó una mujer. Cerró de un portazo y fue al granero a reunirse con mi madre.

–¿Dónde está? –gritó. Era la madre de Lasse.

Me entraron ganas de salir pitando, pero habría estado feo. La madre de Lasse se echó a llorar. La mía se ofreció a comprarle ropa nueva a Lasse, pero no creo que la oyera. Lasse chillaba y trataba de respirar mientras los de la ambulancia lo subían a la camilla. Dejaron que la madre fuese con ellos y salieron zumbando con la sirena encendida. Yo me quedé en el patio, cabizbajo.

–¿Qué he hecho? –preguntó mi madre meneando la cabeza.

–Se pondrá bien –dije.

–Eso espero. No me apetece volver a ir de entierro tan pronto.

–Lo entiendo. Lo siento, mamá.

Pero ella no dejaba de menear la cabeza y sorber por la nariz. Los perros correteaban por todas partes. Empezaron a lamer la sangre de las pacas.

Lasse no vino al colegio en varias semanas. Su madre estaba cabreadísima con nosotros. Mi madre dijo que un día, en la tienda, la había mirado fatal. En clase Inga nos contó que

Lasse ya había salido del hospital y que volvería al colegio cuando estuviese listo. Primero pasaría un tiempo en silla de ruedas. Un día mi madre me preguntó si quería acompañarla a pedirles disculpas a él y a su madre.

–Pero si fue un accidente –dije.

–A veces hay que pedir disculpas de todas formas –insistió.

–Entonces vale.

–¿Te vienes?

–Bueno –contesté, aunque no estaba demasiado por la labor.

–¿Y por qué no le llevamos un regalo? –se le ocurrió de pronto a mi madre.

Esa misma tarde fuimos a verle. Vivían al otro lado de la presa. El jardín delantero de su casa estaba muy bonito. Había muchas flores y grava de granito, quedaba muy bien. También había una fuente. Yo iba al lado de mi madre, que llevaba una caja muy grande en la mano. Le había hecho unos agujeros en la tapa para que entrase aire. De dentro salía un gemido muy débil.

–Vamos –dijo dando un paso más hacia la puerta principal.

Después de un rato, llamó. La madre de Lasse no tardó en abrir. Recordé una cosa que me había dicho mi madre. Acuérdate de sonreír, es el camino más corto entre dos personas. Así que lo intenté, aunque estaba muy nervioso ante la idea de que Lasse no quisiera volver a hablar conmigo.

–Hola –saludó mi madre.

–Hola –dijo la madre de Lasse, y pasamos a la entrada–. Perdona si soy un poco brusca, pero ¿a qué habéis venido?

–A decir que sentimos mucho lo que pasó, ¿verdad, Tue?

Asentí.

–Le hemos traído un regalo a Lasse.

–Ahora mismo está durmiendo –dijo su madre.

Aun así, la mía levantó la tapa de la caja.

–¿Qué es? –preguntó la madre de Lasse.

–Un cachorro.

–Lasse podría haber muerto. ¿Te das cuenta?

–Fue un accidente.

–Tu hijo lleva a un amigo de visita y tú les dejas hacer eso. Es de locos. ¿Es que no les prestabas atención?

–No fue a propósito, de verdad.

–Creo que no tenemos nada más que hablar –dijo la madre–. Será mejor que os marchéis ya.

Mi madre dio un paso atrás y volvimos a estar en la calle. La madre de Lasse cerró la puerta inmediatamente y echó la llave.

–Es que está muy triste –dijo mi madre cuando íbamos de vuelta al camión.

–Yo también –dije.

Lasse volvió al colegio al cabo de unos días. Ya no me hablaba. Otros niños también dejaron de hacerlo, así sin más.

–Mi padre dice que tus padres son unos irresponsables –me dijo Mie un día.

Me sentó fatal. Sentí algo en mi interior que no pude controlar. Le grité que cerrara su sucia bocaza y ella se echó a llorar y fue corriendo a buscar a Inga. Los niños que siempre escuchan lo que dicen sus padres son los peores, pensé mientras subía al despacho de Margit a que me echara la bronca.

–Otra vez por aquí –me dijo Margit cuando Inga se fue y me quedé solo con ella, observando su escritorio. La grapadora, el ordenador y todas esas notitas amarillas llenas de palabras y mensajes raros–. ¿Por qué le has dicho esas cosas a Mie?

–Estaba enfadado.

–No cuela, tienes que aprender a hablar como es debido –insistió Margit.

–Si hablo bien.

Me miró, furiosa.

–¿Margit?

–¿Ahora qué pasa? –murmuró.

–¿Lasse se va a quedar en una silla de ruedas para siempre? –pregunté.

–Ha estado a puntito –contestó–. Ha sido muy valiente.

Durante el resto del mes todos se pegaron por empujar la silla de Lasse, todos menos yo, que decidí que en adelante o bien cerraría la boca, o bien me mantendría al margen.

13

Una tarde, me quedé en el colegio con Mike. Fue idea suya. Él no tenía muchos amigos porque le olía el aliento, tanto que me recordaba a nuestros perros, pero aun así era más popular que yo. Nos quedamos hasta tan tarde que perdimos el último bus.

–Cuando nos cansemos, nos vamos a casa y listo –dijo Mike–. Es la caña estar aquí cuando no hay profesores.

–Pero estamos súper lejos –dije yo.

–Qué más da.

Los únicos que se quedaban en el colegio eran los que iban al club de extraescolares. Trepé con Mike hasta el techo de la casita de juegos y me raspé la rodilla con la madera. Al ver la sangre empecé a moquear y se me humedecieron los ojos.

–Te pasas el día llorando, Tue –dijo Mike.

Yo intenté contenerme sin saber qué decir.

–No estoy llorando, es que tengo mocos –contesté.

Mike se escupió en una mano y restregó la saliva en el raspón de la rodilla para limpiarme la sangre.

–Listo –dijo.

Yo recuperé el aliento. Nos comimos una bolsa de peces de regaliz salado que el profe de guardia se había dejado en la mesa. De repente, nos pasó por encima un planeador que luego descendió y siguió en un vuelo rasante.

–¡Viene de mi casa! –exclamé.

–¿Tu padre tiene un planeador?

–No, pero vivimos muy cerca de la pista. A pocos kilómetros. –No era del todo mentira; la pista estaba en el antiguo aeródromo–. Muchas veces pasamos por delante.

–Ah.

–Desde casa los veo a todas horas. Nos pasan volando por encima.

–Ah –volvió a decir Mike–, pues me la pela.

Pero yo sabía que no era verdad. No cuando la cosa iba de máquinas y aparatos. Nos quedamos mirando cómo el planeador desaparecía por detrás de la plantación de árboles de Navidad que había al lado del colegio. De repente me llegó mi propio olor. Era muy desagradable. No me cambiaba de calcetines muy a menudo. Inspiré por la nariz con la esperanza de que Mike no lo notara. Pero Mike también olía, pensé entonces, y olía peor que yo.

–¿Sabes una cosa? –preguntó de pronto.

–Pues no –contesté– ¡pero la quiero saber!

–¿Estás seguro? –dijo.

–Sí –respondí.

–¿Segurísimo?

–Que sí, dilo de una vez, subnormal.

–Ahí vive un tío que tiene una escopeta –me aseguró, señalando más allá de la gigantesca valla que separaba el colegio de la plantación que se extendía hasta donde alcanzaba la vista.

Al final del todo había una granja, apenas se vislumbraban la chimenea y la punta del asta de la bandera.

–¿Y tú cómo lo sabes? –pregunté.

–Me lo ha contado mi padre. Una vez ese tío amenazó a unos niños que se habían colado dentro. Salió con su sabueso y les apuntó con la escopeta. Es el hombre más peligroso de toda Jutlandia.

–¿Es un asesino? –pregunté.

–Sí –contestó Mike de inmediato, y un escalofrío me bajó por la nuca y me recorrió la espalda. De repente llegó corriendo Tim, uno de nuestra clase. Se pasaba la vida presumiendo de que tenía un coche con control remoto. No lo aguantaba nadie.

–¿Puedo quedarme con vosotros? –nos gritó.

–Si consigues subir hasta aquí arriba –contestó Mike.

–Pues claro –dijo él. Y se agarró al borde de la casita, subió a pulso y se sentó a nuestro lado.

–Ya está. Y ahora, ¿puedo quedarme?

–No –contestó Mike.

–¿Y por qué no? –preguntó Tim.

–Pues porque no y punto –dije yo.

Mike se echó a reír.

–Solo si nos enseñas la polla –dijo.

–Es que no quiero –dijo Tim escupiendo en el suelo.

–Entonces nada –le soltó Mike.

Tim se levantó y se quedó de pie encima de la casita. Después se bajó los pantalones.

–Buuuuuu, qué gusanito –gritó Mike–, joder, vaya polla más enana.

En ese momento salió un profesor del colegio. Tim volvió a subirse los pantalones y se echó a llorar.

Nos sentaron frente a Tim en una salita. Teníamos que pedir disculpas y esperar a que vinieran nuestros padres a buscarnos. Mi padre vino a por mí. Había hablado por teléfono con el profesor. De camino a casa me quedé sin habla.

–Menudas cosas tan raras se os ocurren –dijo–. No quiero que vuelvas a hacer una guarrada semejante. ¡Joder, qué asco!

Avergonzado, encogí la cabeza entre los hombros como si fuese a servir de algo.

–Pero ¿a ti no te llega oxígeno al cerebro o qué? ¿A santo de qué cojones queríais verle la polla?

–No sé. Ha sido idea de Mike.

–Joder, qué asco. No vas a volver a jugar con él.

Mi padre no dijo más, se limitó a conducir con la vista clavada en el asfalto.

–De verdad que yo no quería, papá.

–Y una mierda.

–Solo un poco. Pero porque me obligó.

–No hay que tragar con todo en esta vida –le dijo mi padre a la nada. A veces me costaba saber si hablaba conmigo o consigo mismo.

–Tienes razón –dije.

–Y a la gente le conviene un escarmiento de vez en cuando. Así se piensan dos veces cómo tratar a los demás –añadió.

14

Íbamos andando en paralelo a la valla de la feria de ganado, así podíamos ver gratis todo lo que pasaba al otro lado. La gente hacía cola en la taquilla para entrar al mayor acontecimiento que tenía lugar en la ciudad en todo el año. Dentro de la feria había grandes carpas donde servían cerveza, puestos de churros calientes y de degustación de quesos y embutidos. En el centro de todo había un gran cercado con un altavoz en cada esquina. Por los altavoces salía una voz, y allí en medio conseguí distinguir a un hombre con unas botas de goma que le llegaban hasta los muslos. Sostenía un micrófono en la mano. Era el que hablaba por megafonía. Más allá se veía a los ganaderos tirando de sus reses y de sus cerdos premiados, dirigiéndose hacia el cercado.

–El cuarto animal del día es propiedad de Vagn Toft, un granjero de Salling, que se lleva así el Jersey del Año –dijo la voz de megafonía, y entonces apareció un individuo tirando de una vaca de pelaje rojizo que llevaba una cinta atada alrededor de la panza.

Los ganaderos iban vestidos con batas blancas y parecían muy orgullosos. Seguimos andando pegados a la valla hasta que vimos al tío. La voz volvió a salir por los altavoces.

–Y aquí tenemos el premio de honor, que es para Chresten Nørgaard, de Aulum, por un verraco muy especial –resonó por el recinto–. Ha suministrado esperma a Estados Unidos, ha ganado premios todos los años, ha mantenido una empresa en funcionamiento durante lustros…

El tío Chresten sostenía una correa a cuyo extremo había un verraco de por lo menos cien kilos. El animal resoplaba y tiraba del tío hacia un puesto de salchichas, pero había que meterlo en el cercado. El tío había ido a Estados Unidos en su juventud. Me lo había contado mi padre. Había vivido *the American dream*. La voz de megafonía explicó que el verraco había proporcionado esperma a un sinfín de explotaciones porcinas de todo el mundo, y que por ese motivo, ese mismo día, recibiría un premio de manos del alcalde.

–Ahí está el tío –le dije a Morten.

–¡Hola, tío! –gritó mi hermano.

–No os oye –dijo mi padre.

En la otra punta del recinto se adivinaba parte de las atracciones que había instalado una feria ambulante. Grandes brazos de metal de colores chillones que giraban y llegaban a tocar el cielo mientras los niños montaban por turnos. Me puse de puntillas para examinar mejor a los operarios y ver cómo controlaban las entradas, abrochaban los cinturones de seguridad y accionaban los botones que lanzaban a la gente por los aires en un tiovivo oxidado o una noria.

–No hay más que cacharros viejos, menos mal que no nos hemos gastado nada en la entrada –dijo mi padre.

Nos habló de aquella vez que, muchos años atrás, el primo Arne se montó en una de esas atracciones sin ir bien sujeto. Por aquel entonces el primo era lo que mi padre llamó un chaval más bien robusto. El cinturón no alcanzaba a rodearle toda la cintura y los operarios polacos arrancaron la atracción sin hacer comprobaciones. Arne se puso a chillar con toda la fuerza de sus pulmones. Los operarios gesticularon y dijeron que mala suerte, que no lo podían parar. Cuando Arne se bajó, el tío le dio quinientas coronas para que se las gastara en los puestos.

Seguimos rodeando la valla y así conseguimos ver casi toda la feria. Más adelante, en el lado que daba al puerto, había un agujero en la cerca. Me pregunté si arrastrándonos un poco por el suelo podríamos colarnos, pero no me atreví a proponerlo. Metí la cabeza y miré hacia los lados. De repente, un hombre con un chaleco fosforito le dio unos golpecitos con el dedo a mi padre en el hombro. Era de la guardia local y parecía furibundo. Su compañero estaba en la carretera, dirigiendo el tráfico.

–No podéis estar ahí, fisgoneando –dijo, abriendo los brazos y haciendo que el chaleco le dejara a la vista su barriga.

–Bueno, bueno, al fin y al cabo ahora no hay tráfico, ¿no? No creo que pase nada porque echemos un vistazo –dijo mi padre.

–O dentro o fuera. Son órdenes directas de la policía –dijo el guardia.

–Vale, vale. En un momento nos vamos.

–¿Es que no me has oído? No podemos permitir que todos los demás paguen y unos cuantos intenten colarse.

–Ya nos vamos, quédate tranquilo –dijo mi padre poniendo los ojos en blanco–. Vamos, chicos.

Echamos a andar hacia el camión. Estaba aparcado detrás de la feria, en un área de descanso.

Volvimos a casa apretujados en los dos asientos. Yo notaba las caderas aplastadas contra la puerta por el peso de Morten, que iba encima de mí. Nina iba sentada sola. A la salida de la ciudad paramos en un semáforo en rojo. Después mi padre aceleró y dejamos atrás la presa. El camión se balanceaba inestable, como si fuese a desintegrarse a esa velocidad. Llevábamos una pedrada en el parabrisas. Parecía que iba a romperse de un momento a otro.

–Intentad dormir un poco –nos decía mi padre siempre que nos llevaba, hasta en pleno día, como si más nos valiera no ver qué ocurría.

Pero yo nunca me dormía en el camión. Poco a poco empezó a haber menos semáforos, rotondas y letreros. Salimos a la larga comarcal que llevaba a nuestra casa. Al final no quedaron más vehículos en la carretera que el nuestro. Mi padre iba fumando. Llevaba el cigarrillo aplastado entre los nudillos. Y de pronto fue como si el mal despertara en él. Lo supe por su manera de conducir. Se puso de muy mal humor, y entonces dio un volantazo que hizo que el camión se pasara al carril contrario. A lo lejos se adivinaban las luces de un coche que venía hacia nosotros. Nos advirtió con las largas. Yo lancé un grito y desperté a mis hermanos, convencido de que íbamos a morir todos en la cuneta.

–¡Cierra el pico! –gritó mi padre, y volvió a meterse en su carril. Los pequeños no llegaron a ver nada.

–Nos hemos jugado la vida –dije con mi vocecilla. Cada vez que hablaba me odiaba a mí mismo. ¿Quién iba a hacerle caso a alguien tan pequeño con una voz aún más pequeña?

–Si solo ha sido una broma –dijo mi padre–. ¿Es que no te gusta la velocidad, chaval? ¿Pero a ti qué coño te pasa?

–Para ya –protesté.

Estaba a punto de echarme a llorar, pero me contuve. No entendía por qué tenía que portarse así. Poco después giró y entramos en nuestro patio. En casa había pocas ventanas con luz. Mi madre ya se había acostado. Dormía casi todo el rato, y cuando no, jugaba al ordenador. A papá le cabreaba que nunca hiciera nada. Apagó el motor. Zarandeé a Morten y le pedí que bajase. La casa estaba muy rara. En la pared del salón se dibujaba la sombra de unas plantas. Había un duende de ganchillo sentado en un reloj viejo. Mamá se lo había traído con ella cuando se fue de su casa. Lo puso unas navidades y después no había vuelto a quitarlo porque creía que cuidaba de nosotros. En la cocina estaba su maquinilla de liar cigarrillos. Se notaba el olor fermentado del zumo después de estar mucho rato fuera de la nevera. Los cartones de leche vacíos esperaban en el alféizar de la ventana a que alguien los sacara a la basura. Corrí a acostarme sin lavarme los dientes.

El techo de mi habitación estaba lleno de manchas marrones. También había una estrella fosforescente pegada con chicle. Me la había dado Mike a cambio de uno de mis guppies. Esa noche no podía dormir. Mi cuarto no era un sitio muy acogedor, porque en realidad yo casi no tenía cosas. Había un escritorio que se me había quedado pequeño y al lado de la cama estaba el acuario, que le había dado a mi madre un señor de Viborg. Me había dejado tener los peces si prometía no volver a pedirle nada más.

–El dinero no nos sobra –me había dicho– y ahora te empeñas en tener unos putos peces.

La bomba enviaba su columna de burbujas por el agua con un ruido muy insistente. Cuando me acostaba, tenía que meterme el relleno de un peluche en las orejas para poder dormir. No me atrevía a apagarla. Mi madre decía que, si la bomba no estaba encendida, los peces se morirían. Daba oxígeno al acuario.

15

Al día siguiente, por la tarde, mi padre iba a salir a echar gasolina al camión. Me preguntó si quería acompañarle. Al pasar por la presa, colgados de las farolas vimos todos los carteles que anunciaban la feria de ganado, pero ya no había guardias locales dirigiendo el tráfico.

–Mira, papá, la feria aún está abajo, en el puerto.

–Sí, pero sigue costando dinero.

–¿Y no podemos entrar? –pregunté.

El parpadeo y los colores de las atracciones iluminaban los silos.

–No seas pesado –me dijo.

–¿Podemos?

–Si no das más la lata –contestó girando.

–No, no, solo miramos.

–Vale –dijo–, un vistazo rápido, pero no les digas nada a tus hermanos. Bastante consentido te tenemos ya.

Entramos por una puerta de la enorme valla y fuimos a la taquilla.

–Vamos a cerrar –dijo el hombre que estaba dentro.

–Entonces, nada –dijo mi padre.

–No, papá. ¿Por qué no entramos de todas formas?

Él negó con la cabeza, resignado, y sacó un billete del bolsillo de la camisa. Se lo dio al hombre y el hombre dijo «Dos entradas» y «Que se diviertan».

Entramos en la feria. Las bombillas del tiovivo se apagaron de golpe y de la carpa de cerveza más grande de todas salió un hombre dando tumbos. Otro que llevaba una sudadera con un joker en la tripa estaba sentado a una mesa de póquer, mirando el móvil.

–¿Probamos? –pregunté.

El hombre se espabiló y nos sonrió.

–*Only fifty Danish krones* –dijo.

–Esto es un engañabobos –dijo mi padre cogiéndome de la mano.

Seguimos y pasamos por delante de los corrales donde habían expuesto los animales. También vimos los grandes tractores que estaban en oferta. Casi al final de la feria encontramos a una señora con un mono de aviador bebiendo de un termo frente a una tómbola.

–Hola hola –saludó mi padre.

–Muy buenas –contestó ella.

–¿Ya habéis cerrado?

–Sí, la verdad es que ya estamos recogiendo.

–Vaya, pues no hay nada que hacer.

La señora me miró. Le devolví una mirada desconsolada, solía dar resultado.

–¿Quieres probar, amiguito? –me preguntó.

–¡Sí! –contesté, levantando la vista hacia mi padre–. Si me dejan.

–Os dejo diez boletos por veinte coronas y es un regalo.

–Aceptamos –dijo mi padre, y la señora del mono de aviador sacó una cajita llena de boletos.

Saqué diez, intentando llegar a los de más abajo, y le di a mi padre la mitad. Empezamos a abrirlos mientras la señora echaba en una bolsa de basura los peluches amarillos de los premios. Ni uno de mis boletos estaba premiado. Mi padre aún estaba quitándole el plastiquillo a uno de los suyos. Observé su pelea con el cierre. Entonces se le cayó al suelo y se agachó a rebuscar por la hierba. La señora se giró y lo vio.

–¿Qué, se te ha caído el boleto?

–Sí, me cago en la leche…

–¿Ha salido volando?

–Sí.

–Vaya, qué lástima.

–Pues sí. –Mi padre se incorporó y siguió buscando; luego suspiró–. Pero ya no tiene remedio.

–Podéis coger uno más, pero no le digáis nada a mi jefe.

–Muchas gracias –dijo mi padre, y me pidió que sacara otro boleto de la caja.

Cuando lo abrí, volví a encontrarme otro papelito en blanco.

–Otro sin premio –me lamenté.

–Al cuerno –dijo papá.

Yo apreté los labios y le sonreí a la señora con mirada suplicante.

–¿Queréis otros diez? –Me devolvió la sonrisa y empezó a agitar la caja de boletos.

–No; además, ya has guardado todos los premios –dije.

–Siempre podemos pescar un oso de la bolsa si tenéis suerte –dijo ella.

–Tengo trece años, ya no juego con peluches –repliqué.

Mi padre soltó una risita avergonzada.

–Que pases una buena noche –dijo.

–Igualmente, buenas noches –contestó la señora; luego me miró y añadió–. Y recuerda: nunca se es mayor para venir a la feria, ¿verdad que no?

–No, no –contesté.

Dimos media vuelta y fuimos hacia la entrada.

–Ya no hay mucho más que ver –dijo mi padre.

–No, pero ha sido divertido, ¿no crees, papá?

–Claro –respondió–, ha sido muy divertido, mucho.

–Me alegro, papá.

16

Primero empezó a picarle el pelo a Nina, y ahora íbamos todos despellejándonos el cuero cabelludo con las uñas. Mi padre insistía en que eran imaginaciones nuestras.

–Son de esas cosas que, en cuanto alguien las mienta, crees que las tienes –decía.

Muchos niños del colegio habían cogido piojos y a todos les habían dado una nota para sus padres. En un intento de prevenir los brotes, se iba a implantar un día del peine dos veces al año. Se haría sin previo aviso y se pediría a todos los alumnos que formaran una fila para que después algunos miembros del profesorado nos fuesen peinando uno por uno. Mi madre lo llamaba chequeo de control, e intentó adelantarse pasándonos el peine ella. Colocó papel higiénico en la mesita del baño. Nina ya no tenía piojos. Morten llevaba el pelo cortado a cepillo y bastó con una inspección superficial. Me tocaba a mí. Me había crecido el pelo y pensaba dejarme melena. Hasta los hombros. Pero cada vez que lo tenía un poco largo por la nuca me dejaba convencer para cortármelo, porque mi padre decía que eso eran greñas de sueco. Y yo no quería parecer sueco ni de coña.

Mi madre me dividió el pelo en varios mechones y pasó el peine entre ellos. Al ver que no decía nada, supe que algo andaba mal. Los huevos formaban enormes costras transparentes por todo mi cuero cabelludo. Mezclados con caspa y granos de arena. Cuando mi madre golpeó el peine contra el papel, un bicho negro se quedó pegado.

–¡Qué bicharraco tan asqueroso! –gritó.

El piojo intentó correr, pero ella le puso el peine encima y lo arrastró por el papel; dejó un gran rastro negro.

Tenía un cigarrillo colgándole de los labios que hacía que sus palabras sonaran algo más bruscas de lo que pretendía. Como la farmacia estaba lejísimos, en lugar de con champú antipiojos me lavó con clara de huevo. Se me puso el pelo muy tieso. Al cabo de unos meses hicieron un control en el colegio. Casi todos salieron bien parados. Menos yo. Inga se pasó un buen rato estudiando la lendrera.

–¡Mecachis, aquí hay uno! –exclamó.

Me dio una nota para mis padres.

–Guarda esto en tu carpeta y dáselo a tu madre y a tu padre. Tenéis que hacer algo al respecto con urgencia, ya sabes que estos bichos se extienden como la pólvora –dijo.

En la cola quedaban varias niñas de mi clase que dejaron escapar una risita.

–Vale –le contesté a Inga.

–Solucionadlo, es un asco –dijo ella.

–Vale –volví a decir yo.

Por la tarde, cuando bajé del autobús, esperé hasta que tomó la curva y lo perdí de vista. Entonces me quité la mochila y la dejé en la carretera. Me estaba meando, pero no me apetecía bajarme los pantalones hasta abajo y acabé mojándome los zapatos. Traté de limpiarlos en la hierba lo mejor que pude. Después saqué la nota de la mochila. La arrugué y la tiré a la cuneta antes de seguir andando hacia casa. Un poco más adelante, oí un coche en punto muerto. Estaba parado frente al burdel. Acababan de abrirlo; habían echado a la calle a las que vivían allí antes. Una cuestión de dinero. Cuando a la gente no le iba bien, era siempre por cuestiones de dinero. Había visto a las dos negras que trabajaban allí. Algunas tardes se sentaban en la ventana de la buhardilla a fumar una pipa de agua. La casa estaba que se caía. Por lo visto, el dueño era un tipo con pinta de motero que había tenido la idea de abrir un burdel. El coche no podía salir. Me paré a mirar. Se abrió la portezuela y alcancé a ver que asomaban unos pantalones marrones. Luego seguí andando y ya no vi más.

17

El autobús de la línea 46 paró a un lado de la carretera y la abuela Ruth se levantó del sofá esquinero. Desde su sala de estar se oía el motor de los autobuses. Su casa estaba lejos. Había que pedirle al conductor que se detuviera delante de su puerta, si no seguía hasta la otra punta del pueblo. La casa donde vivían la abuela y O.P. estaba junto a la carretera, en una zona bastante apartada. No vivían mucho más aislados que nosotros, pero sí lo suficiente como para que hubiera que ponerse de puntillas para ver otras casas. Entre el seto y la carretera, O.P. había clavado tres postes; las lindes, los llamaba. Cuando llegué, la abuela salió a recibirme dando cojetadas con la pierna mala. Todo lo que llevaba conmigo era el cepillo de dientes y un bonobús para volver a casa si ninguno de mis padres se molestaba en venir a recogerme. Había que picar seis viajes. La abuela y O.P. tenían cualquier otra cosa que pudiese hacerme falta para un fin de semana.

La abuela estaba esperándome a la entrada. Sonreía con la cabeza apoyada en el panel de la puerta.

–Hola, pocholo, ¿vienes a hacerle una visita a esta pobre anciana? –dijo inclinándose con los brazos abiertos para que la abrazara–. ¿Qué tal en casa? ¿Mejor?

–Muy bien, supongo –mentí mientras le daba un abrazo enorme.

–¿Y en el colegio? –preguntó.

–Bien también.

–Cómo me alegro. Eres un chico muy listo.

Me dio una pila de revistas viejas. Yo me tumbé en el sofá a leerlas. Qué cosas más extrañas estaban pasando por todo el país. Al final hice el crucigrama. La abuela tenía un libro lleno de palabras que podías usar para completarlo. O.P. había traído pasteles de nata para tomarlos con el café.

–He pensado que ya que has venido a visitarnos habría que tomar algo muy rico –dijo abriendo el envoltorio.

Eran esos pastelitos que llamaban pechugas de ganso, una para cada uno, y yo no pude con la mía.

–Yo me como lo que sobra –se ofreció O.P., y se llevó la mitad de mi pastel a su plato con su cucharilla y luego la chupeteó.

Cuando yo era más pequeño, dormíamos los tres juntos en su habitación. Yo me acostaba en el suelo, en un colchón que ponían detrás de su cabecero, y lo sentía vibrar con los ronquidos de O.P. Siempre me despertaba mucho antes que ellos y me hacía el dormido. Me quedaba allí tumbado contando los coches que pasaban hasta que la abuela se levantaba e iba a sentarse a la sala. Ahora dormía en la antigua habitación de la tía Chiqui y me despertaba cuando les oía encender la cafetera en la cocina, que estaba al lado. Tomábamos pan con mantequilla y azúcar para desayunar y veíamos el Tour de Francia. A la abuela le gustaban la voz de Jørgen Leth y la sintonía frenética. Zapeó hasta llegar a las noticias, donde estaba saliendo Pia Kjærsgaard.

–¿Es que nunca piensan poner nada donde salga George Clooney? –preguntó.

–No sé –contesté.

La abuela llevaba calentadores, aunque era verano. Tenía el pelo blanco y corto. Iba a cortárselo a Roslev, al Salón Mie. Siguió zapeando hasta llegar a las noticias regionales. El presentador dio paso a un reportaje sobre una residencia de ancianos donde el Ayuntamiento les había permitido preparar su propia comida.

–Es un hombre encantador –dijo refiriéndose al presentador.

En la tele salían unas ancianas comiendo patatas en salsa. Tenían todas cara de estar como unas maracas. Ninguna sonreía.

–El día que me convierta en una vieja chiflada tiradme desde un puente –dijo la abuela.

–¿Desde qué puente?

–El de Sallingsund. Pero rapidito. No pienso quedarme en un maldito asilo papando moscas.

–Te entiendo.

Soltó una risa seca y siguió zapeando. Por los grandes ventanales que daban al jardín vi a O.P. paseando en zuecos y revisándolo todo. Acababa de plantar un seto nuevo alrededor de la casa y había instalado un depósito de agua de lluvia recién comprado del que no paraba de presumir. Estaba muy orgulloso de su jardín y le encantaba decirme los nombres de cada planta y cuándo florecían. En invierno el coche no les cabía en el garaje porque había que hacer sitio a los bulbos de las flores, que no podían quedarse en la tierra helada. La abuela había empezado a hacer *petit point*. Escogía los motivos y los hilos por catálogo. Dedicaba mucho tiempo a encontrar los colores adecuados antes de regalar los bordados a la familia y amigos.

–Eso lo ha pintado Knugge –decía.

Knugge era su hermano. Era una copia de una pintura de la escuela de Skagen, contaba mientras sus manos seguían bordando. Yo era el único nieto que iba a visitarla tan a menudo, y eso la hacía feliz.

En el alféizar de la ventana había un cuenco con vinagre para quitar el olor a humo, había sido idea de O.P. Entró con una flor, la puso en un jarrón y la colocó delante de la abuela.

–Toma, cariño –dijo.

–¿Por qué me regalas flores? –gruñó ella.

–Porque sí, no hay ninguna doble intención.

–Pues yo creo que sí la hay –dijo llevándose la flor a la nariz. No comentó nada de cómo olía.

O.P. era un hombre grandote. Había estado ingresado en cuatro ocasiones por un problema de corazón. Yo había leído en alguna parte que no te pueden incinerar si pesas tanto como él, pero por lo visto O.P. no pensaba en la muerte tanto como yo.

–Te estás poniendo bien rellenito –le dijo la abuela.

–No es para tomárselo a broma –replicó él, y nos contó que la tiroides se le había puesto el doble de grande de lo normal.

–¿Te apetece un refresco o alguna golosina? –me preguntó la abuela levantando la vista de su labor.

–Sí, gracias. ¿Qué hay? –pregunté.

–Ve al cuartito a mirar –dijo–. Y tráeme a mí una Fanta.

El suelo del trastero estaba muy frío. Había estantes y más estantes llenos de latas de bombones Quality Street y galletas, y también pilas de latas de cerveza y de refresco que llegaban hasta el techo. En un rincón había una máquina de hacer gofres, encima de un congelador.

–¡Cuántas cosas ricas! –dije al volver.

–Siempre conviene tener algo a mano, por si pasara un ser humano por aquí –dijo O.P. desde el sillón.

–Aquí no viene ni Dios –le gruñó la abuela.

–Pues Elly y Niels vinieron la semana pasada.

–¡Porque viven en el pueblo!

–Pues vinieron hasta aquí ellos solitos, nadie les puso una pistola en la cabeza.

–¿Y dónde coño querías que fuesen a tomar café?

–Vale, vale –dijo O.P. levantándose del sillón con una sonrisa en los labios. El asiento hizo un ruido de neumático pinchado. La goma espuma de dentro de la funda había perdido todo el aire–. Vale, vale –volvió a murmurar O.P. desde la entrada–. Voy al garaje, a ver si hago alguna chapucilla. ¿Te apuntas, Tue?

–No, gracias –contesté, porque estaba muy a gusto en el sofá.

–No, a ti no te gusta mancharte las manos de grasa. No como a tu padre.

–Tendrá derecho el chico a pasar aquí un fin de semana sin que lo estés mangoneando todo el rato –dijo la abuela.

O.P. cerró la puerta de la calle. La abuela se puso el bolso sobre las rodillas y empezó a rebuscar en su interior. Se oyó el tintineo de un manojo de llaves. Sacó el monedero y lo abrió. Parecía pesar lo suyo. Miró dentro y sacó unos recibos viejos que dejó en la mesa. Luego me soltó trescientas coronas.

–Ten, pocholo –dijo–, para golosinas o lo que tú quieras. Y a O.P. ni media palabra de esto.

18

Ya había oscurecido la tarde en que el coche del tío entró en nuestro patio, iluminándolo con la luz de sus faros. Conducía un enorme Toyota Land Cruiser, y la grava crujió de una forma muy particular. Sería cosa de las ruedas. Hacía mucho menos ruido que cuando nosotros salíamos zumbando en el camión. Aparcó marcha atrás, para así poder largarse más deprisa.

Yo lo veía desde la ventana de mi buhardilla. Las visitas del tío ya no eran lo que se dice bienvenidas, aunque sabía que él solo quería lo mejor para nosotros. Había algo en él que daba mal rollo. Cuando se marchaba siempre dejaba de morros a todo el mundo. Papá y él solo hablaban de dinero y de papeles. Lo vi salir del coche. Sus botas de goma pisaron la grava con fuerza mientras dejaba que la portezuela se cerrara a su espalda. La radio seguía encendida y entonces vi a Jonna en el asiento del copiloto. Había venido también, pero se quedó en el coche con las gafas de sol puestas. El tío cruzó el patio lanzando por los aires las llaves del Land Cruiser y volviéndolas a coger. Un movimiento rítmico. Imaginé que era para llenar el tiempo mientras iba hacia la puerta principal. El tiempo es oro, había dicho una vez. Cada vez que las llaves aterrizaban en su mano, tintineaban, y él las apretaba bien antes de volver a lanzarlas por los aires. Cuando se acercó a la entrada, saltó un poco de grava a las losetas que rodeaban la fachada de la casa. Luego llamó a la puerta. Al principio nadie abrió.

–¿Hola? –gritó. Volvió a llamar.

En ese mismo momento mi padre salía por la puerta del establo. Llevaba las manos en los bolsillos del mono azul.

–Buenas –saludó mi padre yendo hacia él con la mano tendida.

–Muy buenas, Lars –contestó el tío–. Bueno, pues ya solo falta que llegue el tasador.

–Sí, debería estar viniendo para acá –dijo mi padre; trataba de sonreír.

Se quedaron mirándose sin decir nada. Estuvieron así un rato.

–No sabes cómo siento que hayamos tenido que llegar a esto –dijo por fin el tío.

–Nosotros también estamos ya muy cansados.

–Pero tenemos que intentar ver el lado positivo.

–Sí.

–Después de la tormenta viene la calma.

–Pues la tormenta se me está haciendo eterna.

–No hay que perder la esperanza, las cosas van a cambiar. Quisiera poder hacer algo más, pero no está en mi mano. Nosotros también estamos bajo presión. Corren nuevos tiempos para el campo. Las granjas que no son sostenibles tienen que dar paso a las que obtienen beneficios, y puede que a la larga sea lo mejor.

–No sé yo.

–No, yo tampoco. Igual tendrías que haber apostado por los cerdos. Pero sabes que estamos encantados de poder echaros una mano.

Mientras charlaban, entró otro coche en el patio y de él se bajó un tipo con una carpeta debajo del brazo. Iba trajeado y con unos zapatos de charol bien puntiagudos. Papá y el tío lo saludaron y entraron todos en la cocina. Yo bajé corriendo para no perderme nada de lo que pasara.

–Esto son cosas de mayores, Tue, es mejor que subas a tu cuarto –dijo mi padre al verme entrar en la cocina.

Comprendí que hablaba en serio, pero me quedé escuchando al otro lado de la puerta. El tipo de los zapatos puntiagudos sacó un montón de papeles de un archivador muy grueso y los extendió sobre la mesa de la cocina.

–No es más que un borrador –dijo.

–¿Cuánto podemos sacar con esto? –preguntó mi padre.

–No es gran cosa, pero os puede ayudar a salir a flote –contestó el hombre.

Mi padre murmuró algo.

–Tiene buena pinta –dijo el tío.

Luego salieron de nuevo.

–¿Y si empezamos por el establo? –oí que decía el tío en la entrada–. Es una granja convencional, de las de toda la vida.

Los seguí a cierta distancia. Iban mirándolo todo mientras el tío y el hombre tomaban notas cada uno en su libreta. El hombre levantaba las piernas de una forma muy graciosa, como si no quisiera manchar unos zapatos tan relucientes. Inspeccionaron cada rincón de la granja. En el establo había juguetes de cuando éramos más pequeños. Estaban tirados en una jaula vieja para terneros. El cristal de una ventana se había roto un invierno. Le faltaba un trozo, seguramente por culpa de todos esos pájaros que se colaban dentro. El hueco estaba tapado con sacos viejos de leche de fórmula para terneros. Por eso estaba todo tan oscuro. De camino hacia el granero había un silo abandonado, cubierto de polvo. El tío le dio unos golpes.

–¿Está oxidado? –preguntó.

–No creo –contestó mi padre tirando de la trampilla, que se resistía a abrirse.

La empujó con el hombro hasta que por fin cedió. Empezaron a caer pequeños copos de trigo. El hombre escribió algo y salieron por la puerta que daba al estercolero.

–Aquí huele un poco mal –se disculpó mi padre cuando llegaron al depósito de purines que había detrás del granero.

Yo me acordé del día que me dijo que olía a dinero. Unas navidades, mi padre le regaló a Morten un helicóptero teledirigido y él lo estrelló sin querer contra los purines. Mi padre aún no le había comprado uno nuevo, y eso que se lo había prometido.

Entraron en casa, yo los seguí. Mi madre estaba en la cocina, pelando patatas y echándolas en un puchero. Pelaba muchísimas todos los días, decía que éramos insaciables. Saludó al tío y al hombre. Ellos le hicieron un gesto con la cabeza y se fueron al salón a hablar con mi padre.

–¿Nos preparas café? –le pidió mi padre.

Mi madre asintió y encendió la cafetera. Tenía los dedos llenos de ampollas. Solía arrancarse los pellejos muertos mientras comíamos. Vi que Jonna se había dormido en el coche y se lo dije a mi madre en un susurro.

–¿Por qué no entra?

–Porque es una estirada –contestó ella–. ¡Ahora verás!

Se levantó y salió al patio mientras los hombres se quedaban a hablar en el salón. Dio la vuelta al Land Cruiser y le metió una patata por el tubo de escape. Cuando volvió, el hombre estaba recogiendo sus papeles. Les dio a mi padre y a mi tío una copia para cada uno para que lo leyesen todo bien. Mi madre echó el café en un termo y lo llevó al salón.

–Ah, ¿os apetece un café? –preguntó mi padre.

–No, gracias. Por hoy hemos terminado –contestó el tío.

–Muchas gracias por todo. Ahora toca consultarlo con la almohada y ya os aviso cuando estén listos los números –dijo el hombre levantándose.

–Gracias –dijo mi padre mientras le daba la mano. El hombre salió por la puerta y oí que arrancaba el coche.

Mi padre le dio las gracias al tío.

–Aún no sabemos si hay algo que agradecer –respondió él–. Pero voy a intentar hacer cuanto esté en mi mano para que esto sea lo mejor para todos. –Y, mirándonos a mi madre y a mí, añadió–: Adiós.

–Hasta luego –contestó ella.

–Bueno, nos vemos pronto –le dijo el tío a mi padre estrechándole la mano.

–Sí, adiós, Chresten –dijo mi padre.

Cuando el tío se sentó al volante del Land Cruiser y arrancó, se oyó un fuerte estampido. El coche se levantó por un momento del suelo, fue como ver abortar el lanzamiento de un cohete. En el interior del coche, Jonna salió disparada contra la guantera y empezó a sonar música en la radio. Mi madre se reía sola. Arrancaron otra vez y giraron hacia la salida. Mi padre se quedó con la mirada perdida mientras el tío y Jonna se alejaban por el camino de grava. En su día había intentado plantar una avenida de árboles, pero más de la mitad se habían muerto. Era por culpa de los topos. Mi madre se acercó a él y le dijo algo al oído. Él la apartó con la mano de un empujón. Del pelo le salió una nubecilla de polvo plateado.

–Voy a echar de comer a los animales –dijo.

Por la noche, poco después de meterme en la cama, volví a levantarme. Me apetecía un vaso de agua y no podía dejar de pensar en aquel hombre de zapatos brillantes y en qué querría. Se oía ruido en el salón y también en el despacho. Entré a ver a mi madre.

–No puedo dormir, la tele arma un jaleo de mil demonios –le dije, pero no me contestó.

–Estoy jugando –dijo al fin–, habla con tu padre.

Mi padre estaba en su butaca. La luz del televisor le daba un aire inquietante a todo el salón. Tenía el volumen a tope. Me armé de valor y me acerqué para pedirle que lo bajara. Tenía el mando a distancia debajo de un cojín. Entonces le oí gemir. Me quedé detrás de él sin decir nada y desde ahí adiviné que tenía la mano metida en sus calzoncillos largos. Resoplaba y gemía mientras las imágenes del telediario desfilaban en la pantalla, frente a él. Entonces apareció la mujer del tiempo. Los resoplidos cobraron fuerza y luego se detuvieron. Salí del salón marcha atrás sin despegar los calcetines del suelo de madera.

19

Mi padre me había prometido que me daría una paga si le ayudaba a controlar a los perros en la entrada. Ese día solo podía salir el terrier y solo cuando dijera mi padre. Estaba gruñendo en el cuarto de baño, donde yo lo había encerrado. A los demás los tenía entretenidos con un conejo de peluche que había encontrado en el cuarto de Nina. Eran tan tontos que se creían que era de verdad. No tardaron en romperlo a mordiscos y corretear por el pasillo dejando un reguero con el relleno del muñeco.

Mientras tanto entró en el patio una furgoneta roja. Era de un hombre que venía nada menos que de Hobro. Había visto el anuncio que había puesto mi padre en el *Jyllands-Posten*. Le había costado un montón de pasta, pero estaba convencido de que lo iba a recuperar. Pretendía alquilar el terrier para aparearlo. Decía que estaba tan salido que nos podía hacer ganar un dinerito fácil y en negro. En el anuncio decía que no había animal con mejor pedigrí en todo el oeste de Jutlandia, pero yo era la primera noticia que tenía.

Cuando el hombre abrió el maletero de la furgoneta, saltó al suelo una perra salchicha bastante grande. Le olisqueó los zapatos e intentó salir corriendo hacia mi padre, pero el hombre la frenó con un tirón de la correa.

–Vamos, Mille, sé buena chica, vaaaamos –le gruñó tirando de la correa.

Mi padre se acercó a la puerta y me llamó a gritos.

–¡Suelta al terrier, Tue!

–¡Voy! –contesté. Y empecé a llamar al perro con silbidos y a hacer jaleo para excitarlo. Me di palmadas en los muslos y le rasqué detrás de las orejas.

El terrier salió corriendo hacia mi padre, que se agachó a cogerlo. Aunque era grande y se resistía, lo llevó en brazos. Lo tenía bien sujeto por el hocico para que no le mordiese. Se lo enseñó al hombre y le saludó sin darle la mano.

–Buenas –dijo.

–Buenas. Qué, ¿empezamos?

–Sí. Está un poco revoltoso –explicó mi padre mientras dejaba al terrier delante de la perra salchicha.

De inmediato, los dos perros empezaron a ladrarse y a intentar morderse.

–Mira, así es el amor para ellos –comentó el hombre al ver que la perra comenzaba a lamer al terrier.

–Sí, van directos al grano –dijo mi padre–. Siento que esté un poco perezoso.

–Bueno, no pasa nada, necesita que le chupen un poco la colita –contestó el otro entre risas–. ¿Quééé, mi Mille, una mamadita?

Los perros empezaron a aparearse mientras sus dueños hablaban de política. Y eso que mi padre solía decir que de esos temas mejor guardarse y si no, guardárselos. Cuando los perros acabaron, el hombre le dio a mi padre quinientas coronas en metálico y se marchó. La perra iba en el asiento del copiloto.

–¿Y ya está? –pregunté.

–Hombre, ya... Se han tirado media hora.

–Y el dinero... –dije.

–Sí, ¿qué pasa?

–¿No habíamos quedado en que ibas a darme una parte a cambio?

–¿A cambio de qué?

–De ayudarte.

–Si tú lo dices.

–Habíamos hecho un trato.

–¿Y cuánto crees que te mereces?
–No sé.
–Tú di un precio; tienes que aprender a hacer negocios.
–¿Qué tal cien coronas?
Mi padre me dio un billete.
–Ahórralas. Puede que un día las necesites.
–Pensaba comprarme peces.
–¿Peces?
–Sí, para el acuario.
–Si tienes más que de sobra.
–Pues quiero más. Quiero otros diferentes.

20

A Morten y a mí nos dejaron saltarnos el colegio un miércoles normal y corriente porque la abuela y O.P. cumplían veinticinco años de casados. Íbamos a ir a su casa a desayunar. Cuando llegamos, nos recibieron debajo de un arco de flores que habían colocado en la entrada. Había magnolias, claveles y otras flores del jardín que me sabía. O.P. me había enseñado un poco de botánica. Él había querido ser jardinero, pero acabó siendo agricultor, que en sus tiempos era lo más seguro.

O.P. fue a buscar una bandeja de latas de cerveza mientras la abuela se quedó allí, abrazándonos por turnos antes de que entrásemos. La sala estaba hasta arriba de gente. Casi todos eran del pueblo de al lado y charlaban entre ellos. La tía Chiqui estaba comiendo un panecillo con mantequilla y asentía mientras hablaba con un viejo. El cigarrillo del viejo se consumía como si el hombre se hubiese olvidado de él. Al final la brasa cayó al suelo y, sin mirar, le dio unos pisotones para apagarla. Cuando la tía Chiqui acabó con el pan, dio unos golpecitos con una cucharilla en una copa de champán. Nos chistó para que calláramos con cara de pocos amigos hasta que consiguió que todos la mirásemos.

–Gracias, gracias. Bueno, bueno –dijo–. ¡Me gustaría decir unas palabras!

Me volví hacia mi padre. Se había descubierto una mancha en la camisa gris y, mientras los demás miraban a la tía, se escupió en el dedo y empezó a rascársela con la uña. Ella siguió hablando.

–No creáis que pienso soltaros un discurso –dijo.

–Uf, gracias a Dios –rio la abuela.

–¡Mamá, por favor! –protestó la tía volviendo a ponerse seria. Luego continuó–: Hoy, madre querida y O.P., es vuestro veinticinco aniversario. Tardasteis lo vuestro, en casaros y en conoceros, pero jamás he lamentado que lo hicierais. Vuestro amor es fuerte y siempre habéis sido un apoyo enorme para mí, para Lonny y para los niños, ¡Y ahora quiero proponer un brindis a la salud de la mejor madre y el mejor padre del mundo!

–¡Gracias, Chiqui! –gritó O.P. acercándose a darle un abrazo. Sus barrigas chocaron.

Mi padre levantó la copa. Sonrió a los presentes y brindó.

–¡Enhorabuena! –exclamó a pleno pulmón.

–¡Salud, Lars! –gritó la abuela antes de apurar su copa de champán. En una ocasión había dicho que su yerno era un hombre encantador.

Mis hermanos y yo tuvimos que sentarnos al final de la mesa. A Nina se le cayó todo el refresco por el mantel. «¡Me cago en la leche!», le chilló mi madre. O.P. salió de la cocina y le lanzó un trapo. Parte del refresco había caído ya al suelo. Ayudé a limpiarlo y dejé el trapo en la mesa. Fueron pasando bandejas de pastelillos, y en ellas había también una hojita con la letra de una canción.

–¡Caramba, una canción! ¿La has hecho tú, chicuelina? –preguntó O.P.

La tía Chiqui sonrió con los ojos entornados.

–¿Y tengo que cantarla? –preguntó él.

–Espera un poco –contestó la tía.

–¿Por qué? –preguntó O.P. Luego carraspeó para calentar la voz.

–Espera, hombre –dijo ella. Salió al pasillo.

–¿Te has enfadado? –le preguntó O.P.

Pero ella no lo oyó. Cuando volvió, venía acompañada de un hombre. El recién llegado saludó a todo el mundo con la cabeza y Chiqui sonrió. El hombre llevaba un teclado debajo del brazo.

–¡Pero esto qué es! –exclamó O.P.

–No podía faltar la música en vuestras bodas de plata –dijo la tía con una sonrisa llena de orgullo.

–Qué barbaridad. ¿Has contratado a un músico, chicuelina? –preguntó O.P.

Todos se quedaron mirando al hombre, que en un abrir y cerrar de ojos montó el teclado. La tía Chiqui le dio una copia de la canción que había sacado por la impresora.

–¿Eres músico? –preguntó Morten levantando por fin la vista de las migas de su plato.

–¡Pues claro!

–¿Y en qué grupo tocas?

–En mi propio grupo.

–¿Los Shu-bi-dua?

–No, uno mucho mejor.

–¿Cómo se llama?

–En realidad, soy yo solo, ¡pero toco música de fiesta! –dijo empezando a tocar el teclado.

O.P. cantó la canción, como había prometido. Yo compartía la letra con Nina y con Morten. No eran capaces de seguir el texto, ni siquiera sabían leer bien. Después todo el mundo volvió a levantarse para fumar e ir al baño. Esos pequeños descansos estaban muy bien. Y se notaba que la abuela pensaba lo mismo. Se la veía cansada. Nina no pudo comerse el resto de su panecillo y apartó el plato.

–Ya me lo acabo yo –se ofreció O.P., que se metió el pan que quedaba a presión en la boca.

Un trozo se le atascó en la garganta, era un poquito asqueroso oír a un hombre tan gordo con el gaznate lleno de pan. Siempre tenía algo en la boca. Golosinas, comida o cháchara. La abuela fue a sentarse en su sitio del sofá. No dejaba de echarse terrones de azúcar en el café.

–Hola, abuela –dije sentándome a su lado–. ¿Qué tal es eso de llevar tanto tiempo casada?

–Horrible. Pero pocholo, me he enterado de que andas un poco triste últimamente.

–No, qué va.

–¿Estás seguro?

–Sí. ¡Tú no te preocupes!

–¿Entonces por qué lo dice tu madre?

–Es solo que en el colegio hay un montón de gilipollas; o sea, de profesores. Lo dirá por eso.

–Sí, Tue, me temo que a ti y a mí nos cuesta quitárnoslos de encima. En esta familia tenemos un imán para los gilipollas.

Se echó a reír con una risa ronca. No parecía acordarse del café, que se había quedado frío. Apagó el cigarrillo y me dio unas palmaditas en la cabeza. Luego sacó algo de debajo del sofá. Una lata de tabaco y una cajita de doscientos filtros.

–Te voy a enseñar a liar cigarrillos. Sale mucho más barato que comprarlos hechos.

Observé cómo llenaba la máquina de tabaco, metía el filtro por el tubito y dejaba el cigarrillo ya liado en el bote que había encima de la mesa.

–¡Listo! –exclamó–. Ahora tú.

Lo intenté, pero el filtro se rompió.

–Me cago en la leche, no. Así.

Sacó otro filtro y me enseñó a hacerlo una vez más. No me salía.

–Qué más da. Total, tampoco vas a fumar. Fumar mata. –dijo, y yo asentí; lo ponía en la lata de tabaco.

O.P. carraspeó desde su sitio en la mesa. Se puso de pie.

–Ahora me gustaría brindar con mi esposa. Gracias por veinticinco años estupendos... ¿Dónde coño te has metido, Ruth?

La abuela gritó desde el sofá.

–¡Aquí! ¡Estoy aquí!

–¡A tu salud, cariño! –le gritó O.P.

La tía Chiqui les sonrió. Ella no tenía hijos. Estaba muy gorda y eso afectaba a todo su cuerpo. Mi madre decía que lo sentía por ella.

Cuando se hizo de noche, los mayores ya empezaban a tambalearse en las sillas y a subir el tono. Jugaban a las cartas y miraban fotos antiguas, de la época en que mi madre era pequeña, a pesar de que siempre decían que no había que quedarse anclado en el pasado. Yo seguía en el sofá, al lado de la abuela. Ella había puesto la tele. Estaban echando las noticias regionales. O.P. se acercó y se sentó a mi lado.

–¿Por qué os quedáis aquí, aislados? ¿No queréis veniros y hablar un rato con los demás? –preguntó.

–Estamos descansando un poco –contestó ella.

–Ruth, sois unos antisociales –protestó él.

–Se dice asociales.

–Sí, eso también. Venga, a la mesa, que tenemos invitados.

–No parece que vayan a irse ya –dijo la abuela.

O.P. se quedó enganchado a la tele y se puso cómodo. Últimamente me entraba una sensación muy rara en la tripa cuando estaba en el sofá de la abuela y O.P. Ya no era como antes. Se estaban haciendo viejos. Siempre lo habían sido, claro, pero O.P. estaba más delicado de salud. Como no se cuidaba, se pasaba el día entrando y saliendo del hospital. Se le había inflamado la tiroides, pero ya no hablaba del tema tanto como antes. Mi madre decía que tenía que vigilar el peso, pero eso no era nuevo. Siempre insistían en que se jugaba la vida cada vez que comía algo.

Desde el sofá se veía un maizal por la ventana. Yo no entendía por qué no habían recogido aún la cosecha. En la tele salía el alcalde de Skive. Quería que construyeran un IKEA en los terrenos del matadero incendiado. La abuela decía que solo con oírle se sabía que era un corrupto. Después hablaron de unos alemanes que habían muerto ahogados en un accidente en el mar del Norte.

–Parecen memos, estos alemanes –comentó O.P.

–Yo nunca he estado en el mar del Norte –dije yo.

–Pues tenemos aquí mismo el fiordo de Lim.

–Ya, claro. Pero ¿no podríamos ir en coche un día?

–No hay razón para ir por ahí conduciendo sin ton ni son, la gasolina está por las nubes –dijo él.

–O.P., por favor, no seas rácano. Si Tue quiere ir un día a ver el mar del Norte, se va y punto. Te llevaremos la próxima vez que vengas –dijo la abuela dándome un tirón de orejas.

–Qué bien –dije.

O.P. se levantó y volvió a la mesa con los demás. Habían empezado una partida de cartas.

–¿Cómo está tu madre? –preguntó la abuela.

–¿A qué te refieres?

–No la veo bien.

–No, yo tampoco.

–Ya. ¿Os estáis acordando de portaros bien con ella? –me preguntó, y yo le dije que creía que sí.

El tipo de la música fiestera salió de la cocina y volvió a sentarse al teclado. La tía Chiqui se le acercó y le hizo señas a la abuela. El músico empezó a tocar el vals nupcial.

–¡Oh, no! –exclamó la abuela.

–Oh, sí –rio la tía, pero la abuela no se movió. Se tomó su tiempo para acabar de fumarse el cigarrillo. Yo empezaba a preguntarme si no sería todo el rato el mismo.

–¿Vas a salir a bailar? –le pregunté.

–Me temo que sí.

–¿Con quién?

–Con O.P.

–¿Y conmigo?

–Contigo también. ¡Vamos! –contestó poniéndose de pie.

Me ofreció la mano. Yo se la cogí y la dejé levantarme del sofá.

21

Fue Bitten la que encontró a mi madre. Cuando entré en casa y las vi, aún no me había quitado la mochila. Se me había quedado pequeña y me dolía la espalda, porque siempre la traía del colegio llena de montones de cosas raras. Piedras bonitas y objetos que la gente se olvidaba en los bancos. Mi madre estaba metida debajo de la mesa de centro, jadeando y pegándole tirones a la alfombra. Bitten se había sentado encima de la mesa y fumaba un cigarrillo mientras trataba de calmarla.

–¿Quieres hacer el favor de levantarte? –decía.

Pero mi madre no respondía. Entonces Bitten me vio.

–Parece que tu madre no se encuentra bien.

Le dio una calada al cigarrillo. Mi madre contuvo la respiración. Luego gritó con todas sus fuerzas:

–¡Me quiero morir! –Fue como si su grito me atravesara los huesos.

–Y tarde o temprano te morirás –dijo Bitten entre risas.

Pero mi madre siguió llorando.

–Cagüentó, ¿tan mal estás, Lonny?

–¡Estoy jodidísima! –berreó mi madre.

Bitten metió la cabeza debajo de la mesa y echó un vistazo.

–Joder, creo que será mejor llevarte al médico. Vamos.

Tiró de mi madre, que seguía en el suelo con la respiración cada vez más acelerada.

–¿Quieres un vaso de agua, Lonny?

Mi madre no contestó. Se quedó tumbada en posición fetal y se encogió hasta hacerse una bolita.

–Venga, que vamos al médico. Lonny, joder, arriba –resoplaba Bitten. Se le cayó el cigarrillo.

Fui corriendo a echarles una mano.

–¡Vete! –gritó mi madre empujándome. Al final se levantó y se fue con Bitten.

–Volvemos enseguida –dijo ella–. No creo que sea nada grave.

Se marcharon en el coche de Bitten. Yo me metí en mi habitación, di unas escamas a los guppies y me senté en el puf. Vi que algunos estaban muy quietos en el acuario. Di unos golpecitos en el cristal con el dedo, pero no se movieron.

Mi madre y Bitten no volvieron hasta la noche. El médico había dicho que era algo psíquico. Le había recomendado que hablara con un psicólogo, la había visto estresada. Mi padre dijo que era una exageración gastar dinero en hablar con alguien cuando mi madre tenía gente de sobra para hacerlo. Tampoco entendía por qué estaba estresada, si no hacía otra cosa que estar plantada todo el día delante del ordenador. Y en eso no le faltaba razón.

Esa noche, mamá se metió en la cama a comer patatas fritas con sabor a crema agria y cebolla. Llenó las sábanas de migas. Cuando entré a darle las buenas noches se enfadó conmigo. Se dio la vuelta y rodó hasta el otro lado de la cama con las nalgas por fuera de las bragas.

–Acuéstate –me dijo–. Ve a acostarte ahora mismo.

22

El tío Chresten iba a venir a recoger el sobre. Eso era lo que habían decidido mi padre y él. Una tarde, mi padre firmó unos papeles, los metió en un sobre y lo cerró con un trozo de celo. Luego se tiraron una semana en el estante de encima de la cocina. Mi padre decía que nos estaba salvando de la ruina, que había que agradecérselo mucho al tío Chresten. Era un buen trato, añadió, pero no nos contó nada más. Había prometido darme cincuenta coronas si ordenaba el patio. Estaba hasta arriba de cachivaches. Había que adecentarlo, dijo. Y como el tío no iba a llegar antes del mediodía, lo dejé para el último momento.

–Primero tengo que descansar un poco –le dije a mi padre cuando entró en mi cuarto.

–A ver si no te va a dar tiempo. Que me lo has prometido –me recordó él.

–Sí, sí. Ya voy –dije levantándome.

Me puse unas botas de goma viejas que me hacían daño en los dedos. Había que pasar el rastrillo por la grava alrededor de toda la casa y llevar un ternero muerto al estercolero. Aunque, para el caso, también podíamos empezar a quemar los animales nosotros mismos. Mi padre decía que la empresa que los recogía había subido los precios y que les importaba una mierda la situación del campo. Además, si me sobraba tiempo, tenía que lavar el camión.

Lo principal era que los perros se quedaran dentro de la casa, porque mi tío los odiaba. Los llamé, pero no vinieron.

Les grité una y otra vez poniendo la más dulce de las voces, hasta intenté ladrar como ellos, pero no me hicieron ni caso. Así que tocaba engañarlos. Por suerte, no eran muy listos y siempre picaban. Fui a buscar un lomo de cerdo que ya llevaba semanas en la nevera. Cuando se lo puse delante, se me tiraron encima con los ojos como platos. Arranqué un trozo de carne y se lo eché. Empezaron a correr de un lado a otro para que les diera más, pero yo fui retrocediendo hasta meterme en la casa y lancé el lomo hasta el fondo. Los perros se derribaban unos a otros en su empeño de correr hacia la carne. Yo cerré la puerta corriendo antes de que pudieran volver a salir.

Había una botella de refresco rota en mitad del patio. Los cristales se habían mezclado con la grava, después de que mi madre pasara por encima con el camión sin querer. Tardé un buen rato en recoger todos los trozos con la mano. De vez en cuando, mi padre salía del establo para ver si avanzaba con el trabajo.

–Aún te queda mucho que hacer, Tue –dijo dándose golpecitos con el dedo en la muñeca.

–Me dará tiempo, no te preocupes. Ya he hecho mucho –dije yo.

–Todavía te falta pasar el rastrillo por el patio y quitar los animales muertos –me recordó.

–Me da tiempo, en serio –insistí–. Lo tengo bajo control.

–Muy bien, hijo.

Después cargué el ternero muerto en una carretilla. Apestaba, pero yo no era tiquismiquis. Ya vendrían cosas peores en la vida que cargar animales muertos de un sitio a otro. Eso decía siempre mi padre. Había que estar preparado para lo peor, que la vida siempre trae un poco de todo. Como las botas me hacían daño, me costaba mantener la carretilla en equilibrio, pero aun así conseguí llegar al estercolero. Descargué y entré al granero a buscar un bidón de gasolina. Rocié con ella los cadáveres que había apilados, antes de prenderles fuego con un mechero alargado que había en el camión. Cuando las llamas empezaron a chamuscar el pellejo, se levantó un humo negro y apestoso.

Al volver a casa, mi padre estaba esperando en la entrada. Sus botas habían dejado un reguero de costras de barro seco por el pasillo. Llevaba en la mano el sobre para el tío.

–¿Te ha dado tiempo a lavar el camión?

–No –contesté.

–Si lo demás está controlado, da lo mismo.

–Todo controlado –le aseguré.

Se oyó un claxon al final del camino, era el tío, que llegaba en su Land Cruiser. Lo traía reluciente. Lo frotaba con aceite de colza para lograr ese efecto. Mi padre abrió la puerta levantando el cerrojo y tirando con cuidado, se había roto a fuerza de cerrar de golpe. Y para que los perros no se escaparan, entornó solo lo justo para poder salir él.

–¿Puedes preparar café? –me pidió.

–Se me ha olvidado cómo se hacía.

–Ocho cucharaditas de café. Ocho tazas de agua.

–Vale.

–¡Espabila! –me gritó.

Y luego siguió gritando. Primero a los perros, después a mí. Al final la puerta se había abierto y los perros correteaban por el patio.

–No, no, no –suspiró–. ¡Deja el café y ven ahora mismo!

–Voy, voy –dije.

–¡Agarra a esos condenados chuchos! –chilló–. ¡Tu tío está a punto de llegar!

–No hay quien los pille –dije a punto de llorar–. Ya lo he intentado mil veces.

–No puedes hacerme esto.

–Yo no tengo la culpa de que sean unos salvajes.

–Prueba otra vez. Me prometiste que iban a estar encerrados.

Estaba a punto de darme por vencido, pero entonces fui a la cocina a buscar el salchichón. Ojalá los perros no se acordasen del truco.

El Land Cruiser entró en el patio. Sus enormes faros parpadearon un par de veces. Los perros fueron corriendo hacia él. Yo me quedé mirando desde los escalones mientras intentaba hacerles entrar. Traté de atraerlos con el salchichón, pero tenían los cinco sentidos puestos en el tío, que seguía en el coche, muy sonriente, pero sin apagar el motor. Abrió la puerta un poquito y asomó una pierna. Llevaba unos zapatos muy bonitos y una chaqueta de lana.

–Buenas, Chresten –saludó mi padre mientras se acercaba.

Al principio el tío no le contestó. Estaba bajando la radio. Los perros pegaban saltos a un lado del coche, babeando y gruñendo. Así recibían a todas las visitas.

–Buenas, Chresten –repitió mi padre.

–Muy buenas –dijo el tío. Luego me miró a mí, que seguía en los escalones que subían a la puerta principal–. ¡Y buenas, Tue!

–Hola, tío –contesté.

–¡Quietos! –les gritó a los perros con voz autoritaria.

–Tú atízales y ya está –dijo mi padre.

–¡Uf! ¡Queréis bajaros! –siguió intentándolo el tío.

Pero no le hacían ni caso.

–¿Tienes algo para mí? –preguntó desde el coche a gritos, aunque tenía a mi padre justo delante.

Mi padre le pasó el sobre por la ventanilla. El tío movió los labios mientras rompía el celo y abría el sobre. Mi padre se quedó en silencio mientras él revisaba los papeles.

–Aquí tenemos tu firma y ahí la de Lonny. Todo perfecto, Lars.

Subió la radio, dispuesto ya a marcharse.

–Puedes quedarte con el sobre –dijo–. Todo esto es una pura formalidad, supongo que lo sabes.

–No pasa nada –dijo mi padre. Cuando hablaba con su hermano se volvía muy pequeñito.

–¿Qué tal Lonny? –preguntó el tío.

–Podría estar mejor.

–Ha sido un buen golpe. Debe de tener la mente frágil.

Los perros seguían saltando alrededor del coche y dejando sus huellas marcadas.

–Venga, largo de aquí –les dijo mi padre, que estaba acariciando a uno detrás de la oreja.

Yo pensé que eran idiotas, aunque claro, ellos no sabían que en teoría ahora su amo era el tío.

–Deberíais plantearos vender unos cuantos perros. Se azuzan unos a otros –sugirió el tío.

–Estoy en ello –dijo mi padre–. ¿Quieres pasar a tomar un café?

–No, muchas gracias. Tengo que ir a casa de la yaya, otra vez será.

–¿Qué tal está?

–No va mal. Ahí, entretenida con sus cosas. Os mandará recuerdos, me imagino. Bueno, esto entonces entra en vigor el lunes, primero de mes –dijo bajando la vista hacia el documento. Luego recogió todos los papeles y los dejó en el salpicadero–. Pasadlo bien.

–Solo una cosa –le gritó mi padre.

–¿Sí?

Mi padre se lo pensó mejor. Tenía la mirada perdida.

–No, nada. No importa.

–Oye, sin problema. Nos vemos. Me alegra un montón poder echarle una mano a mi viejo hermano.

–Nosotros también nos alegramos. Gracias por todo –dijo mi padre.

El tío subió la ventanilla y salió del patio dando marcha atrás. Yo me levanté de los escalones y me acerqué a mi padre. Se había quedado viendo cómo bajaba el coche por la avenida de árboles secos.

–Mis cincuenta coronas –dije con cautela.

–¿Tú crees que te las mereces?

–El patio ha quedado bastante bien.

–¿Y los perros, pedazo de idiota? Eso era lo más importante. Una cosa tan sencilla.

–Entonces ¿no me vas a dar el dinero?

–¿Tú crees que te lo has ganado?

–Sí –respondí.

–¿De verdad?

Se metió los dedos en el bolsillo de la pechera y sacó un billete.

–Toma, tu ridículo dinero –dijo tirándomelo.

El billete se quedó flotando en el aire y yo lo atrapé.

–No eres capaz ni de encerrar a unos chuchos. La próxima vez, mejor se lo pido a Morten.

–Lo siento –dije.

–Más te vale –contestó.

Me quedé mirando el billete que tenía en la mano. Cuando entré en casa, lo metí en la hucha.

Unos días después de la visita del tío, mi padre vendió su diente de oro. Primero fue a la ciudad a ver al dentista y le pagó una pequeña cantidad para que se lo sacara. Le pusieron anestesia en el paladar y le quitaron el diente; dijo que no le había dolido. Luego fue a la joyería de la acera de enfrente y lo vendió. Esa misma tarde le ingresó el dinero del diente a mi tío. Nadie se muere por un puto diente, dijo, y yo me quedé mirando el hueco negro que se abría en su boca donde antes estaba el diente.

23

Ese día hacía tantísimo frío en la parada del autobús que era imposible estarse quieto mucho rato. Por eso pataleaba, daba saltitos y entrechocaba las palmas de las manos una contra otra mientras pensaba que, encima, me estaba meando. Pero me daba miedo que si lo hacía allí, el pis se me convirtiera en un carámbano de hielo, así que me metí detrás del economato. En la pared, donde los contenedores, había un sistema de ventilación que sacaba el calor de la frutería. Me bajé la cremallera y meé detrás de un contenedor. Entonces me fijé en el almacén de las botellas. La puerta estaba entornada y por la rendija alcancé a ver a un chaval barriendo. Me sonaba del colegio, lo había dejado un par de años antes. Él a mí no me vio, y cuando volvió a la tienda, me sequé las manos en los pantalones y me colé en el almacén.

Allí dentro había un olor ácido, fermentado. Saqué una botella sin abrir de una caja y estaba a punto de bebérmela cuando pensé que la chapa podía hacer ruido si caía al suelo de cemento. Había montones de cajas con cascos vacíos. Puede que por valor de varios miles de coronas. Escuché atentamente por si venía alguien, pero lo único que se oía eran las ruedas de los carritos moviéndose por la tienda. Agarré una caja de botellas vacías y canjeé todos los cascos en la máquina. Imprimí el recibo. Ya sabía en qué me iba a gastar el dinero. Si me llegaba, me compraría un reproductor de MP3. Y si no, un billete de autobús para ir a Viborg, a ver los peces que tenían en Bonnie, la tienda de animales.

Volví al cuartito y cogí otra caja. Lo hice varias veces, había muchísimas botellas vacías. Nadie me vio, aunque tardé lo mío. Había toneladas de cascos. Miles, quizá millones de botellas de refrescos y cerveza, o al menos eso me parecía. Imprimí un recibo más. Cuando ya tenía cuatro, entré en la tienda y se los di al chico de la caja. Le pedí el dinero. Él cogió los recibos y los pasó por el escáner sin decir nada. Se quedó un buen rato mirando la pantalla con cara de alelado.

–Un momento, por favor –dijo levantándose.

Volvió con Kenneth. El encargado flacucho de las mechas rubias. Todo el mundo le llamaba Peloqueso. Le gustaba asustar a los niños del colegio cuando entraban en la tienda, como si esa fuera su única misión allí. Lo había visto muchas veces mangonear a los empleados. «Faltan bolitas al ron en el mostrador, ¡vamos, moveos!», les gritaba. Ahora lo tenía delante. Me empujó por la espalda y me llevó de vuelta al almacén donde había robado los cascos.

–Espero que tengas una buena explicación para esto –dijo.

Pero yo, evidentemente, no la tenía, así que contesté que no con la cabeza. Se metió la mano en el bolsillo para sacar el móvil. El pantalón le quedaba tan ajustado que le costó.

–Tu madre estará orgullosa de ti –dijo pasándome el teléfono–. Ya estás marcando su número.

Lo marqué. Era el único que me sabía de memoria, aunque nunca la llamaba, no usaba mucho mi móvil.

–¿Se lo explicas tú o se lo explico yo?

–Tú, por favor –dije.

¿Cómo contarle a una madre algo tan ridículo? Que has robado un montón de cascos del economato. Salió del almacén para hablar con ella. No oía lo que decía, pero me daba lo mismo. Me quedé allí sentado en una silla giratoria y, mientras lo imaginaba echando chispas por dentro, me dediqué a contemplar el montón de archivadores y palés que había allí dentro. Esperamos a mi madre, Kenneth sin quitarme la vista de encima y yo sin mirarle a él. No me remordía la conciencia. Con todos los canallas que había en este mundo, era imposible que yo fuese el peor de todos. Mi madre entró en la tienda. Llevaba puesto el pantalón de chándal y olía a tabaco.

–¡Tue, joder! –exclamó.

–Pues sí, como ya te he dicho por teléfono, tu hijo ha intentado robarnos dinero de los cascos –le explicó Kenneth–. Y eso no puede ser. Tampoco nos gustaría tener que involucrar a la policía, siendo tan joven. Pero solo vamos a darle una oportunidad. ¡Una sola!

Yo negué con la cabeza. Mi madre lo vio y me zarandeó.

–Habrase visto el mocoso. Ya le ajusto yo las cuentas, tranquilo –le dijo a Kenneth.

–Eso espero. Y no quiero volver a verte por la tienda.

–Lo siento mucho –dije. Aunque no era verdad.

Salimos de allí. Subí al camión mientras mi madre llenaba el depósito. Ella no apartaba la vista del contador del surtidor de diésel, solo llevaba encima doscientas coronas. Luego se sentó y encendió un cigarrillo.

–¿Nos vamos? –le pregunté al ver que pasaban los segundos y no arrancaba.

Empezaba a salir gente de la tienda, seguro que lo habían visto todo. Me entraron ganas de hacerles una buena peineta por la ventanilla.

–Tue, joder... –dijo mi madre.

–Ya lo sé, pero ¿no podemos irnos de una vez a casa?

–No, no podemos. No pienso estar salvándote el culo una y otra vez.

–Ya lo sé.

–¿Es que no puedes comportarte como una persona normal?

Me cabreé muchísimo con ella, porque a mí me parecía que no hacía otra cosa que intentar ser normal.

–Que te den.

–¡A tu madre le hablas bien!

–No me da la gana.

–¡Ya vale! ¿A ti qué cojones te pasa?

–A mí no me pasa nada.

–¿Quieres hacer el favor de escucharme?

–Si ya te escucho…

–Eso espero, porque si no cualquier día de estos acabas entre rejas, o metido en las drogas o algo por el estilo. Todos esos que salen en la tele están ahí por no hacer caso a sus madres. Tenían los dedos muy largos.

Arrancó y empezamos a movernos. Era la primera vez que la decepcionaba. Se lo notaba en las manos. Le temblaban, el metal del anular chocaba contra el volante. Bruja asquerosa, pensé. Bruja asquerosa y depresiva.

–Es la última vez que te salvo el culo –repitió.

Yo me limité a asentir y apoyé la cara contra el cristal de la ventanilla.

24

En el montón del correo de la semana me encontré un cheque. Aunque nunca había carta para mí, solía echarle un vistazo. A veces se oye de gente que recibe una herencia inesperada o se echa un amigo por correspondencia. El cheque era un dinero que la compañía eléctrica le devolvía a mi padre. Los sobres de ventanilla, la publicidad y los periódicos gratuitos estaban todos mezclados, y en medio de todos ellos estaba el cheque. Por lo general, mi padre no abría el correo hasta finales de semana, así que lo más probable era que se olvidase del cheque que tenía que recibir, o creyera que lo había tirado con la publicidad sin darse cuenta. Cuando lo encontré, me lo guardé en la mochila y esa misma tarde tomé un autobús que me llevó a la ciudad. La mujer del banco me pidió que le enseñara el pasaporte, pero hacía años que me había caducado, así que se conformó con mi tarjeta de la seguridad social, aunque no llevaba foto. Me dio en metálico todo el dinero. 2.159 coronas. Casi no cabían en mi billetera negra de cuero. Me compré un batido grande de chocolate en Bon Bonnieren y me lo fui tomando por la calle peatonal. Era tan enorme que cuando llegué a la parada del autobús aún me quedaba la mitad.

–No puedes subir con eso –dijo el conductor.

–¿Y si le prometo que no mancho nada?

–Eso no puedes prometerlo. Tienes que tirarlo –insistió.

Empecé a tomármelo tan rápido que sentí que el cerebro se me congelaba. Él miró el reloj y arrancó el motor. No había más pasajeros. Tiré el vaso vacío a la papelera, le pedí un billete de tres zonas y pagué con una moneda de veinte.

Cuando llegué a casa, mi padre ya había descubierto que el cheque no estaba. Había llamado al banco, y todo. En mi vida le había visto tan cabreado. Tenía los puños apretados a los lados de las piernas y se mordía el labio. Yo aún llevaba la mochila y traté de poner mi mejor cara de tonto. Pero algo debió de delatarme. No valía para mentir.

–Eres incorregible –dijo hablando consigo mismo–. Eres incorregible y me tienes hasta los huevos, podría denunciarte por lo que has hecho.

Lo primero que pensé es que no puedes denunciar a la policía a alguien de tu familia.

–¿De qué hablas? –intenté–. No sé de qué me hablas.

Él estampó un pie en el suelo. Entonces eché a correr y salí disparado por la puerta del jardín. Me había quitado el abrigo y la mochila y solo llevaba puesto el pantalón de chándal y una camiseta vieja. Echó a andar detrás de mí, se le veía muy tranquilo. Yo trepé por el roble del fondo del jardín. La corteza me arañaba las piernas. Me subí hasta la más alto, hasta la rama más fina. Abajo, los perros pegaban saltos alrededor del árbol intentando pillarme. Desde la copa veía los campos que bajaban hacia el fiordo. Veía la torre de la iglesia perderse en el cielo, oía el viento barriendo los maizales. Veía el suelo a mis pies. Y a mi padre con una azada en la mano, intentando alcanzar la rama donde me había sentado. Me había encontrado.

–¿Cómo coño se te ocurre? –gritaba.

No contesté.

Tenía los muslos gruesos y con mi peso la rama se mecía a un lado y a otro, pero seguía bien pegada al tronco. Cada vez que se levantaba una ráfaga de viento, se me ponía la carne de gallina en las piernas. La cabeza de mi padre era una mancha gris y su cara una señal roja de peligro que me avisaba de lo que ocurriría si bajaba.

–Mocoso de mierda –gritaba.

Después de una hora subido al árbol, me entraron ganas de ir al baño. Pero no me atrevía a moverme. Mi padre seguía allí abajo, cruzado de brazos. No me cabía ninguna duda de que iba a seguir así lo que quedaba del día y toda la noche. De vez en cuando sacudía las ramas y hacía caer unas bellotas. Yo no podía seguir subiendo y bajar tampoco.

Por qué no me dejará en paz, pensaba. Al cabo de un rato se quedó muy quieto y muy callado. ¿De verdad me creía tan tonto como para pensar que se había dado por vencido?

Me bajé los calzoncillos hasta los pies. Las piernas me escocían cada vez que me movía. La corteza del árbol se me clavaba en la piel. Me agarré a dos ramas grandes y me eché un poco hacia atrás. Luego me puse a cagar. Apreté, hice fuerza y sentí un alivio enorme. La mierda cayó encima de unas flores y las tumbó, mientras mi padre, sin soltar la azada, me gritaba que ahora sí me había pasado de la raya.

Entró en casa, pero yo no me moví. Luego bajé un poco por el roble para poder sentarme sin tener que poner todo el cuerpo en tensión. Ahora que ya sabía que la rama de arriba aguantaba mi peso, podía subir rápido si hacía falta. Mi padre volvió con Nina y con Morten.

–Mirad lo que ha hecho –les dijo señalando mi cagada–. ¡Le encanta la mierda!

Mis hermanos empezaron a chillar y a poner cara de asco.

–A este maricón le encanta la mierda.

Morten estaba ahí plantado, con la mirada perdida. Mi padre se agachó a coger un palo bastante largo.

–Joder, qué asco –dijo moviendo la cabeza.

Mi madre me había contado que era posible desmayarse de pura rabia. Yo tenía la esperanza de que a mi padre le ocurriera. Le pasó a Morten el palo. Le dijo algo muy bajito para que yo no lo oyera y entonces Morten y Nina se echaron a reír. Luego empezaron a turnarse para embadurnar el palo de mierda y tratar de darme con él en las piernas, procurando al mismo tiempo que no les cayese nada en la cabeza. Por más que lo intentaban, no llegaba ninguno de los dos. Cachitos de mi mierda todavía templada se desprendían del palo y caían formando remolinos. A mi padre le cayó un trozo en el mono. Agarró el palo con mirada asesina. Yo empecé a subir hacia la rama más alta, pero el palo se acercaba lento y apestoso. Mi padre se empleó a fondo y al final aceleró y me estampó la mierda en la pierna. El golpe me escoció, y sentí el calor de la mierda en mi pierna.

–¡Puaj! –gritaron mis hermanos.

–Cretino –dijo mi padre–. Maldito cretino.

Entraron en casa. Yo me quedé en el árbol, había perdido la noción del tiempo. Intenté limpiarme la mierda con unas hojas. Miré la torre de la iglesia y luego vi a Frank, el vecino, dando vueltas con su tractor. Cuando, al cabo de un buen rato, me decidí a entrar, mi padre me ordenó que me acercara.

–Ya sabía yo que volverías a la hora de cenar –dijo agarrándome de la oreja y retorciéndomela.

–¡Para! ¡Para! –grité.

Entonces me estampó un bofetón.

–Maltratador infantil –dije.

–Un buen sopapo nunca le ha hecho daño a nadie.

–¡Maltratador infantil! –volví a gritar, y dejé que me pegara.

Sentí sus nudillos en el ojo. Y luego me sentí cansado. Me mandó a la cama, y, aunque me rugían las tripas, me dormí al instante.

A la mañana siguiente tenía el ojo morado. Papá estaba muy calmado, casi simpático, pero yo echaba chispas por dentro. Llevaba dentro una rabia que no podía sacar. Mi padre cogió el termo y me sonrió.

–¿Te apetece un café? –me preguntó mientras servía dos tazas.

–No, gracias.

–Claro que sí, ahora ya has aprendido la lección. ¿No te gusta el café? Como si nunca hubiésemos tomado un café juntos, hijo mío.

–Ya, pero no, gracias.

–¡Que te lo tomes!

No dijo una palabra del ojo morado, era como si solo lo viese yo. Entonces me miró.

–Tienes que portarte como es debido, si no te vas a llevar muchas hostias en la vida. A la familia no se le roba –dijo.

No contesté.

–Hoy no hace falta que vayas a clase –siguió–. Tómate el día libre. Tampoco van a enseñarte nada que yo no sepa.

–Ni que lo supieras todo…

–Las cosas más importantes no están en los putos libros.

–Es necesario tener una educación.

–Sí, eso dicen, pero el caso es que también es necesario tener un trabajo. Y eso no se consigue solo leyendo libros.

–Entonces ¿me quedo? –pregunté.

–Sí –contestó–, te quedas.

25

Cuando volví del colegio, me encontré con todo el suelo de la entrada lleno de agua. Dando una buena zancada, crucé hasta la puerta de la cocina y evité mojarme los zapatos. El agua tenía restos de jabón, unos copos blancos en medio de la espuma. La puerta de la lavadora estaba abierta. Los números del panel de control parpadeaban de una manera muy rara, y por la parte de abajo salía agua de una ranura en el plástico. Pasé a la cocina a hacer los deberes. Nos habían puesto un problema de matemáticas. La solución venía al final del libro, pero teníamos que hacer los cálculos nosotros solos. Del despacho salía el sonido del altavoz del ordenador, el ruido de las fichas de la partida de póquer de mi madre. Nunca lo apagaba, decía que se lo habían recomendado los médicos. Tranquilidad y descanso.

El parpadeo azul de la pantalla era la única luz que iluminaba la habitación. La bombilla del techo estaba fundida y nadie la había cambiado. Desde que no trabajaba en la fábrica por las noches, mi madre se pasaba ahí sentada casi todo el día. Ahora solo hacía sustituciones, decía que habían hecho recortes drásticos; hasta habían despedido a unos cuantos orientales, y eso que sus sueldos salían muy baratos. Siempre tenía en la mesa la misma taza de café, una con un gran smiley amarillo. Al lado había una cajetilla de Prince 100, a la que nunca le quitaba el celofán de la parte de abajo. Así quedaba más bonito. Por fin vino a la cocina a preparar más café. Se quedó allí plantada mirando la cafetera, como si el café se fuese a hacer más deprisa si ponía suficiente cara de cabreo. La máquina empezó a echar burbujitas y a soltar café en la jarra. Era una Moccamaster que había conseguido barata a través de Bitten, quien había comprado un lote en una subasta online. Mi madre siempre pensó que lo había comprado sin pensar. Levanté la vista de mi problema de matemáticas.

–¿Por qué tengo que hacer esto? –pregunté mirando el libro con aire resignado.

–Y yo qué sé –contestó. Seguía con la vista fija en la cafetera.

–Es absurdo. Odio las matemáticas.

–Bueno, cualquiera puede ser matemático.

–De eso nada. Yo, desde luego, no puedo ser matemático.

–Pero ¿quieres serlo?

–¡Pues claro que no!

–Pues entonces haz las cosas lo mejor que puedas y listo. Más no te pueden pedir.

Volvió al despacho sin decir más. Yo cerré el libro de matemáticas, no me apetecía seguir; además, si te sentabas al fondo de la clase no tenías que abrir la boca.

Mi padre entró cuando acabó de ordeñar. Fue dejando enormes huellas por todo el suelo de la cocina porque había pisado el charco de la entrada.

–¿Qué ha pasado en el pasillo? –preguntó.

–Es la lavadora. Creo que se ha roto –contesté.

Me miró con cara de resignación.

–¿Has tocado algo?

–No, ya estaba así cuando yo he llegado.

–No se os puede dejar ni diez minutos sin que os carguéis algo. ¡Es que lo sabía!

–Que no he sido yo.

–Me cago en la leche, Tue. ¿Por qué no nos has avisado a mamá o a mí?

–Yo no tengo la culpa.

–Lleva todo el día saliéndose el agua. ¿Tú sabes lo que cuesta arreglar una lavadora? Cuesta muchos, muchos miles de coronas. Un dinero que no tienes.

–Eso ya lo sé, pero es que yo no tengo la culpa.

–Me cago en la leche. –Meneó la cabeza a un lado y a otro–. Me cago en la leche puta, menuda mierda.

Mi padre echó la tarde en la entrada. Se metió por detrás de la lavadora y estuvo comprobando la toma de agua con un destornillador, pero no sirvió de nada. Dejó el montón de ropa empapada encima del aparato. Olía mucho a detergente. Yo fui a ver lo que hacía.

–Prueba a apagar y volver a encender –sugerí–. A veces funciona con la tele.

–¿Ahora de repente eres un experto? –preguntó.

–Por intentar no se pierde nada –contesté.

Se levantó y fue a pulsar un interruptor grande que había en la pared. La lavadora se apagó del todo. Él volvió a darle al interruptor, pero ahora el aparato no quería encenderse. Empezó a oler a quemado por toda la habitación.

–Ahora sí que ha cascado –dijo mi padre.

–Vaya –dije yo.

–Voy a ver si encuentro ahí fuera algo que vender. O si nos prestan dinero para comprar una nueva.

–Buena idea –dije, y pensé que estaba muy bien tener un padre con iniciativa, capaz de resolver los problemas por complicados que fuesen.

26

Bitten y Jan llevaban puestas sus chanclas y unos jerséis de lana con capucha a juego con unos caballos estampados en la parte de delante. Habían venido a ver a mi madre y estaban sentados en la cocina, fumando. Bitten le dio una calada al cigarrillo, soltó el humo y tosió. Clavó las uñas en el borde de la mesa.

–Caguëntó… –resopló.

–Pues sí –dijo mi madre, y le pegó una calada a su pitillo.

–Cagüentó… –repitió Bitten–. ¿Echas de menos la fábrica?

–No, no sé.

–Eso no era vida –dijo Bitten.

–Ya, pero hay que hacerlo, y con la frente muy alta. Hoy en día no queda otra. Y hay que darse con un canto en los dientes si se consigue un trabajo –dijo mi madre.

Jan asintió.

–Cagüentó…

–Uf, Bitten, qué tos tan fea –dijo mi madre.

–¡Pues tenías que habérmela oído antes!

Bitten y Jan tenían cara de estar esperando algo. Cuando vieron que mi madre se levantaba y volvía con una botella de vino, parecieron revivir.

–Vaya. ¿Hoy vamos a California?

–Ahhh.

–También tengo un vino australiano.

–Yo me apunto a un viaje a Australia de mil amores –dijo Jan.

–A Australia –coincidió Bitten.

–Pues vosotros invitáis a una cerveza en el aeropuerto –les dijo mi madre.

Después de pelear un rato con la rosca del tapón, llenó unos vasos. Luego brindaron los tres y los vasos tintinearon. En la mesa humeaba un termo verde al que ignoraron. Bitten, sentada frente a mi madre, se reía. Jan seguía un poco ausente. Siempre iba a todas partes con una silla de camping porque tenía mal la espalda. La había abierto tanto que estaba casi tumbado. Jan y Bitten hablaban casi todo el rato de sus achaques y de los posibles síntomas de otros nuevos. Ella sobre todo andaba mal de los nervios. Por eso no siempre podía trabajar. Además de la espalda, Jan tenía un brazo malo, diabetes, estrés y la vista no muy allá.

–Jan lo ve todo con chiribitas últimamente.

–Igual son cataratas –sugirió mi madre.

–No es para tanto; aunque a la larga uno no puede vivir así, con tanta chiribita –dijo Bitten aspirando el humo del cigarrillo–. A ver si los de servicios sociales mueven un poco el culo y le conceden de una vez la pensión de invalidez.

–Sí, el sistema va lento que te cagas –dijo Jan.

–¡Y que lo digas! –exclamó Bitten.

–No nos pongamos en lo peor –dijo mi madre.

Yo estaba entusiasmado, porque últimamente ya casi nunca decía nada. Me senté a la mesa y escuché sin prestar mucha atención a lo que decía, solo con oír su voz me sentía fascinado.

–Para el sistema no somos más que peones –dijo Bitten.

La mesa quedó en silencio. Mi madre les contó lo de la herida que tenía en el brazo a raíz de una operación en la mano. Se le había inflamado la vaina del tendón. Lo tenía todo amarillo y no podía parar de toquitearse los puntos.

–A mí de un tiempo a esta parte me está matando la espalda –dijo Bitten.

–Vaya –dijo mi madre antes de beber un sorbo de café.

–Menos mal que he seguido trabajando de extranjis y cobrando el subsidio –dijo Bitten.

–Uf, yo nunca habría corrido ese riesgo.

–Bueno, riesgo, lo que se dice riesgo...

–No deja de ser un fraude a la seguridad social, ¿no? –dijo mi madre–. Ten cuidado no te denuncien. Hoy en día te plantan una denuncia hasta por tirarte un pedo. Hay que andarse con pies de plomo.

–Es verdad, joder, pero ¿de qué coño pretenden que vivamos? ¿De qué vamos a vivir?

–No sé –contestó mi madre–. Pero ¿no tenéis miedo de que os pillen?

–¡Venga ya! –exclamó Bitten.

–Solo preguntaba.

Y así siguieron un rato, dándole vueltas al asunto, hasta que Jan se puso tan malo que decidieron marcharse. Mi padre entró en casa en el momento en que Bitten apuraba el vaso.

–Muy buenas –le gritó Bitten dejando el vaso y levantándose.

Nadie más lo saludó.

–Buenas –dijo él.

Luego se quitó las botas y entró en la cocina. Mamá le había apartado un plato con algo para cenar.

–Bueno, nosotros ya nos marchábamos. Que estéis bien –se despidió Bitten antes de ir hacia el coche.

–Puedes calentarlo un poco –le dijo mi madre a mi padre señalando el plato.

Cuando él lo sacó del microondas, la lechuga estaba mustia y echaba humo. La pinchó con un tenedor. No le caía bien Bitten. Un día dijo que con ella había que hacerse respetar, si no te exprimía vivo hasta dejarte sin fuerzas.

–No entiendo por qué te pasas la vida invitándola. Está como unas maracas, pero si solo fuera eso... Encima es una gorrona. Es de esas que se plantan en las fiestas con las manos vacías y se van como una cuba –dijo.

–No es mala chica –dijo mi madre.

–Lo que tú digas.

27

Era la mañana del Gran Día de Oración y yo iba a confirmarme. Toda la familia se pegó un buen madrugón. Como siempre, mi padre había salido a dar de comer a las vacas y ordeñarlas antes de que los demás nos levantáramos. Los pequeños se sentaron a ver la tele en el salón con su mejor ropa. Yo estaba en el baño, embadurnándome el pelo de cera. Mi madre estaba en bragas detrás de mí, fumándose un cigarrillo sentada en la tapa del váter. Su intención era ayudarme a que me arreglase, pero no había gran cosa que hacer. Yo lo tenía casi todo controlado. Hacía mucho que no la veía tan parlanchina. Era casi agobiante, pero como no quería darle un disgusto, la dejaba hablar.

–Vas a ser el más guapo de todos –me dijo.

Me veía en el espejo. Nuestras miradas se cruzaron, pero aparté la vista.

–Puede –dije–. Solo quiero que pase de una vez.

Ella me ignoró.

–Date la vuelta. ¡Quiero verte bien! –exclamó–. Estás impresionante. Ven, acércate.

Levantó un poco el cuerpo, apagó el cigarrillo y lo echó a la taza. Yo me puse justo delante de ella con la cara a la altura de la suya. Me examinó atentamente hasta que encontró un grano. Lo apretó con las uñas. Cuando reventó, me hizo un daño que te cagas.

–¡Listo! –dijo–. Desapareció. Hay que ver lo mayor que estás ya, joder.

Encendió otro cigarrillo. Yo llevaba una camisa de Ralph Lauren. El caballo me ocupaba casi todo el pecho. No era especialmente bonita, pero es lo que tiene la moda; además, así no cabía duda de lo que había costado. También habíamos encontrado una chupa negra de cuero en la tienda de segunda mano. Mi madre decía que me daba un aire de estrella del rock.

Íbamos a hacer la fiesta en el granero. Por lo visto haría sol todo el día. La verdad era que yo no quería confirmarme, en realidad me apetecía hacer todo lo contrario, o al menos algo distinto. Unas semanas atrás, mi padre me había preguntado qué regalo quería. Yo le había propuesto que nos gastáramos el dinero en unas vacaciones lejos en vez de dar una fiesta.

–Vas a confirmarte –me dijo él.

–¿Y si no creo en Dios? –pregunté.

–Me trae al fresco, en Dios no crees ni tú ni nadie, pero esa no es la cuestión. Tú te confirmas y punto.

Volvió a intentarlo:

–¿Qué regalo quieres?

Respondí que lo único que quería era una familia nueva y me fui a mi habitación.

Mi pelo se negaba a quedarse como lo había dejado el peluquero. Probé con más cera. Al final estaba todo apelmazado, pero ya no me apetecía seguir haciendo experimentos. Mi padre iba de aquí para allá por el granero rematando los últimos detalles. Tapó con lonas las polvorientas paredes de cemento y barrió la porquería hasta sacarla al patio. Mi madre había mandado por correo las invitaciones con un mes de antelación. Por fin había llegado el día.

–Viene todo el mundo –anunció mi madre.

Cuando estuve listo, la encontré en la cocina tomándose su café de la mañana. Luego me dio una tarjeta y dijo:

–Ha llegado esto para ti.

Mientras yo estaba en el baño, Cola-Kim había traído un telegrama y cien coronas. Yo sabía que solo era porque mis padres habían hecho lo mismo en las confirmaciones de todos sus hijos.

La abuela Ruth y O.P. llegaron con aperitivos y bebidas. Les habían prestado un remolque enorme y habían ido hasta la frontera. Lo habían llenado de Baileys, refrescos y galletas para el café. También compraron un montón de cosas que no nos hacían falta. O.P. las dejó en el remolque.

–Siempre conviene tener de todo a mano –dijo mientras vaciaba el coche.

Mi madre le dio las gracias.

–Teníamos que ir de todas formas –añadió él–. No está nada mal eso de la frontera. Los precios son de risa.

Cuando llegó la hora, fui a la iglesia en el camión con mi padre. A mi madre, a Nina y a Morten los llevó Bitten. En vez de un ramo de flores o unos bombones, le había traído a mi madre un montón de tubos de pasta de dientes. No hacía más que fardar de que los había mangado en la consulta del ortodoncista de Struer. Se los había echado al bolsillo sin más mientras el personal estaba ocupado con los aparatos de su hija. Pero, como decía siempre mi madre, Bitten no era avariciosa, es que no tenía conciencia.

Henning Antonsen quería que todos los que íbamos a confirmarnos fuésemos un poco antes para hacer un ensayo general. Iba de un lado a otro tarareando un himno mientras señalaba donde teníamos que colocarnos en los distintos momentos de la ceremonia.

–Si alguno contesta que no cuando le haga la pregunta, le corto la cabeza –nos advirtió cuando, ya todos juntos, ensayamos el credo una vez más.

–¿Y si nuestros padres quieren hacer fotos? –preguntó Anna.

–Pues tendrán que esperar a que acabe la ceremonia y hacerlas fuera, esto es una iglesia –contestó Antonsen.

Todos teníamos que decir un versículo que nos habíamos aprendido. Después del ensayo me puse a escupir, tenía la boca seca como la estopa. No había bebido casi en toda la mañana. Apunté hacia las lápidas y las coronas marchitas. De repente, apareció la mujer del pastor. Ella también venía a ver la confirmación.

–Eres repugnante –me gruñó al pasar.

–Pues anda que tú...

–¿Qué es lo que has dicho?

–Nada –contesté.

Entró en la iglesia meneando la cabeza. Después llegaron los invitados. Mi familia ocupaba más del banco que nos correspondía por confirmando. Era por culpa de O.P., que aún no había adelgazado, así que mi padre tuvo que apretujarse con otra familia. A mí me tocaba el quinto. Henning Antonsen me puso una mano en la cabeza. Había llegado el momento de decir mi versículo. Lo llevaba pegado a la primera página de la Biblia que el consejo parroquial nos había regalado a cada uno. Intenté leer poniendo una voz muy grave en vez de la mía chillona. Cogí aire y saqué pecho:

–Confiad perpetuamente en el Señor, porque en el Señor tenéis una roca eterna.

Cuando salimos de la iglesia, los familiares de Mike eran los primeros que esperaban para recibirlo. Sacaron fotos con cámaras digitales. Él había presumido de que irían a buscarlo en helicóptero, pero le vi marcharse en la moto de su padre. Joder, mira que es fea, pensé. A Lasse se lo llevó su abuelo en un coche antiguo. Una de las chicas que vivían cerca de casa se fue en coche de caballos. Yo me quedé al fondo, me moría de vergüenza por nuestro camión naranja y quería salir el último, cuando el pastor ya se hubiera largado, para que nadie me viera. Esperé allí plantado mirándome los zapatos. Mi madre estaba fumándose un cigarrillo. Parecía buscar algo con la mirada..

–¡Ahí están! –exclamó.

El tío y Jonna llegaron en su coche. Habían pegado por fuera unas banderitas que iban dando golpes contra el capó.

–Ve con el tío Chresten –me dijo mi madre.

Yo me acerqué al coche. Mi tío pitó y bajó la ventanilla.

–¡Monta! –gritó, y yo me subí al asiento del copiloto.

–Felicidades –me dijo Jonna sin mirarme.

–Gracias –contesté.

El coche olía a cuero y a la colonia de Jonna. Era muy agradable estar allí dentro con mi ropa nueva, como si todo encajara. El tío aceleró y fue dando un rodeo hacia casa.

–¿A cuánto se puede poner un Land Cruiser? –le pregunté.

–Ahora te vas a enterar –contestó, y pisó a fondo.

En el asiento de atrás, Jonna iba haciendo gestos de desaprobación. Luego me pidió que le pasara las gafas de sol de la guantera. Dimos un paseo por toda la zona. Jonna bajó la ventanilla y sentí que podíamos llegar a cualquier lugar del mundo. Ahí estaba yo, montado en un cochazo con mi familia, recién confirmado contra mi voluntad, pero ahora todo parecía tener sentido.

–En el camino de vuelta hay que pasar por la tienda –dijo el tío.

–¿Para qué? –preguntó Jonna.

–Habrá que regalarle algo al chaval.

–Pues dale dinero y listo –dijo ella.

Yo hice como que no oía.

–Además, hoy es fiesta; no abren.

–Abren hasta mediodía –insistió el tío mientras aparcaba a la entrada de la tienda de otro pueblo. Luego dijo–: Ven conmigo, Tue.

–Daos prisa –dijo Jonna.

Entramos en la tienda. El tío Chresten fue derecho al estante de los vinos y cogió la botella de champán más cara.

–Mira esto –dijo.

–Muchísimas gracias –contesté pensando ya si podría revenderlo.

Faltaba media hora para que cerrasen y éramos los únicos de la cola. La dependienta estaba leyendo una revista de cotilleos. Ni miró al tío cuando él dejó el champán en la caja. Hasta que la cinta no se puso en marcha, no cogió la botella para pasarle el escáner.

–¿Algo más? –preguntó.

–Tres barritas de nougat –pidió el tío Chresten señalando la vitrina que había al lado de la caja.

–Marchando tres trufas –dijo la dependienta mientras se levantaba con cara de dormida y cogía una bolsita de pan del montón.

–Barritas de nougat –repitió él.

–¡Vale, vale, nougat, tome!

El tío sacó la tarjeta de su suave billetera de piel y tecleó el pin.

–Pone que está rechazada –dijo la dependienta.

–Le pasará algo a la máquina –contestó él.

–Prueba otra vez –dijo ella. Pero el aparato volvió a rechazar la tarjeta–. ¿Estás seguro de que hay fondos en la cuenta y esas cosas? –preguntó la dependienta.

–Pues claro que estoy seguro. En esa cuenta hay un montón de dinero.

–¿Y si vas al cajero que hay a la vuelta de la esquina?

–La culpa es de vuestra máquina, y si no funciona el problema es vuestro. No mío –dijo el tío.

La dependienta propuso llamar al número de atención al cliente para ver si ellos podían solucionar el problema.

–Llama –dijo él. Y empezó a dar vueltas y a leer todos los anuncios de compraventa de la zona que había en el tablón.

–Ya he hablado con los responsables del sistema. En este momento hay un fallo. Lo siento.

–Me he tirado esperando veinte minutos. Tú quieres irte a tu casa, yo quiero irme a la mía. Me llevo las cosas y mañana vengo con el dinero.

–Mi jefe no me deja hacer eso.

–Tampoco creo que tu jefe te deje espantar a los clientes –dijo el tío. Luego repitió–: Mañana traigo el dinero.

Me pasó la botella de champán y salimos de la tienda.

–Feliz confirmación, mi querido ahijado –dijo.

Cogió la bolsa marrón con las tres chocolatinas y subió al coche. Le dio un poquito más de gas de la cuenta y luego salió marcha atrás del aparcamiento.

–Menuda arpía –dijo–, ¿es que ya no hay nadie que sepa hacer su trabajo bien? ¿Y tú qué, Tue? ¿Vas a buscarte un buen trabajo?

–Eres demasiado bueno –dijo Jonna desde su asiento, casi en un susurro.

El tío negó con la cabeza, se puso las gafas de sol y salimos hacia casa.

Cuando llegamos, la fiesta ya había empezado. La gente iba por el granero de mesa en mesa leyendo las tarjetitas con los nombres. Encontré el mío. Me habían puesto entre mi madre y mi padre. Mientras la gente esperaba a que sirvieran la comida, me acerqué varias veces a la mesa donde estaban los regalos. Cuando no encontraba dinero en un sobre me llevaba un chasco, pero algunos contenían varios cientos de coronas.

Mi madre se acercó y me dijo al oído:

–¿Ya eres millonario?

–Qué va.

–Recuerda que eso no es todo –me susurró–. ¿Empezamos ya?

–Voy a entrar un momento a arreglarme el pelo –contesté.

–Date prisa, me ha dicho un pajarito que va a haber una canción –dijo.

Asentí y crucé el granero a buen paso mientras todos me miraban.

En el baño olía mal. Volví a peinarme, cogí laca del armario y me rocié para que me durase el resto del día. De vuelta al granero me encontré a Bitten en el patio metiendo unas botellas de vino y unas fuentes con comida en el maletero de su coche. Ella se había encargado de preparar la comida de la fiesta, ya que les debía varios favores a mis padres. Cuando me vio, cerró el maletero y me miró con una cara muy rara, como si tuviese miedo de algo, pero no le dije nada. Volví a arreglarme el pelo y entré en el granero.

Mi padre se levantó y dio unos golpecitos en su copa con un cuchillo.

–Pero qué demonios, Lars. No me digas que vas a dar un discurso –gritó la yaya desde su sitio riéndose.

–No, no te preocupes –dijo él con una sonrisa.

–Cada uno ya sabe cuál es su fuerte –contestó la yaya.

Mi padre me miró.

–Bueno –arrancó, y luego carraspeó un poco–. Hoy Tue se ha confirmado y quiere daros la bienvenida.

A mí no me apetecía hablar delante de todo el mundo, no sabía qué decir.

–¿Verdad que sí, Tue? –siguió mi padre.

Me dio una patada por debajo de la mesa y me levanté.

–Sí, claro –dije–. Bienvenidos.

Y eso fue todo, después me senté. Mi voz me sonó rarísima. Todos me aplaudieron. La abuela se metió dos dedos en la boca y empezó a dar silbidos. Mi padre volvió a levantarse.

–Eso ha estado bien. Deberían servirnos la comida en un momento. La ha hecho Bitten. Y, mientras esperamos, podemos cantar algo. Te hemos escrito una canción –me dijo.

Mi madre se levantó e hizo circular un recipiente en forma de balón de fútbol que contenía rollitos de papel con la letra. No sé en qué estarían pensando. Yo odiaba el fútbol. La única vez que había ido a entrenar al polideportivo, había metido un gol en propia puerta y me había llevado una bronca del entrenador.

–¡Idlo pasando! –gritó.

La letra decía que iba a ser un día estupendo con la melodía de «En la vieja factoría». En mi familia nadie cantaba muy allá, pero qué más daba. Al terminar, mi madre gritó «¡Salud!».

–La comida va a llegar con un poco de retraso –anunció–. Aún os da tiempo a ir a coger otra copa de vino o a echar un cigarrillo.

La gente se levantó inmediatamente y se puso a dar vueltas por el granero. Yo iba hacia la mesa del agua y la cerveza cuando me llamó la abuela.

–¡POCHOLO! –chilló–. ¡Ven con la abuela Ruth!

Tiró de mí para abrazarme.

–¿Me haces el favor de traerme una manta? –me pidió. No le hacía ninguna gracia que la fiesta se hiciese en el granero. En su opinión, allí hacía demasiado frío.

–Aquí tienes –le dije al volver con una mantita.

–Gracias, pocholo –dijo mientras encendía un cigarrillo–. Eres maravilloso, Tue, no cambies nunca.

Me incliné de nuevo sobre ella.

–Abuela –dije.

–¿Sí, pocholo?

–A veces odio a mi familia.

–Ya, Tue. Pero es la única que tienes.

–Es que yo quiero hacer muchísimas cosas.

–Las harás todas.

En ese momento llegó Jonna y le puso una mano en el hombro a la abuela.

–Esto está un poco cargado –dijo–, ¿podrías hacer el favor de ir a fumar fuera?

–Pero si ya estamos fuera –contestó la abuela.

Jonna se dio media vuelta y se alejó. Mi padre trajo un calefactor y lo puso debajo de la mesa, apuntando directamente a las piernas de la abuela.

–Esto debería darte un poco de calor –dijo.

–Mucho, mucho mejor. Gracias –dijo ella. Luego me llamó–: ¿Tue?

Había sacado el monedero.

–¿Sí?

–Toma –susurró, y me dio mil coronas a espaldas de O.P.

–Pero si ya me habéis hecho un regalo.

–Si no es más que un dinerillo para chucherías, a nosotros no nos hace maldita la falta –susurró.

Yo me lo guardé en el sobre con el dinero de los demás regalos.

Otra vez se oyeron golpes en una copa, había llegado el momento del siguiente numerito de la fiesta. La gente empezó a volver a sus mesas. Cuando comprobó que todos estaban sentados, mi madre se levantó.

–Bitten debe de tener la mousse de atún casi lista –anunció.

Se oyó a O.P. hacer un ruidito, como si ya se la hubiesen servido. Entonces entró Bitten con la comida. Unas fuentes enormes de mousse de atún adornadas con gambas y limón empezaron a pasar de mano en mano. Luego había un asado con cebollitas y salsa caramelizada. O.P. se echó cinco trozos.

–Piensa un poco en los demás –le gruñó la abuela, pero él la ignoró.

–Pues no está nada mal –dijo la yaya mirando a mi padre.

–Pues no. Desde luego, esta Bitten sabe cocinar –comentó mi padre.

La yaya levantó la copa para brindar conmigo, pero yo dejé la mía donde estaba. No me apetecía vino. Ella apuró la copa. En nuestro lado de la mesa seguíamos esperando a que llegara el asado, pero aún iba por Jonna. Ella le pasó la fuente al tío, que se sirvió los últimos trozos.

–Pues nos lo hemos acabado, Lars –dijo el tío.

–Ahora mismo traigo el resto –dijo mi padre cogiendo la fuente vacía.

–¿Queda más? –preguntó Jonna.

–Sí, ha ido a buscarlo –contesté, pero mi padre volvió sin ningún asado.

–No queda –dijo mirando a mi madre–. Nos lo hemos terminado.

–Podemos tomar un poco más de mousse de atún –propuso ella.

Me acerqué.

–He visto que Bitten se guardaba en el coche varias fuentes –le susurré, pero mi padre lo oyó.

–¿Qué coño has dicho? –preguntó.

La silla de jardín rascó contra el cemento del suelo cuando se levantó. Todo el mundo se dio cuenta de lo furioso que estaba. La yaya puso los ojos en blanco.

–Voy a traer un poco de pan –dije por tener una excusa para ir tras él.

Al salir, me escondí detrás del camión. Mi padre estaba delante de la puerta de casa, gritándole a Bitten. Luego se acercó a su coche y abrió el maletero. Había dos fuentes de asado. Bitten se quedó mirándolo con cara de tonta.

–Creo que va a ser mejor que te vayas a casa con Jan –le dijo mi padre.

–Ha sido un malentendido –dijo ella.

–Que te largues.

–Ha sido un malentendido, creía que este era el trato –insistió Bitten.

Me acerqué y saqué una fuente del coche.

–Hola, Tue, ¿de dónde sales? –me preguntó.

Pero yo no contesté y volví al granero con la bandeja.

–Al final quedaba un poco más de asado –anuncié al entrar.

Debajo de la mesa, el calefactor agitaba la manta alrededor de las piernas de la abuela. O.P. empezó a aplaudir al verme pasar con la fuente. Mi padre no tardó en seguirme. Traía la otra bandeja.

–Es que no hay que ser roñoso cuando se confirma a un hijo –dijo la yaya acercándose al tío.

Él descorchó una botella de vino y le llenó la copa a su madre.

–¡No, no! Si hay un montón de comida –dije yo–. Solo ha sido un malentendido.

En el patio, Bitten arrancó y se alejó derrapando.

28

Dormí con la ventana abierta casi todo el verano. En la buhardilla hacía un calor tremendo.

–El calor va hacia arriba –decía mi padre–. Es una ley de la naturaleza, yo no puedo hacer nada para cambiarla.

Una noche me despertó un picor en las piernas. Habían entrado mosquitos y rascarme las picaduras no hizo más que empeorarlo. Encendí la lamparita. Tenía forma de luna, aunque yo ya me había hecho muy mayor para esas cosas. Los mosquitos se esfumaron en cuanto la bombilla empezó a lucir. Me miré las piernas. Estaban llenas de granitos rojos y abultados que supuraban. Fui a cerrar la ventana. Había una polilla que no lograba encontrar la salida y traté de echarla agitando los brazos. Abrí la ventana de par en par en un intento de ayudarla. Abajo, en la cocina, se oía el zumbido de la nevera; sonaba las veinticuatro horas del día. Salí de mi cuarto, pasé por delante del balcón y, al bajar las escaleras en dirección al salón, oí una voz muy débil. Avancé con cuidado para que no crujiesen los peldaños, las tablas no encajaban bien. Por la ventana veía a las vacas dormidas de pie en el campo. Al llegar al último escalón oí que alguien lloraba. Unos hipidos que venían de la puerta de la terraza. Al ver la espalda de mi madre, me acerqué.

–¿Con quién hablas? –le pregunté en un susurro, no quería despertar a los demás.

Ella no se volvió.

–Con uno al que llaman el Papa. Vuelve a la cama –dijo–, estás haciendo mucho ruido.

Cortó la conversación y dejó el móvil en la mesa del jardín.

–¿Quién es el Papa? –pregunté.

–Nadie, Tue, da igual. Todo da igual. ¡Ve a acostarte de una vez!

El viento agitaba su pijama, y como no le veía la cara, empecé a mirar alrededor. Entonces fue cuando vi la sangre. Primero en el marco de la puerta, después en su brazo. En las baldosas de la terraza estaban la cuchillita de afeitar y el cortacallos que usaba para quitarse las durezas de los pies.

–Estás sangrando, mamá –dije–. Sangras mucho.

–Vete, Tue, vete a dormir. Obedece.

–¡Qué dices, estás sangrando!

Ninguno de los dos se movió, lo único que hacíamos era hablarnos en susurros, aunque estábamos deseando ponernos a gritar.

–Escucha, Tue. Me he caído encima de unos cristales, eso es todo. Vete de aquí. Vete a la cama –dijo.

Luego se dio media vuelta. Otra vez empezó el llanto. Casi no se oía, salía de algún lugar que yo no conseguía identificar. Se secó las lágrimas con la manga del pijama. La rodeé con los brazos, pero me empujó.

–No llores, mamá –dije, pero ella seguía sin parar.

Volví a intentar abrazarla mientras ella se tapaba el brazo con la otra mano. Intenté separarle los brazos para ver lo que escondía, pero se apartó muy rápido. Era muy raro estar consolando a mi propia madre. Yo no valía para eso, pensé, pero tampoco quería dejar de hacerlo.

Se tiró un buen rato sin dejar de llorar. Cuando intenté acercarme para ver la herida, me dio un empujón con el hombro que me estampó contra la pared. Pero enseguida me enderecé y le dije que se callara. Me pareció que no tenía más remedio que hablarle con dureza.

–¡Mamá! Vamos a despertar a los demás, cálmate.

Ella contuvo las lágrimas y entonces se tumbó boca arriba en mitad de la terraza. La agarré con fuerza y le aparté la mano otra vez. Sangraba por tres rajas que tenía en el brazo.

Yo sabía perfectamente que se las había hecho ella. Aun así, pregunté como un idiota:

–¿Qué ha pasado?

–¡No es nada!

–¿Por qué no me lo cuentas?

–No es nada, ha sido un accidente.

–Mamá, te has cortado. Tienes que entrar a lavarte –dije.

Volvió a echarse a llorar, no podía controlarse. Yo también estaba a punto. No llores, no llores, me repetía tensando todo el cuerpo. Entonces comprendí que tenía que hacer un esfuerzo. Me levanté y primero le tapé la boca con la mano para que no saliese más aire de su cuerpo, y luego la levanté tirándole de los brazos. Cada vez que le chistaba, conseguía que se callara unos segundos. Cruzamos la casa muy despacio, cerrando las puertas a nuestro paso para que, al llegar al baño, nadie oyese correr el agua. Los perros gemían en la entrada. Arañaban la puerta con las patas. Le quité la chaqueta del pijama; no llevaba sujetador. Todo mi cuerpo seguía tenso. Mi madre tenía la cara hinchada. Era como si algo cambiase en ella cuando no dormía lo suficiente. Como si la fatiga que debería haber desaparecido con el sueño se le acumulara en las mejillas y en la frente, por eso tenía ese aspecto. Le recogí el pelo con una mano y abrí la ducha con la otra.

–Siéntate –le dije, y ella se sentó y se inclinó hacia delante mientras le lavaba los brazos con agua fría. Le envolví las heridas con papel higiénico y le pedí que lo sujetara–. Espérame aquí.

Fui corriendo a la cocina a buscar celo. Luego le cambié el papel higiénico por otro nuevo y le di varias vueltas de cinta adhesiva alrededor del brazo para fijarlo. Nos quedamos en silencio disfrutando del calor que salía del suelo.

–Tengo miedo –susurró, y yo le cogí la mano.

Me entraron ganas de preguntarle de qué, pero no lo hice. Por otra parte, prefería no saberlo. Empecé a revolver en un cajón en busca de su medicación.

–¿Dónde tienes las pastillas, mamá?

–¿Qué pastillas? ¡Si yo no tomo pastillas!

–Venga, mamá, ¿dónde están?

–Yo no tomo pastillas, Tue, deja de decir eso.

Sabía que estaban en algún sitio.

Como una niña enfadada, mi madre se quedó sentada tirando con fuerza de una toalla, a punto estuvo de arrancar el colgador de la pared. No podía controlarla. Pero señaló hacia un cajón.

–¿En ese? –le pregunté, y ella asintió.

Las pastillas estaban en el cajón, tintineaban dentro de una cajita.

–¿Cuántas tienes que tomar?

–¡Que no pienso tomármelas!

–Sí, mamá, te tienes que tomar tu medicina.

–¡Que no!

Me eché dos en la mano y se las metí en la boca como mejor pude. Al ver que quería escupirlas, cogí la alcachofa de la ducha y se la planté en los labios. Volví a meterle las pastillas a la fuerza sin soltar la alcachofa, que tenía bien agarrada con la otra mano. Intentó morderme, pero no la solté. Entonces abrí el grifo.

–Traga –susurré.

Entornó los ojos, mientras el pelo se le mojaba y se le ponía negro y espeso.

–¡Ay, Tue, quema! –gritó.

–¿Te las has tragado ya? ¿Eh?

–Sí –murmuró.

Se la veía agotada. Sus ojos se agitaban como si no supiese adónde mirar. Empezaba a amanecer. La luna iba dejando el cielo muy despacio para dar paso a una luz mejor. Cogí la mano de mi madre y la apreté. Ahora respiraba hondo, y cuando estuve seguro de que ya estaba muy cansada, volví a levantarla. Le puse la chaqueta del pijama y me aseguré de que la manga le tapaba el vendaje de papel.

–No tengas miedo, mamá –dije–. Todo va a salir bien.

La acompañé al dormitorio, le abrí la puerta y le di un empujoncito por la espalda.

–Ve a dormir con papá –susurré, pero ella no contestó.

Desapareció sin más en la oscuridad de la habitación donde dormía mi padre. Había dejado de llorar. Había dejado de hacer cualquier cosa que no fuese única y exclusivamente respirar.

Volví a la terraza y recogí el cortacallos. Di la vuelta a la casa y lo tiré al contenedor de la basura, apagué todas las luces y me acosté otra vez.

29

Me había hecho más o menos amigo de Mike y ahora nos íbamos en bus hacia su casa. En el colegio ya apenas hablábamos y no teníamos gran cosa en común, pero los dos matábamos el rato juntos y Mike odiaba a los profesores tanto como yo. Le interesaban mucho los motores y su padre le había comprado una Puch Maxi vieja. No podía usar la moto hasta que no cumpliese los dieciséis y se sacara el carnet. Hasta entonces solamente le dejaban montarla y desmontarla y enredar un poco con las piezas. De todas formas, me había contado que a veces salía con ella por los sembrados, y un día me preguntó si quería ir a su casa al salir de clase.

Mike vivía tan lejos de la parada del autobús que me propuso ir antes a casa de su abuela, que vivía a medio camino. Pasó un buen rato desde que llamamos a la puerta hasta que nos vino a abrir, tanto que ya estábamos a punto de marcharnos cuando vimos su silueta al otro lado del cristal mate.

–Muy buenas, mocetes –dijo.

Tenía el pelo blanco y olía a jabón de esa forma en que huelen las señoras mayores. Entramos. Nos ofreció unas albóndigas y un postre de fresa con leche. No tenía microondas y nos tocó calentarnos la comida en el fuego mientras ella veía el bingo en la tele. La cocina era tan vieja que sudamos la gota gorda para encenderla. Mientras comíamos, vimos con ella un capítulo de *Heartbeat*. La abuela hojeaba una revista con la programación y marcaba con cruces todos los programas que quería ver. Después Mike le dio un abrazo de despedida mientras yo me ponía la mochila.

–¡Que esté usted bien! –le grité desde el pasillo.

Prefería no abrazarla. No me parecía bien ir por ahí dando abrazos a las abuelas de los demás.

–Lo mismo digo –contestó.

Mike salió y cerró de un portazo. Echamos a andar.

–Espero que no haya llegado mi hermano mayor. Aunque sale más tarde del politécnico, siempre me adelanta –dijo Mike mientras andábamos.

Pero cuando, al llegar, gritamos desde la entrada, no nos contestó nadie.

–Joder, estamos solos.

–¿En serio?

–En serio.

–¿Y tu hermano?

–Supongo que hoy se habrá quedado más rato en la ciudad, ¡vente!

Tiré al suelo la mochila y le seguí a la cocina. Se puso a hacer unas tostadas.

–Vamos a subir al cuarto de mi hermano –dijo–. No nos hacen falta platos, ¿no?

Contesté que no con la cabeza y él me pasó una tostada. Al morderla, el queso fundido se me pegó a la ropa. Mike llevaba calcetines gordos de lana grises. Tenía un tomate en el dedo gordo, pero no le dije nada.

La habitación del hermano era grande, tenía un sofá y una mesita de cristal. Del techo colgaba una pera de boxeo. Me acerqué a darle y empezó a girar por todo el cuarto.

–Cuidado, no rompas nada, Tue –me advirtió Mike, y yo sujeté la pera hasta que volvió a quedarse quieta.

En la mesa de cristal había una pipa de agua y un plato lleno de migas. En un rincón parpadeaba un ordenador. Había una montaña de botellas vacías de refresco y por encima de la cama colgaban una bandera americana y una bufanda del Skive IF. Estuvimos mirándolo todo, pero sin hacer mucho ruido, por si venía alguien.

–Fíjate en esto –dijo Mike. Había encontrado un paquete de cigarrillos en un estante con superjumbos y un atlas–. ¡El tío fuma! Lo sabía. Menudo imbécil. ¡Y mis padres sin tener ni idea!

–¿Piensas contárselo?

–No, joder, no voy a chivarme de mi hermano. Pero le pienso sacar partido.

Abrió el paquete y sacó un cigarrillo para cada uno.

–¡Toma, Tue!

–¿Estás seguro?

–¡Pues claro!

–Vale. Pero ¿vamos a fumárnoslos de verdad?

Mi padre me había prometido que si no fumaba algún día me pagaría el carnet de conducir. Pero si me fumaba solo uno... Seguro que no se daría cuenta, además, en cierta forma me apetecía. Los mayores se pasaban fumando todo el día.

–¿Te da miedo? –preguntó Mike.

–¡De qué vas!

–Pues fúmatelo conmigo. Es divertido.

–Venga.

Mike cogió un mechero con forma de tía desnuda. La llama le salía por las tetas. Encendió los dos cigarrillos.

–¡Chupa! –me chilló.

Yo solté el humo en cuanto me entró en la boca.

–Trágatelo –me ordenó Mike frunciendo el ceño al ver que no sabía–. Yo te enseño.

Ahí estaba él, con el cigarrillo colgándole de los labios y dándome órdenes. Me cogió la nariz con dos dedos y apretó.

–Ahora chupa –dijo, y con los ojos seguí la punta del cigarrillo, que era cada vez más corto.

Sentí que el humo me bajaba hasta el estómago. Qué maravilla. Luego Mike me soltó porque empezaba a faltarme el aire. Rompí a toser con la misma tos asmática que Bitten.

–Pues ya has aprendido, so gili –me dijo.

–El gili lo serás tú, Mike.

–¿Te bajas a ver la tele? –me preguntó mientras dejaba el paquete de tabaco en el estante–. ¿Tú crees que estaba así?

–Sí.

–Sí ¿qué?

–Que el paquete de tabaco estaba así.

–¿Seguro?

–Que sí –contesté, y cerramos la puerta del cuarto de su hermano.

La habitación de Mike era la de al lado. La puerta estaba abierta y tenía un cartel con su nombre. Él la cerró.

–¿No me dejas ver tu cuarto?

–No, vamos abajo. –Me mangoneaba como le daba la gana–. ¡Te voy a enseñar algo superfuerte!

Yo hubiese preferido ver la habitación. Solo me dio tiempo a medio adivinar unos pósters grandes de *M!*, de *Vmax* y de otras revistas que iban sobre todo de chicas y coches. Bajé al salón detrás de Mike. Se sentó en un enorme sofá de esquina y puso la tele. Yo me senté en la otra punta y observé cómo le daba al mando a distancia. En el otro extremo de la habitación había una vitrina grande llena de bebidas; también había una estantería con fotos de Mike y su hermano mayor que yo no podía dejar de mirar.

–Vas a ver –dijo Mike haciendo zapping por un montón de canales.

El número que salía en la esquina de la pantalla era cada vez más alto y los programas cada vez más raros. Paró en un canal donde echaban una película porno. Una chica le chupaba la polla a un tío al que no se le veía la cara. Lo grababan supercerca de la boca.

–Al loro –dijo Mike.

–¿Qué es? –pregunté.

–¿Estás ciego?

–No.

–Entonces ¿por qué preguntas?

–Digo que quién es.

–¿En serio?

–Sí.

–¡Es Katja K! La estrella del porno más grande de toda la historia de Dinamarca. Una pasada. Pero tenemos que acordarnos de volver a dejar la tele en el canal donde estaba, si no luego mi padre la enciende y le salta este.

Me pregunté si la chica de la pantalla me parecía tan sexy como a Mike.

30

Las rodillas me chocaban con la pared de hormigón. Me temblaba todo el cuerpo. Me estaba masturbando con los ojos cerrados, pero costaba centrarse y retener las imágenes en la cabeza. Me interrumpía todo el rato la tos de mi padre, que subía desde la cocina. También gritaba de vez en cuando. Los pequeños se estaban peleando por algo. Unos chicos de mi clase me habían hablado de una página en la que habían visto porno. Me acordé del nombre y encendí el ordenador que me había comprado con el dinero de la confirmación.

Cliqué en la página. Lo primero que vi fue una película con tres chicas comiendo mierda de una taza. En otra peli salía un repartidor de pizzas follando con tres chicas. Fui clicando aquí y allá hasta toparme con un vídeo de dos chicos emos. Entré. Los piercings les retemblaban por todo el cuerpo. Paré la peli y volví a la página principal. Entonces vi a James Deen. «Porn movie star», ponía, y luego un montón de estrellas. «High quality», decía.

James Deen tenía los ojos azules y una sonrisa inocente. Pelo en el pecho y labios carnosos. James Deen. No me habría importado llamarme así. Entré para ver su película. Se estaba tirando a una chica joven, pero yo solo tenía ojos para él. Tenía unos músculos enormes y una barbita molona. La ropa le sentaba como un guante, ceñida al cuerpo. Quién fuera James Deen, pensé. Y a mí, que solo ahora me empezaba a salir algún pelo alrededor de la polla. Intenté quedarme muy quieto, aunque la cama crujía cada vez que respiraba.

Cuando en el piso de abajo dejaron de hacer ruido, rodé hasta el otro lado de la cama. Me daba pánico que me pillaran, pero no podía dejar de machacármela mientras James Deen también seguía tirándose a la chica. Me temblaba todo el cuerpo, pero no me concentraba. Me sentía sucio y en realidad lo que quería era quitarme toda la ropa y bajar a lavarme. Oí a alguien en las escaleras y me subí el pantalón deprisa y corriendo. En ese instante James Deen se corrió. Me quedé muy quieto, pero no se oía nada. Falsa alarma: no había nadie.

Después intenté borrar el historial. No quería que nadie supiese lo que había estado haciendo, pero me equivoqué de tecla. El ordenador empezó a imprimir una captura de pantalla. No había nada que hacer, no podía pararlo. La impresora estaba abajo, en el despacho. Me esforcé por pensar en otra cosa. Me tapé hasta arriba con el edredón y empecé a repasar los deberes que tenía mientras miraba los peces del acuario. Volví a oír algo en las escaleras. Esta vez sí que subía alguien. Los pasos venían hacia mi habitación. Llamaron a la puerta. La única que llamaba era mi madre.

–¿Puedo pasar? –preguntó, entornando la puerta.

–¡Sí! –dije con un grito ahogado.

Cuando abrió la puerta la encontré ridícula. Llevaba algo en la mano. Unos papeles. Se acercó y los dejó a mi lado, en la mesilla.

–Creo que esto es tuyo –dijo. Eran las hojas de la impresora.

–Ha sido un accidente. He tocado unos botones sin querer.

–No pasa nada –dijo mirándome a los ojos; no me miraba así desde que era muy pequeño–. Pero papá también las ha visto.

–Ha sido un error. Le he dado a una tecla sin querer.

–Lo sé.

–¿Qué ha dicho?

–Solo «Qué asco, joder».

–¿Y tú qué has dicho?

—Que había sido yo, que las había imprimido sin querer.

—¿Y qué ha dicho él?

—Ha sido demasiado para él, se ha ido al establo con las vacas. Ya sabes cómo se pone cuando tiene esos cambios de humor. Se queda callado y no dice nada.

Echó un vistazo por mi cuarto. A veces no parecía que estuviera enferma. Nunca era la misma. Cogió el bote de la comida de los peces y echó unas cuantas escamas en el acuario.

—Ya les doy yo, mamá. Tú vete.

—Vale, vale. Pero que no se te olvide bajar esas tazas sucias a la cocina. Tienes esto que da asco.

Cogió un vaso que llevaba semanas en una silla y cerró con cuidado al salir.

31

Mi padre me pidió ayuda con algo que tenía que hacer la noche siguiente. No quise decir que no, y tampoco le pregunté qué era.

Después de cenar, nos quedamos un buen rato en la cocina esperando a que estuviese más oscuro, pero eran las noches blancas y hubo que esperar mucho. Los demás ya se habían acostado. Hasta mi madre había apagado el ordenador y estaba en el piso de arriba. Mi padre preparó una cafetera grande y llenó dos tazas. Luego la puso encima de la mesa. El calor dejó un redondel en el tablero.

–Ten. –Me tendió una taza–. Ya va siendo hora de que aprendas a tomar café.

Yo asentí y probé un sorbito. Estaba más amargo que la piel de una naranja. Encendió un cigarrillo y me echó el humo a la cara. Se mezcló con el café y me dejó en la boca un sabor extraño.

–Creo que voy a tener que echarle un poco de azúcar –dije mientras buscaba el paquete del azúcar en el armario.

–Sí, sí. Échale azúcar. Lo importante es que te lo tomes y te mantengas despierto. Tenemos una noche muy larga por delante.

–¿Y las clases de mañana?

–Tú tómate el café. A los niños os sobra tanto tiempo que no hacéis más que darles vueltas a las cosas. Ya dormirás cuando seas viejo.

–Vale, vale –murmuré.

–Eso es. ¿Y si jugamos a las cartas mientras esperamos?

Bebí otro sorbo y me lo tragué sin saborearlo.

–¿A qué jugamos? –preguntó mi padre.

–¿Al Rummy? –propuse.

–No, no me apetece. O jugamos al UNO o no jugamos a nada.

Ganó todas las partidas. Jugamos durante horas. Yo sentía pasar el tiempo, pero no dije nada. No sabía qué teníamos que hacer, pero sí que lo mejor era retrasarlo todo lo posible. De repente, miró el reloj. Eran las dos de la mañana. Apartó su silla de la mesa y empezó a recoger las cartas, aunque aún no habíamos acabado la partida. Las guardó en la caja.

–Joder, tenemos que irnos ya –murmuró.

Yo le seguí hasta el camión. Fuimos por largos caminos vecinales hasta que nos detuvimos detrás del viejo paso a nivel, a las afueras de Stoholm.

–¿Qué hacemos aquí? –pregunté, pero él me mandó callar.

–Tú ahora a callar la boca y a ayudarme –dijo.

Vi que la barrera estaba levantada, a estas horas ya no pasaban trenes. Había un olor dulzón a gasolina, le ocurría algo al camión. La hierba de la cuneta estaba cubierta de rocío y me llenó de manchas los vaqueros.

–Estate atento a las luces y a los faros de los coches –dijo mi padre–, vigila bien. Si viene alguien, me gritas.

Asentí mientras él sacaba unas tenazas de la parte trasera del camión.

–Tenemos que coger los cables –dijo; se había puesto las botas de goma altas.

–¿Para qué los queremos?

–Tú haz lo que yo te he dicho y vigila.

Se colocó un pitillo entre los labios y lo fue chupando de camino a los raíles. Luego encendió el cigarrillo y la brasa brilló como una luciérnaga pequeña y gorda. Yo seguía su ir y venir por las vías gracias al cigarrillo, que se movía girando en la oscuridad. Cuando se agachó, se oyeron los chasquidos de las tenazas. Al cortarse el cable, el metal dejó escapar un lamento fuerte y vibrante. El silencio era tan grande que me pregunté si el eco no se oiría a lo lejos y acabarían descubriéndonos en alguna estación.

–¿Estás vigilando? –me gritó.

–Sí –contesté casi en un susurro.

Un pájaro batió las alas en un arbusto, y el ruido sonó mucho más tremendo de lo que era en realidad. Mi padre volvió con un trozo de cable y lo echó en la parte de atrás del camión.

–Aún nos hace falta mucho más –dijo, y volvió y cortó otro más.

–¿No es un poco tonto cortar tantos? ¿No se estropeará el tren? –pregunté.

–¿Tienes miedo o qué? Ya eres un chico mayor.

–Yo nunca tengo miedo.

–Mejor –dijo, volviendo ya con otro manojo de cables–. Échalos atrás. ¡Pero sigue vigilando!

Empecé a arrastrarlos por el suelo y los fui levantando de uno en uno para cargarlos en el camión. Pesaban mucho y costaba moverlos. Por detrás oía a mi padre cortando más cable. Escuché a lo lejos el sonido de un motor y se me aceleró el corazón. Al principio no fui capaz de hablar.

–Creo que viene alguien –dije por fin.

Él volvió al camión con paso tranquilo, como si ya contase con ello, y se paró a mi lado.

–¿Estás seguro? ¿Has visto luces?

–No, pero he oído un motor.

–Ah, ¡entonces nos vamos! –gritó–. ¡Sube!

Encendió la radio, por las noches ponían siempre la peor música. No hablamos. Ya en la carretera, nos cruzamos con un coche de la teleasistencia. Los perros ladraron cuando entramos en el patio. Cuando bajé del camión y fui hacia la puerta, mi padre me gritó:

–¡Eh! Que no hemos terminado.

–Estoy cansado.

–¿No te has tomado el café?

–Sí.

–Entonces no estás cansado. Antes hay que dejar todo esto detrás del granero.

Di media vuelta, me acerqué de nuevo y cogí unos cables. Fui con él al otro lado del granero, los dejamos junto a un montón de hierros viejos y unos postes oxidados.

–El chatarrero vendrá el martes –dijo mi padre–. Valen un buen dinero, son cables de cobre.

–Pero no irán a pillarnos, ¿verdad?

–No si por una vez en la vida te callas la boca.

–No diré nada.

–Menos mal, piensas solito.

Los perros corrían por la grava. Babeando. Mi padre le echó los brazos a uno.

–¿Quién es mi mejor perro? ¿Eh, quién? –decía mientras el animal le lamía la mano–. Serás mimosón... Eres lo mejor que tengo, cachorrillo mío. Eres lo mejor de todo. Tú sí que no me contestas nunca, me cago en la leche. Tú sí que eres de fiar.

Siguió hablando con el perro y frotándole el pelaje.

–Gracias por todo –me dijo por fin–. Ya puedes entrar.

–De nada –contesté yo.

Luego eché a andar hacia casa. La puerta de la nevera estaba abierta y la luz que salía por la rendija iluminaba la cocina, pero no la cerré.

32

–¿Qué, tenéis miedo? ¡Putos aficionados! ¿Tienes miedo, Tue?

Kristian chillaba sin parar, corriendo por todo el vestuario con la manguera del agua fría.

–Ya vale, Kristian –quise decir para mí, pero se me escapó de la boca. Tenía la esperanza de que no lo hubiese oído, pero vino derecho a mí y se me plantó delante.

–¿Qué has dicho?

El agua de la manguera estaba mojando las toallas de los demás. Él y Mike siempre eran los primeros en apoderarse de las duchas y a Kristian le gustaba quedarse allí de pie un buen rato, perdiendo el tiempo. Lo ocupaban todo y no dejaban sitio para nadie más. O nos íbamos a casa sin ducharnos o nos sentábamos a esperar a que ellos dos se aburrieran.

–Tranqui, Kristian –le dije.

Se quedó mirándome, con toda la cara llena de granos. Entonces cogió mi mochila del banco, la abrió y metió dentro el extremo de la manguera. Me levanté para intentar quitársela de las manos, pero todas mis cosas estaban ya empapadas.

–Déjalo ya, capullo –insistí.

–Puto perdedor. Tue el Perdedor. Vete a casa con la puta de tu madre.

Soltó la mochila y los demás se echaron a reír. A Mike aquello le parecía tan gracioso que se reía a carcajadas dándose palmadas en los muslos. Mejor no echarle más leña al fuego. Ahora lo importante era acabar cuanto antes y volver a casa sano y salvo.

Kristian había pegado un buen estirón, medía casi dos metros. Como el resto de su cuerpo también estaba creciendo, le encantaba irle enseñando a todo el mundo sus pelillos incipientes. De repente salió disparado hasta donde le dejó la manguera haciendo el helicóptero. Daba vueltas y más vueltas con el rabo como un león marino idiotizado en un zoológico.

En el colegio solo teníamos un vestuario, el del sótano, así que después de la clase de gimnasia primero entraban a cambiarse los chicos y después las chicas. Yo lo sentía por ellas, porque éramos muy lentos y Kristian siempre se acababa el agua caliente. Un día Charlotte, la profe, entró a meternos prisa. Aquello estuvo a punto de costarle un lío con el padre de Lasse y una denuncia por pedofilia, por lo que desde entonces ya no entraba. Por eso se portaban todos así. Los ajustes de cuentas se hacían siempre en el vestuario.

Me quedé sentado secándome con la toalla mientras Kristian seguía corriendo de un lado a otro con la manguera. Intenté secar los libros, pero estaban destrozados. Ya los pondría encima del radiador al llegar a casa. Kristian me odiaba. Yo no sabía por qué, pero me odiaba. Esas cosas no siempre tienen explicación, yo tampoco lo tragaba a él. No hacía mucho se había roto un brazo. Le había robado el coche a su padre y había tenido un accidente. Ahora no le permitían sacarse el carnet hasta los veintiuno. Cerró la manguera para vestirse, pero no la soltó. No se atrevía a dejarla en manos de otro.

Se puso la ropa. Se levantó y, aunque ya estaba cerrada, siguió apuntando aquí y allá con la manguera. Entonces vio a Sebastian, que estaba a mi lado. Para sentarse en el banco, había una especie de reglas, una jerarquía basada en el tamaño del cuerpo. Los más grandotes iban a la izquierda. Lo mío no era más que grasa infantil, mi madre decía que ya se me quitaría con los años. Pero Sebastian, definitivamente, era el chico más gordo del colegio. Algunos decían que era porque sus padres eran tan ricos que podían permitirse comprar un frasco de Nutella al día. En educación sexual habían abierto un buzón al que podíamos enviar preguntas de forma anónima. Kristian y compañía habían mandado un montón en nombre de Sebastian. Que si era normal no verse la polla por culpa de la barriga y cosas así. Yo iba a lo mío y los evitaba a todos, aunque tampoco me servía de mucho. Mejor apañarse solo.

–¿Qué pasa, Sebastian? –dijo Kristian acercándose mucho–. ¿Ya te has duchado?

Sebastian asintió.

–Sí, sí –aseguró.

Kristian volvió a sentarse, aunque sabía que era mentira. Pero cuando Sebastian iba a salir, resbaló en el suelo mojado y aterrizó de culo. Kristian corrió hacia él y le pidió a otro de los chicos que abriese el grifo. El agua estaba helada. Sebastian lanzó un chillido cuando el chorro le dio en todo el culo y le empapó los pantalones. Charlotte empezó a aporrear la puerta.

–¡Daos prisa, les toca a las chicas! –gritó, y todos salieron corriendo para ir al economato y comprar caracolas de oferta antes de que se fuese el bus.

Yo también fui detrás, pero me paré en el aparcamiento porque me di cuenta de que me había olvidado el chaquetón en el vestuario. Esprinté por el patio del colegio, crucé por el salón de actos, bajé al vestuario y abrí la puerta. Se oyó un chillido. Todas las chicas de clase estaban desnudas, gritando y tratando de taparse con la toalla.

–¡Fuera de aquí! –gritó Anna.

Le vi una teta y bajé la vista. Me habría gustado explicarme, pero no conseguí hacerme oír por encima del griterío de voces agudas que resonaba mientras cogía el abrigo del sitio donde había estado sentado. Fuera esperaba Charlotte. Estaba roja como un tomate y me agarró por el brazo.

–¿Qué rayos hacías tú en el vestuario de las chicas?

–Solo quería coger mi abrigo –expliqué–, me lo había dejado.

–Estás tú bueno, Tue. Ahora mismo subes al despacho de Margit. ¡Andando!

–Pero voy a perder el autobús.

–Haberlo pensado antes de meterte a ver a las chicas.

Cuando llegué, Margit estaba hablando por teléfono. Al fondo había un trofeo de un torneo de tenis que la escuela había ganado en las jornadas de atletismo municipales hacía más de diez años. Me sorprendió que no hubieran tenido que devolverlo para entregárselo al siguiente ganador. Margit colgó y se quedó mirándome.

–Bueno, Tue, aquí otra vez –dijo.

Se acercó a la impresora, cogió unos papeles y volvió a sentarse.

–¿Qué has hecho esta vez?

–He ido al vestuario a recoger mi abrigo –respondí; quería explicárselo rápidamente para ver si aún llegaba a coger el bus– y no sabía que las chicas no habían terminado. Ha sido un accidente.

–Eso no está bien.

–Ya lo sé, pero, de verdad, no puedo perder ese autobús, está a punto de salir.

–Por esta vez voy a creerte.

–Gracias, Margit.

–Pero mañana vas a pedir disculpas en clase. Yo subiré también y así lo solucionamos.

–Disculpas ¿por qué?

–Por molestarlas. Seguro que para ellas no ha sido agradable.

–Pero ha sido un accidente.

–Tú ahora vete a tu casa y mañana ya nos ocuparemos de las disculpas.

–No pienso pedir disculpas por algo así.

–Tue. ¿Estamos de acuerdo?

–Sí, sí –contesté. No quería perder más tiempo–. ¡Hasta pronto!

–Eso seguro.

Eché a correr y llegué al bus por los pelos. El conductor ya estaba saliendo de la parada. Di unos golpes en la puerta.

Abrió y me hizo un gesto para que subiera. Me senté delante del todo para evitar a los demás.

–Al fondo hay sitio –dijo el conductor por el micro.

Yo le miré por el retrovisor.

–Sí, te estoy hablando a ti –insistió, así que tuve que ir al final del autobús, donde estaban los demás, y buscar un sitio libre.

–Aquí tenemos al mirón –dijo Mike. Estaba detrás de mí, asomando la cabeza por el hueco que quedaba entre los asientos.

–Cierra la boca –contesté.

–¡Podías haberlo pensado antes!

–Que cierres la boca o te parto la cara, Mike.

–¿Has visto algún chocho?

–Mike. Calla.

Cuando llegué a casa, mi padre notó que algo andaba mal.

–¿Qué has hecho esta vez? –preguntó.

–No ha sido culpa mía.

–Entonces ¿de quién?

Le conté lo que había pasado. En su opinión, no tenía por qué aguantarlo y salió al pasillo. Volvió con un hueso de los de los perros. Estaba todo pringoso.

–¿Y eso para qué lo quiero? –lloriqueé.

–Esto se lo das mañana a la tal Margit, la saludas de mi parte y le dices que se comporte.

–¿Tú crees que es buena idea? Es la directora.

–No puedes ir por la vida tragándote toda la mierda que te echen, si no te aplastarán.

Pensé que me iban a aplastar igual.

–Pero se va a cabrear aún más conmigo, se lo va a contar a los demás profesores y me van a coger todos manía.

–¿Y? ¿Prefieres que sea yo el que se cabree?

No, no lo prefería.

Al día siguiente, llevé aquel hueso asqueroso en la mochila. Aunque iba envuelto en periódicos, olía fatal. A hierro. Cuando estaba a punto de terminar el recreo del mediodía, subí al despacho de Margit.

–¿Tú aquí otra vez, Tue? Qué poco has tardado.

–No, no, no he hecho nada.

–¿Estás seguro?

–Sí, Margit, todo bien.

–¿Has pedido disculpas ya?

–Sí.

–Entonces, ¿por qué vuelves?

–Te traigo una cosa de parte de mi padre –dije dejando el hueso envuelto en periódicos delante de ella.

Cogió el paquete. Las gafas se le escurrieron por la nariz cuando empezó a abrirlo. En ese momento sonó el timbre y tuve que irme corriendo a la siguiente clase.

33

A un tal Bent el Botellas se lo había tragado la tierra. Me lo contó Mike durante la clase de física. Estábamos en la última fila columpiándonos con las sillas mientras Søren Spang explicaba la tabla periódica. Mike me hablaba en susurros cada vez que echábamos las sillas hacia atrás.

–Hace más de una semana que no lo ve nadie –me volvió a susurrar–. Está desaparecido.

Al profesor le colgaban los párpados como anteojeras y casi no se le veían los ojos. Era como si hasta él estuviese harto del tema. Seguro que llevaba ahí desde los ochenta repitiendo lo mismo una y otra vez. Aparte de eso, el aula de física era un sitio interesante. Tenía un olor muy especial. Los estantes con venenos y matraces estaban dentro de una vitrina por detrás de la pizarra, pero nunca los usábamos. Los tenían bajo llave hasta que pasáramos a noveno curso.

–¿Quién es Bent el Botellas? –le susurré a Mike cuando volvimos a echar las dos sillas hacia atrás.

–¡Mike! ¡Tue! ¿Podéis prestar atención? –nos gritó Spang.

–Sí, sí. Es que teníamos una duda.–Le contestó Mike, sonriendo al profesor.

–Claro, es un tema difícil.

–¡Pero muy interesante! –le hizo la rosca Mike.

–Bien –dijo Spang, y se tragó un gargajo antes de seguir hablando.

Anna se dio media vuelta y nos miró muy enfadada.

–¿Quién es ese Bent el Botellas? –pregunté.

–Su casa no estaba lejos de la nuestra cuando yo era pequeño y vivíamos cerca de Fur. Mi padre me contaba que era incapaz de pasar por delante de un tablón o un trozo de hierro y no llevárselo a casa. Se ve que algunos vecinos amenazaron con pedir un contenedor para vaciarla, a ver si así se iba.

–¿Y se fue?

–No, ¡pero ahora se lo ha tragado la tierra!

–¿Y eso qué quiere decir?

–¡Que ha desaparecido!

–¿Y qué es lo que les molesta?

–Que robe trastos viejos e inservibles.

–Pero, si son inservibles, imagino que a la gente no le sirven para nada.

–Es que es raro que te cagas. El tío está mal de la cabeza. Mi padre dice que fue él quien robó los cables del tren.

–Pero no es seguro que fuera él.

–Nadie lo sabe seguro –dijo Mike–. Pero la poli no hace una mierda para aclararlo. Están muy ocupados bebiendo café. Mi padre dice que hay que tomar cartas en el asunto.

Yo nunca había visto al padre de Mike, pero parecía muy convencido, y una vez mi abuela dijo que no hay nada peor que alguien con convicciones.

–Mi padre duerme con un bate en el dormitorio, por si entra algún ladrón. Dice que no hay quien se fíe de la policía –aseguró Mike.

–Menos mal que a Bent se lo ha tragado la tierra.

–Sí, ha hecho bien en desaparecer –dijo Mike, mientras el profesor apagaba la luz y ponía un vídeo sobre átomos.

Mike y yo nos columpiamos hacia delante con las sillas. Me pasé el resto de la clase pensando en Bent el Botellas y en cómo se llamaría antes de que empezaran a llamarlo así. Por aquí, en cuanto haces cualquier cagada te cambian el nombre.

34

Celebramos el cuarenta cumpleaños de mi padre al poco de resolver los últimos papeleos para que el tío se hiciese oficialmente con la granja. A nosotros nos dijeron que era lo mejor para todos.

Mi madre llevaba semanas hablando de la fiesta de cumpleaños. «Nos hace falta algo que nos anime», decía. Me había preguntado qué pensaba regalarle, pero yo no tenía ni ideas ni dinero. Cuando se ofreció a darme un adelanto, le pregunté si a ella se le ocurría algún regalo.

La fiesta iba a celebrarse un sábado. La gente vendría después de cenar. Habría un pequeño convite y música, y coincidía con el mismo día del cumpleaños. Por la mañana le habíamos hecho café y, sentados a la mesa, esperamos a que volviese del establo. Los regalos estaban bien envueltos encima de la mesa, mi madre había ido a comprarlos a la ciudad.

–¡Feliz cumpleaños, papá! –gritó Nina.

–¡Este es de mi parte! –dije yo señalando un paquetito con el envoltorio azul del Matas.

Era muy fuerte pensar lo mayor que era ya. Me parecía, además, que hasta se le iba notando, pero puede que fuese solo por los dientes.

Lo abrió con mucho cuidado, como si no quisiera romper el papel. Un frasco de Homme by David Beckham.

–Colonia –dijo solamente con una sonrisa–. Si sabéis que no me pongo.

–Me gusta su buen olor –dije yo.

–Se dice fragancia –me corrigió.

–Me gusta su buena fragancia.

Abrió la cajita y se quedó con el frasco en la mano, sopesándolo.

–Muchas gracias –me dijo, y me dio un abrazo. Estaba sin afeitar y me arañó la mejilla.

Yo cogí la colonia, le eché un par de rociadas por el jersey y olfateé.

–Qué fragancia.

–Sí, es buena –dijo.

No se le veía con demasiadas ganas de celebrar su cumpleaños. Supuse que sería por lo del tío y el dinero. Mi madre decía que era mejor dejar de darle vueltas por un día.

Por la tarde, a última hora, despejamos de muebles el suelo de tarima del salón y pusimos la mesa con un mantel negro de martelé. Trajimos sillas plegables y colocamos un rollo nuevo de papel higiénico, sacamos el jabón bueno y todos nos duchamos y nos pusimos la mejor ropa que teníamos. Sacamos a la terraza un barreño con cervezas y cubitos de hielo, para que estuviesen frías. Ya no era pleno verano y había que llevar jersey. Yo esperaba que más tarde oscureciese lo bastante para ver la Osa Mayor, aprovechando que íbamos a trasnochar. A mi padre, eso de mirar estrellas le parecía cosa de frikis.

Mi madre había estado haciendo bollos de pan la noche anterior, los había untado con mantequilla y les había puesto jamón, paté de hígado o queso. Estaban colocados en unas fuentes de plata todas rayadas que nos había prestado Bitten. Las dejaron en el alféizar del dormitorio de mis padres hasta que llegaron los invitados. Era el cuarto más fresco, porque las ventanas cerraban tan mal que había corriente. También iban a servir caldo con albondiguillas para el resopón, todo el que quisiéramos. Yo estaba deseando.

Mi padre le había alquilado una gramola a un tipo de la zona que entendía de esas cosas. El hombre había intentado colocarle también un toro mecánico, pero él no lo había querido. La gramola venía con un enorme surtido de canciones;

mi padre fue poniendo algunas mientras llegaban los invitados. Decía que no iba mal un poco de música lounge. El tío y Jonna se presentaron sin ningún regalo, pero le dieron una tarjeta que al abrirla tocaba «The Final Countdown». «Cuarentón, Calvorota y Cebón», se leía en la portada.

–Muchas felicidades –dijo Jonna.

Mi padre se rio al abrirla. Pero no con su risa de verdad.

–Qué gracioso –dijo–, muchas gracias a los dos.

–De nada –contestó el tío; luego miró hacia donde estaba yo.

Llevaba una chaqueta grande de pata de gallo con unas mangas que le quedaban un poco largas. Yo los miraba a cierta distancia. El tío tenía una sonrisa muy rara. Echaron a andar sin rumbo por el salón. Encima de una cómoda teníamos la foto de su boda con Jonna, los dos habían cambiado mucho. Al tío se le iluminó la cara al verla. Cuando acabó la inspección, Jonna se le echó a los brazos. Él y yo teníamos el mismo remolino en la frente. Eso solía decirme.

Bitten y Jan entraron en tromba en el salón con una botella de vino tinto y una caja de vitaminas con un lazo alrededor.

–¡Eh, vieja zorra! –exclamó Bitten dirigiéndose hacia mi madre.

–A mí no me llames vieja –dijo mi madre.

Bitten continuó en dirección a mi padre y le dio los regalos.

–Ya no están los huesos para muchos trotes, Lars –le dijo, poniéndole en la mano las vitaminas–. Aunque nadie lo diría al verte –añadió mientras le daba un abrazo enorme.

–Gracias, no teníais que haberos molestado –dijo él.

–Tú calla, claro que sí. Si no fuera por vosotros, que siempre echáis un cable cuando hace falta, estaríamos a dos velas.

Tal vez se refiriese a lo de la confirmación. Esta vez mis padres no le habían pagado para que preparara la comida. Aunque tampoco era una gran fiesta, claro. Mi padre se limitó a negar con la cabeza. No había sido muy partidario de invitarla, pero mi madre insistió en que ya había pedido disculpas.

Jan había llegado sin aliento, plantó su silla de camping al lado de la tía Chiqui y empezó a hablarle de sus problemas de espalda. Ella tenía una forma muy irritante de escuchar, siempre asintiendo con la cabeza y haciendo «hummm». Mi madre decía que era porque estudiaba para maestra. Me senté en las escaleras para observarlos a todos mientras se saludaban y decidían dónde sentarse.

Las mesas estaban puestas en forma de herradura y decoradas con velas de té y macetones de brezo. Había banderitas clavadas en todo lo que se podía clavar. Mi madre se había comprado un vestido blanco en el Bilka. Bitten la había ayudado a teñirse el pelo unos días antes.

–No ha agarrado bien el tinte, se ven las raíces –había dicho mi madre al comprobar el resultado después de aclararlo.

–¡Ni caso! Para raíces las de Kunta Kinte –había replicado Bitten, y no paró de reírse hasta que le entró un ataque de tos.

–Para ya –dijo mi madre.

–Vale, vale –dijo Bitten.

La abuela entró en el salón.

–¡Conque aquí es la fiesta! –gritó mientras se quitaba el impermeable amarillo, que llevaba mal abotonado.

Le habían puesto una férula en la pierna mala que parecía pesar lo suyo. Cojeó hasta la mesa, buscó una silla libre y se sentó sin saludar a los demás invitados.

–¡POCHOLO! –chilló, y me acerqué a darle un abrazo.

–Hola, abuela.

–Hola, Tue. ¿Me traerías una Fanta? –me pidió.

Yo asentí y fui a toda prisa hacia la mesa de las bebidas. O.P. entraba en ese momento. Cruzó la sala subiéndose la cremallera de la bragueta y sacudiéndose el agua de las manos.

–Tenía que echar un pis –explicó.

–Tú cierra la boca –dijo la abuela–. Hoy no es tu día.

O.P. llevaba chaqueta, era el que iba más elegante.

Mi madre vio a mi abuela desde el despacho y salió a saludarla.

–Hola, mamá –dijo, y le dio un abrazo.

–Hola, cielo –contestó la abuela–. ¿Dónde están los cigarrillos?

–Esto no es como en vuestra boda, Ruth –le dijo la tía Chiqui dándole un codazo.

–¿De qué coño hablas?

–Corren nuevos tiempos. Ahora está la ley antitabaco.

–¡Tú a callar! –le gritó la abuela.

La tía Chiqui era lo que la abuela Ruth llamaba «una chica rellenita, pero con chispa». Después de un montón de años viviendo de vender túpers, ahora se había pasado a las joyas curativas y los robots aspiradora.

La última en llegar fue la yaya. Era la idea. La había traído en coche la tía Heidi y antes de sentarse a la cabecera de la mesa nos tiró de las orejas. Empezaron a pasar la fuente de pan con queso, paté y jamón. O.P. levantó las lonchas para ver si habían untado el pan con mantequilla. Mis hermanos y yo tomábamos refrescos y mirábamos a los mayores. Bitten había abierto una botella de vino tinto y no hacía más que ofrecer a todo el mundo. Cada vez estaban todos más borrachos. Morten y yo nos dedicamos a darnos patadas por debajo de la mesa a la espera de la tarta.

–A mí, en realidad, no me deja el médico –dijo O.P. a gritos desde su sitio para que lo oyesen todos. Se sirvió un trozo en el plato y miró a su alrededor con cara de indeciso–. Tiene una pinta de muerte –dijo pasándole la bandeja a la abuela–. ¿Te la sujeto?

Ella se quedó un momento con la mirada perdida y luego se volvió a gruñirle.

–Si necesitas hacerte el caballeroso…

Cuando todos terminaron de comer, mi padre fue a poner música en la gramola. Jonna parecía estar armándose de valor mientras apretaba a conciencia el grifo de un cartón de vino de tres litros que habían colocado al borde de la mesa. Llenó su vaso y se le acercó. La gente había empezado a hablar a gritos, y todas las voces se confundían. Tal vez fuese lo mejor. Así luego no tendrían que echarse nada en cara.

Jonna se apoyó en la gramola.

–Pues sí, Lars. Esta vida es un poco como una gramola –dijo dando unos golpecitos suaves con las uñas en la máquina.

–¿Porque hay canciones buenas y canciones malas? –probó suerte mi padre.

–No –contestó ella moviendo la cabeza de un lado a otro mientras sonreía sin mirarle.

–¿Por qué, entonces? –preguntó él.

–Porque si echas monedas, tienes vía libre –respondió Jonna.

Luego le guiñó el ojo, se colocó bien el traje de chaqueta, dio media vuelta sobre sus tacones y fue a reunirse con el tío, que también se había levantado ya de la mesa. Estaba discutiendo el precio del kilo de carne de cerdo con O.P., que en tiempos había sido peón ganadero en una granja. Saltaba a la vista que no se aguantaban. Cogí otro trozo de tarta, aunque no podía más. La nata estaba empezando a ponerse amarilla.

Cuando iban a dar las doce, Bitten salió corriendo de la cocina.

–¡Te tienes que tomar cuarenta chupitos! –gritó, y le puso delante a mi padre una bandeja con vasitos llenos de líquidos de color azul celeste, rosa y negro.

–¡No, no, no!

–Claro que sí. Compórtate, qué cojones, que es tu cumpleaños. Es la tradición –bufó Bitten, y luego contó lo del día que se trincó una botella entera de Pisang Ambon en una acampada. Al día siguiente no sentía nada de nada.

–¡No, no quiero! –se resistía mi padre, pero eso a Bitten se la pelaba.

–Vamos. Cagüentó… –se dijo a sí misma cuando le vio trasegar los primeros chupitos. Con cada uno cogía aire.

–Anda, no seas cagón –le gritó la abuela, mientras las dos le azuzaban para que siguiera bebiendo con cara de pocos amigos.

Mi madre pegaba voces mientras Bitten jaleaba a todo el mundo dando palmas para que hiciesen un círculo alrededor de papá. La gramola quedaba ahogada por sus gritos:

–Al centro y pa dentro, al centro y pa dentro, al centro y pa dentro...

Mientras Bitten le iba pasando chupitos, el alma de la fiesta se iba animando. Cuando ya no pudo más, se limpió la boca con la manga y se acercó a la yaya. Ella seguía sentada a la mesa, llevándose el vino a la boca con las manos temblorosas.

–¿Todo bien, mamá? –le preguntó.

–Bien, gracias –contestó ella–. Pero no sabes cómo me gustaría que os pudieseis mantener vosotros solos.

–Ya hablaremos de eso otro día, mamá, ahora estamos de cumpleaños.

Ella le susurró algo que no llegué a oír. Bitten fue hacia ellos y tiró de mi padre para sacarlo a bailar. Había puesto una de Bryan Adams en la gramola.

–¡SÍ! –gritó cuando sonaron las primeras notas.

Se desgañitaba cantando la canción.

–I GOT MY FIRST REAL SIX-STRING! –consiguió soltar el primer verso entre toses.

–BOUGHT IT AT THE FIVE-AND-DIME! –cantó mi padre.

Y se perdieron bailando entre los muebles. Bitten sudaba tanto que le brillaba la frente y tenía los sobacos empapados.

Yo seguía aún por allí en medio. De pronto noté unas manos en los hombros. Me quedé rígido. Eran unas manos duras y cuando me soltaron me pellizcaron los michelines. Me di la vuelta. Era el tío.

–Adiós, Tue, cuídate –dijo pegándome un par de veces en el costado.

No me había dado cuenta de que la fiesta duraba ya tanto que la gente empezaba a marcharse.

–Hasta luego –dije.

Mi madre había salido a fumar. La veía por la ventana. Me ponía nervioso la idea de que todos quisieran irse a casa ya. La fiesta no podía terminar hasta que no sirvieran el caldo. Por eso seguía despierto. Aun así, ya casi se me había olvidado cuando apareció Bitten trayendo los pucheros más grandes que había visto en mi vida.

–Acércame esas minibaguettes –me dijo Bitten dándome unos golpecitos con el dedo en el hombro.

Cuando volví, le propuse a O.P. una competición para ver quién comía más. Entonces se nos acercó la abuela. Le tiró de la corbata y le gruñó al oído:

–Me parece que no acabas de entender en qué consiste esa dieta. Los cuarenta kilos tienes que PERDERLOS. PERDERLOS.

–Pero ¿qué tiene de malo que me divierta un poco con Tue?

–Pero si no haces otra maldita cosa que divertirte. Acuérdate de tu corazón.

–Por el amor de Dios, Ruth, si solo es un caldo. Además, estos niños no están de fiesta todos los días. También hay que ver las cosas desde el punto de vista de los demás.

–Allá tú, O.P.

Yo no entendía por qué se había puesto tan furiosa. Tampoco estaba tan gordo. En la tele salía gente mucho más gorda que hacía bien su trabajo y luego, en su tiempo libre, iba a jugar a los bolos. O.P. no le hacía demasiado caso, y con razón: no había quien aguantara aquello. Se llenó el cuenco hasta arriba de bolitas de masa y les echó caldo por encima. Quedó claro que zampaba mucho más deprisa que yo. Cuando terminamos, me dolía la tripa. Había comido mucho, como siempre que había mucho que comer.

–Tú ganas –le dije a O.P., y salí disparado al cuarto de baño para volver a echar el caldo a toda velocidad.

Al pasar por la cocina, oí el ordenador del despacho. Mi madre se había encerrado a jugar en plena fiesta. Bajé la tapa del váter y, aunque no pude cagar, fue un gustazo poder soltarme el cinturón. El elástico de los calzoncillos me había dejado marcas rojas en la barriga. Decidí esperar un rato a que el caldo pasara por el estómago. Me descalcé y de una patada metí los zapatos debajo de un armario.

Cuando volví al salón, la mayoría de los invitados ya se habían ido. Mi padre estaba en la mesa con Bitten, y no les quitaba ojo a los últimos chupitos: aún quedaba más de la mitad. Bitten se tomó unos cuantos. Morten y Nina estaban en el sofá. Habían dejado preparada una partida de Monopoly, pero aún no habían empezado; tenían cara de cansados. Los calcetines se me pegaban al suelo cuando fui a sentarme a la mesa con mi padre y Bitten.

–Hola, Tue –dijo ella apagando su cigarrillo en un plato.

–Hola, Bitten. ¿Ya se ha acabado la fiesta? ¿Se ha ido todo el mundo a casa?

–Sí, y yo también estoy a punto de marcharme. Jan está en el coche. Por la espalda, ¿sabes? ¡Menudo coñazo de gente!

Soltó esa risa desagradable que solo le salía a ella y cogió su bolso.

–Gracias por la invitación –dijo, pero mi padre no la oyó. Estaba como en trance. De pronto la cena le repitió.

Morten se acercó a él.

–Hueles mal –dijo.

–¿Qué has dicho?

–Sí, muy bien no huele –dijo Bitten–. Que lo paséis bien.

Luego salió y oí que el coche se ponía en marcha y bajaba por el camino.

–¿Huelo mal? –preguntó mi padre sin apartar la vista de los chupitos.

–Sí, hueles mal. ¿Podemos ver ya la tele? –preguntó Morten, y mi padre asintió sin mirarle.

Morten encendió la tele y se sentó pegado a la pantalla. Mi padre seguía mirando el montón de vasos vacíos. Le tiré del brazo, pero no reaccionó. Soltó un eructo.

–¿Sabes una cosa, Tue? –preguntó por fin.

Yo le dije que no con la cabeza.

–Sois mis hijos y siempre lo seréis –dijo, y volvió a eructar, esta vez tapándose la boca con la mano.

–Lo sé –respondí.

–No dudéis nunca de que os quiero, aunque a veces pueda hacer estupideces.

Me quedé mirando el plato que tenía delante. Había un trozo de pan medio desmigajado reblandecido por el caldo.

En la buhardilla teníamos un balcón. La humedad había podrido la madera y la pintura estaba toda desconchada. Yo sabía que era muy peligroso asomarse. Se podía hundir el suelo, mi padre nos lo había dicho un millón de veces, no se podía salir. En el balcón había una botella solitaria llena de agua de lluvia y colillas. Desde allí se divisaban hasta los últimos rincones del paisaje. La noche que mi padre cumplió cuarenta años, salió corriendo al balcón y echó la pota por encima de la barandilla.

35

Hice el largo trayecto hasta la casa de la abuela y O.P. en el 46. A él le habían puesto un balón gástrico y acababa de salir del hospital, pero dijeron que esa no era razón para cancelar mi visita. Creo que no recibían demasiadas. El autobús paró en el arcén y yo eché a andar por el camino de grava pasando por delante del garaje. Las farolas del jardín iluminaban la casa. Al pie de la carretera había un viejo sauce llorón que había plantado O.P. Lo único que había hecho era clavar una rama en la tierra y el árbol había empezado a crecer.

Cuando entré olía a carne, pero la abuela no estaba esperándome en la puerta como de costumbre. Seguí avanzando por el pasillo.

–¡Hola! –grité mientras dejaba la chaqueta.

–¿Hola? –gritó la abuela.

–Hola, abuela –respondí.

–¿Eres tú, Tue? –gritó ella.

–¡Pues claro que soy yo!

Tardó un rato en contestar, como si se lo pensara.

–¡Hola, pocholo! –gritó por fin.

Pasé a la sala de estar. Estaban los dos sentados en el sofá de cuero marrón.

–En la nevera hay una caja con tartaletas de nata que he comprado. Tráetelas –me dijo O.P.

Fui a la cocina a buscarlas, las saqué de la nevera y levanté la tapa de la caja.

–Solo hay dos –dije cuando volví y me senté en el sofá.

–¡Entonces falta una! –contestó él.

–Las matemáticas, desde luego, son tu fuerte. A ver si también aprendes a dejar los dulces de las narices. Acabas de salir de una operación y ya estás jugando con fuego. ¿Es que no entiendes que eso puede matarte? –dijo la abuela.

O.P. no parecía recién salido de una operación, pero hay personas que aguantan lo que les echen. La abuela removió el café con una cucharilla a velocidad de vértigo. Pensé en el corazón de O.P. y en el pastel que faltaba. No le venía bien zamparse uno entero.

–¿Pasa algo? –pregunté. Mejor ir directo al grano.

–No, qué va –contestó la abuela.

–No se os habría olvidado que iba a venir, ¿verdad?

A eso no respondió.

–Anda, suénate –dijo lanzándome un paquete de pañuelos de papel. Cuando intenté devolvérselos, añadió–: Quédatelos.

O.P. estaba sacando los pasteles de la caja y sirviéndolos en platos, muy concentrado y con la lengua asomándole por la boca.

–Hay que ver lo gordo que estás –le dijo la abuela.

–Ya está bien, Ruth. Hay invitados, digo yo que podremos esmerarnos un poquito.

–Yo solo te recuerdo lo que te han dicho los médicos.

–¡Vale ya, Ruth!

–Es la verdad. ¡Han dicho que es la última operación que te hacen! No puedes seguir comiendo como una bestia. ¡Te vas a matar!

–Se acabó, Ruth. Además, no pensaba comerme ninguno –dijo él empujando los platos hacia nosotros.

La abuela se tomó el suyo inmediatamente. Yo decidí compartir el mío con O.P. y lo partí en dos mitades.

–Toma –le dije, y le di una.

–No puede comer de eso –bufó la abuela.

–No puedo comer de eso, Tue –repitió O.P.–. Pero te agradezco el detalle.

El ruido de la cucharilla al rebañar el plato resonó por

todo el cuarto. Nadie decía nada y el tictac del reloj de la pared competía con la tele. Estaban viendo un programa del canal Charlie.

–Vete a coger un refresco si quieres –me ofreció O.P.

–No, gracias –contesté, porque ¿y si se moría antes de que yo volviera?

–¿Me pasas un pitillo, por favor? –dijo la abuela.

Le di el bote de cigarrillos liados. De la cocina salía un olorcillo estupendo.

–¿Qué estáis haciendo? –pregunté.

–Estoy preparando costillas de cerdo guisadas.

–No suena nada mal –dijo O.P.

–Eso tampoco puedes comerlo –le advirtió ella.

–Ya, pero no por eso va a sonar mal.

–Bueno. Tómate tu Nupo Diet.

La abuela se acercó desde su sitio habitual en el sofá para darme un abrazo. Yo sabía que me quería con todo su corazón. En las paredes solo había fotos mías. A los demás nietos no los tenía enmarcados.

–Tue, ve a buscar mi monedero. Está en el bolso, en el pasillo –me dijo.

Me levanté. O.P. puso cara de indignado. No subía más las cejas porque no podía.

–Toma –le dije a la abuela.

–Ahora verás. –Rebuscaba en los bolsillos del monedero con la punta de la lengua fuera. De repente, sacó un billete de mil coronas y me lo dio–. Ten, pocholo.

Yo cogí el billete, me quedé mirándolo y lo puse a contraluz para ver la filigrana.

–Oye, que no es falso –dijo.

–No, no; ni se me había pasado por la cabeza.

–Pero Ruth, ¿qué cojones haces? No puedes hacer distinciones entre los niños, Tue no es el único nieto que tenemos –dijo O.P.–. Además, bastante se ha llevado ya su madre.

–¿Y eso qué coño tiene que ver con Tue?

–¿Qué ha pasado con mamá? –pregunté.

Empezaron a disimular. Se les notaba.

–Nada, Tue... –dijo O.P.

–Claro que sí, ¿qué pasa?

–Joder, Ruth.

–Ya tiene edad para saberlo –dijo la abuela; y O.P. respiró hondo antes de mirarme.

–Es solo que le hemos hecho un pequeño préstamo porque ahora está pasándolo mal. Las medicinas que toma son muy caras.

No quise quedarme a dormir en su casa. El fin de semana era demasiado corto como para dedicarlo a una sola cosa y, además, O.P. acababa de salir del hospital. Necesitaba descanso.

Mi madre vino a recogerme por la tarde. Entró sin saludar. O.P. y ella ni se miraron.

–Bueno, Lonny, ¿estás mejor? –le preguntó él al cabo de un rato.

–¿Y tú? –Cuando quería, mi madre tenía la lengua muy rápida. Nunca entendí cómo le daba tiempo a pensar las cosas y soltarlas por la boca tan deprisa.

–Sí, gracias –contestó O.P. poniendo los ojos en blanco.

Al salir, dejé el paquete de pañuelos en la mesita del pasillo.

36

–Saca la basura en vez de quedarte ahí pasmado –dijo mi padre, que estaba sentado a la mesa del comedor, leyendo el *Folkebladet*.

Acababa de comerme una bolsa de patatas fritas y había ido a tirarla, pero el cubo de la basura estaba hasta los topes. Como pensé que sería cosa de un momento, no me puse los zapatos y crucé todo el patio a la carrera, en calcetines y con la bolsa repleta en la mano. Levanté la tapa del contenedor, que también estaba lleno. Hacía tiempo que no venían a recoger la basura porque éramos la última calle a la que el Ayuntamiento mandaba el quitanieves. El camión de la basura no podía pasar porque el camino estaba cortado. Me tapé la nariz y lancé la bolsa al contenedor. Una lata de atún vacía y unas cáscaras de huevo cayeron en la nieve. El calor que desprendía la basura derretía los copos que caían del cielo. Vi unos gusanos reptando por el borde del contenedor. Era increíble que sobreviviesen a bajo cero. Intenté no respirar, pero acabé tragándome los vapores. Algo me subió desde el estómago y paró justo antes de llegarme a la boca. Un sabor ácido me pasó muy lentamente por la punta de la lengua. Escupí en el suelo y volví a cruzar corriendo el patio mientras los calcetines se me empapaban en el barrizal de lodo y nieve. Me los quité en los escalones. Mi padre se pondría hecho una furia si ensuciaba el suelo solo por ir a sacar la basura, y no había necesidad de que se montara ninguna escena. Yo solo quería entrar a calentarme, pero cuando tiré del picaporte, la puerta no se movió. Tiré un par de veces más, pero no sirvió de nada. Entonces se oyó un golpe en la ventana de la cocina. Miré hacia allí y ahí estaba mi padre, muerto de risa. No le oía reírse, pero sí le veía los dientes podridos y el hueco del diente de oro que le habían sacado. Me miró directamente a los ojos con la boca temblorosa. Aporreé el cristal hasta que me dolió la mano.

–¡Déjame entrar! –grité, pero él siguió mirándome sin hacer nada.

Pretendía que yo adivinara algo, pero no tenía ni idea de qué era. Encendió un cigarrillo, muy sonriente, y luego dio media vuelta y se esfumó. Volví a dar golpes en la ventana, pero ya no estaba. Fui hacia la parte de atrás de la casa, moverme me quitaba un poco el frío. Acerqué la cara a la ventana del despacho, donde estaba mi madre. Las cortinillas estaban bajadas casi del todo, apenas la veía por la rendija que quedaba. El tintineo de los dados y las monedas del casino online ahogaba mis intentos de llamar su atención. Sin dejar de gritar, me puse a dar golpes con el puño y con la palma de la mano en el cristal.

–¡Mamá! –gritaba, pero ella no me oía o no quería oírme. Odiaba que la molestaran mientras jugaba.

Como ya no me tenía más en pie, me senté a recuperar fuerzas. El frío de las losetas me traspasaba los huesos como el cuchillo del pan al raspar contra la tabla. Cuando volví a levantarme, me cayó un poco de nieve dentro del bolsillo de atrás. Se me empaparon los calzoncillos y se quedaron helados. El viento que soplaba entre los árboles del jardín empezó a sonar a lluvia, pero no estaba lloviendo; solo estaba muy oscuro y era invierno. Fui hasta la ventana del cuarto de baño. Llevaba tiempo rota, con el cristal colgando del marco de madera, e intenté agarrar el borde para abrirla desde fuera. Tiré de él hacia abajo y saqué el cristal del marco con las pocas energías que me quedaban. Logré arrancarlo, pero se me resbaló y cayó al suelo. Di un paso atrás y lo vi estrellarse. Me hice un pequeño corte en la palma de la mano y la sangre no tardó en atravesar la piel y correr muy despacio en un hilillo.

Mi padre entró en el baño. Estaba rojo de furia y empezó a gritarme.

–¿Pero qué cojones haces? ¿Te has cargado la ventana?

–Ha sido un accidente –dije señalando la herida con el dedo–, quiero entrar ya. Solo he salido a sacar la basura. ¿Qué es lo que he hecho mal?

–Antes contesta: ¿te has cargado la ventana? –repitió.

–No, no me la he cargado.

–¿Otra vez mintiendo?

–No –contesté; pero daba igual porque él ya estaba decidido; dijese lo que dijese, su respuesta iba a ser siempre la misma.

–Ya me he enterado de que has estado robando en el economato.

–No es verdad.

–Es increíble lo bien que se te da mentir. Pero ¿sabes una cosa? Solo te engañas a ti mismo.

Negué con la cabeza sin dejar de chuparme la sangre de la palma de la mano.

–Pues ahí te quedas –dijo, y en ese momento supe que no hablaba por hablar, que iba en serio–. Hoy vas a aprender a respetar a los demás.

Luego cerró la puerta del baño. Vi que se levantaba un poco el picaporte. Era un viejo truco, toda la familia sabía hacerlo. Había puesto una escoba o algo alargado por el otro lado, debajo del picaporte, para que ya no pudiese entrar.

Tenía tanto frío que me castañeteaban los dientes y me mordí el labio sin querer. Entonces fui al granero y me monté en el tractor. Tenía la llave puesta, así que encendí el motor. Sabía hacerlo, aunque nadie me había enseñado a conducirlo. Subí los pies al asiento y puse la radio, que estaba encima del retrovisor. En una caja de herramientas que había detrás del asiento encontré una bolsa de Piratos empezada, y me metí un regaliz salado en la boca. En Radio Skive estaban poniendo «Enjoy the Silence» de Depeche Mode. Pensé que solo ponían mierda anticuada, joder. Aunque así, el tiempo pasaba más deprisa. Después cambiaron a Earth, Wind & Fire y luego a Fleetwood Mac. Podría ser peor, me dije, y me pregunté si me dejarían volver a entrar alguna vez. ¿Y si tengo que pasar aquí la noche?, pensé mientras me quitaba una cosa que se me había metido en el ojo.

37

Tres días después del de Navidad íbamos a ver a la yaya, era una tradición. Ella siempre se aseguraba de que dejáramos los zapatos en el pequeño zapatero del pasillo, no le gustaba el desorden. Ayudé a Nina a descalzarse. En casa de la yaya había un montón de normas. Supongo que todas juntas, tan raras e inexplicables, eran lo que formaba la tradición, y que todas las tradiciones juntas eran lo que formaba una buena familia.

–Así, muy bien… hay que ver lo listos que son estos niños, la leche –dijo la yaya cuando acabamos de colocar todos los abrigos.

La yaya siempre andaba hablando del asunto ese de las buenas familias, ella misma venía de una. Olía a asado y a merengue por toda la casa, pero ella seguía allí de pie en el pasillo. Miraba a mi padre como si hubiese hecho algo malo. Luego se acercó hacia él.

–Oye, ¿y Lonny dónde está? –preguntó.

–Esta vez se ha quedado en casa.

–La última vez también. Lars, aquí pasa algo, lo noto. ¿Es que mi hijo ha perdido la autoridad?

–No, yo no sé qué le pasa, pero es que todo le afecta.

–Pues allá ella –dijo la yaya.

Yo le lancé la mirada más fría que pude.

–Está enferma –dije, pero ella me ignoró. Siguió mirando a mi padre con cara de reproche.

–Así es la vida, Lars, pero hay que volver a subirse al condenado caballo –dijo.

–No sé qué mosca le ha picado, no puedo con ella. Supongo que será por lo del préstamo, ha sido un golpe muy duro –respondió él.

–Deberíais estarle agradecidos a Chresten.

–Y le agradecemos mucho su ayuda.

–Está ahí, en la cocina. Creo que deberías ir a saludarle. Y a darle recuerdos de parte de Lonny, sería algo digno de nuestra familia.

–Está enferma –repetí–, y no creo que le apetezca mandar recuerdos.

La yaya me miró por fin.

–¿Qué forma de hablar es esa? ¿Quién te ha enseñado esa actitud, Tue? Además, esto son cosas de mayores, ¡así que no te metas!

–¡Pues no hables mal de mi madre! –Quise añadir algo más, pero mi padre me tiró con fuerza del brazo. Mejor no jugar con fuego.

–Venga –le dijo la yaya a mi padre–. Vamos a ver a Chresten.

–Sí, vamos.

Entramos en la cocina. Allí estaban la tía Heidi y el tío. También Jonna y el primo Arne. Echando cuentas. Como de costumbre, cada uno tenía que pagar su parte de la comida, las bebidas corrían por cuenta de la yaya. Había limonada y licor de pera. Cada verano, la yaya colocaba botellas a las flores del peral y dejaba que los frutos crecieran dentro. Luego guardaba las botellas durante medio año en el garaje.

–¿Quieres ir al garaje a buscar bebida? –le pidió al primo Arne.

–Claro, yaya –dijo él. Mientras tanto los mayores empezaron a poner la mesa. Aunque el primo Arne había cumplido los dieciocho hacía ya tiempo, nadie lo veía como un adulto. Mientras él iba al garaje, los demás se desearon feliz Navidad y se pusieron a echar las cuentas también de los regalos. Era todo un lío calcular lo que debía cada uno. Nosotros siempre salíamos ganando porque, al ser más, nos tocaban más regalos. Me senté en la alfombra.

–¿Y este disfraz de indio, Tue? –preguntó la yaya tirándome de los flecos de la cazadora–. ¿Es que ahora quieres ser indio?

–Es de la confirmación.

–Fíjate tú, y yo que no me acuerdo. Pues menuda suerte tuviste, ¿eh? ¿Y quién te regaló un traje de indio?

–Mamá y papá –respondí.

–Vaya. Fíjate tú, el monicaco –dijo, y fue a reunirse con el tío.

Abrí una limonada. La tía Heidi se sentó conmigo y con los dos pequeños.

–¡Cuidado con los dientes, Tue!

–¿Por qué?

–En cuanto llegues a los cuarenta se te caerán. Mira tu padre, qué mal los tiene. Piorrea y todo el tinglao. Seguro que lo heredas. Antes de cumplir cuarenta los tendrás podridos y se te caerán. Piénsate bien cuántos refrescos te tomas –me advirtió.

Pero yo estaba ocupado intentando contener un eructo.

–Por lo menos podrías usar un vaso –insistió.

Y cogió uno de la mesa y me lo plantó delante. Me serví otra limonada e intenté ver a través de los cristales verdes de sus gafas. No se le veían los ojos. Volvió con los demás y, por el camino, se tropezó con el puf de cuero que había junto a la mesita del teléfono. Yo me eché a reír dentro del vaso de limonada y las burbujitas se me metieron en la nariz.

–No tiene ninguna gracia –dijo la tía Heidi.

Yo me aparté el vaso de la cara.

–Si no me estaba riendo.

Me mordí la lengua para aguantarme la risa.

–Más te vale –dijo ella.

38

–¡Vamos a pescar anguilas! Podemos bajar al fiordo –dijo Mike desde su asiento del autobús.

–Vale –contesté yo.

Estábamos a punto de empezar las vacaciones de verano y los días volvían a ser largos. En menos de dos meses comenzaríamos el último curso. Incluso el tiempo que crees que nunca va a pasar termina pasando.

Los padres de Mike se habían divorciado y la madre ahora vivía en otro pueblo, al final de la línea del bus del colegio. Volvíamos juntos de la escuela todos los días, y sentados en la última fila fue como se le ocurrió la idea mientras veíamos las aguas del fiordo. El nuevo novio de su madre había enseñado a Mike a pescar anguilas. Según decía, el tío molaba: había estado en el ejército y había matado a más de treinta personas en Afganistán.

–En realidad está prohibido –dijo–. Están en peligro de extinción.

–¿Quiénes?

–¡Las anguilas, imbécil!

–Ah, ya. Entonces ¿mejor no vamos?

–Sí, sí, el novio de mi madre se pasa el día pescándolas.

–Vale.

–Podemos ir sin problema.

–Lo que ocurre es que no tengo caña de pescar.

–No hace falta, joder. ¡Miraremos las nasas de los demás!

–¿Y no es un poco estúpido?

–No, nunca hay nadie.

Bajamos en bici al fiordo sin cruzar una palabra. No se oía más que el roce de las ruedas contra el asfalto. Solo nos adelantó un coche a toda velocidad. Mike se puso en el centro de la carretera y torció por un camino. La tierra empezó a volverse cada vez más arenosa y cuando llegamos a la playa vimos que no había ni un alma. A lo lejos, en el agua, brillaba algo de metal. A lo mejor era un cúter. Si entornabas los ojos, se veía una parte de la presa. Al final, dejamos las bicis tiradas en la arena; era imposible seguir pedaleando. Al llegar a la orilla, Mike se quitó la camiseta y las zapatillas. Luego se quitó también los pantalones y los calzoncillos y pegó un par de saltos que hicieron que la polla le rebotase. Empezó a balar como una oveja y se echó a reír. Yo me quité la camiseta sin apartar la vista del suelo y pensé que había piedras por todas partes. Me pasé la mano por el sobaco, estaba empezando a salirme pelo. Pinchaba un poco y era asqueroso cuando sudaba, pero pensé que afeitarlo habría quedado raro.

Mike ya estaba en el agua, buscando nasas. Le miré.

–¿No te metes? –me preguntó.

–Psí... –dije–, pero ¿me tengo que quitar todo?

–¡Si hace un calor de la leche! Pero tú mismo.

–Sí que hace calor.

Así que también me desnudé. Me metí en el agua tapándome la entrepierna y me faltó tiempo para sumergirme y evitar que Mike me viese la polla. Nadé hasta que dejé de hacer pie. Mike seguía cerca de la orilla, arrastrando los pies mientras buscaba tubos o ruedas. Yo no sabía qué tenía que buscar. La piel de Mike era reluciente y limpia. Metió las manos en el agua, tiró de un tubo y lo vació.

–¡Mira! –gritó, pero lo único que salía era agua, así que volvió a tirarlo.

Lo mismo se repitió una y otra vez. Nos alejamos tanto que al final caímos en un agujero negro de algas.

–Vamos a volver, aquí es imposible pescar anguilas –dijo Mike dando media vuelta.

Cuando volvimos a hacer pie, pudimos levantarnos. De repente, Mike gritó. Un chillido corto, agudo. Como el de una chica. Señaló una medusa que flotaba cerca de él. Era de las que picaban.

Ya en la orilla, excavó un hoyo en la arena y se puso la mano en la entrepierna. Yo me senté no muy lejos y le propuse que fuésemos a buscar ayuda. Él se tumbó boca arriba. Tenía la mitad del cuerpo embadurnada de arena.

–¿No te tumbas? –preguntó.

Yo murmuré algo y me eché a su lado.

–Duele un huevo.

–Es que por aquí hay muchas medusas –dije–. A mí me han picado un montón de veces, se te pasará enseguida.

El sol pegaba con fuerza. Estábamos los dos desnudos en la arena. Por alguna razón, entorné los ojos. De repente, Mike me cogió la mano y se la llevó a la entrepierna. Abrí los ojos, pero no me atreví a mirarle. Preferí levantar la vista hacia el cielo e intentar verle con el rabillo del ojo.

–Ya está mejor –dijo sin soltarme.

Cerré los dedos alrededor de su polla sin saber qué decir. Entonces él empezó a tirar de mi mano arriba y abajo mientras gemía. Yo no me atrevía a girar la cara. Siguió, y sentí que me recorría una sensación cálida. Intenté quitármela de la cabeza de inmediato, no hay que tener esos pensamientos con los amigos. Después se hizo el silencio durante unos segundos. Las olas rugían al otro lado del banco de arena en el que estábamos. Mike seguía moviéndome la mano polla arriba y polla abajo mientras me hablaba con voz tensa. Yo había cerrado los ojos y no podía parar de pensar en James Deen. Entonces me incliné sobre Mike y le di un beso en los labios. Seguía teniendo mal aliento. Sus labios no se movieron ni lo más mínimo. Se quedó allí tumbado, con el cuerpo rígido, y aceptó el beso. Yo no sabía si era así como se hacía. Pero seguí hasta notar que sus manos se deslizaban por mi muslo y me subían por el vientre. Abrí los ojos. Él aún los tenía cerrados. Se le tensó todo el cuerpo y casi no respiraba. Abrió los ojos, pestañeó. Le sonreí, pero de pronto sentí que se me encogía el estómago. Me apartó la mano de su polla, levantó la cabeza y se sentó. Tenía la mejilla llena de arena. Yo lo único que quería era seguir allí tumbado, pero él se puso de pie. Yo también me levanté tapándome la polla con las dos manos y me puse frente a él. Bajó a buscar las toallas, que estaban en la orilla. Le seguí y volví a ponerme los calzoncillos. Estaban llenos de arena y me arañaban las nalgas. Miré a Mike. Le sudaba la frente. Por qué ha tenido que acabar tan rápido, pensé mientras le veía ponerse el calcetín haciendo equilibrios sobre una pierna. Esperaba que jamás le contara nada a nadie.

–No hemos cogido ninguna anguila –dije.

–Pues suele haber un montón –dijo él.

39

Mi madre estaba en el despacho, jugando. Tenía encendidos los altavoces. Se oía una musiquita falsa cada vez que cantaban un número o destapaban una carta en la mesa de póquer virtual. Se mezclaba con el ruido de la tele en el salón. Costaba encontrar un poco de calma, aunque tampoco me importaba mucho, nunca hacía los deberes muy en serio. Hacía rato que había pasado la hora de cenar y mi madre no había empezado ni a cocinar. Bajé de mi cuarto para preguntar cuándo la tendría lista. Tenía hambre. Habían caído colillas en la alfombra y le habían hecho agujeros. Mi padre ya estaba en la puerta del despacho, mirándola sin decir nada. No se había quitado las botas de agua y apestaba a estiércol.

–¿Es que no vamos a cenar nunca?

–Hoy no puedo –contestó ella.

–¿De qué hablas?

–Estoy haciendo una cosa. Y no me encuentro bien.

–Reacciona, hostias.

–Hoy estoy cansada. Encargaos vosotros. En la nevera hay carne descongelada.

–Te pasas todo el santo día ahí metida, gastándote el dinero de los demás.

–El dinero es mío.

–¡Ese dinero es de O.P.! Deja ya de engañarte.

–Déjame en paz, Lars. Hoy no puedo.

–Sal de una vez y haz la cena. Tus hijos tienen hambre –murmuró él.

–¡Me cago en la puta, que no me encuentro bien! –gritó ella–. Largo.

–La culpa la tienes tú, zorra chiflada.

–¡Cierra la boca! –volvió a gritar ella.

La casa quedó en silencio unos segundos.

–¿Qué te creías?

Mi madre no apartó la vista de la pantalla.

–¿Hola? ¿Me oyes? –insistió mi padre.

En ese momento alguien ganó el bote del juego. La pantalla brillaba y chisporroteaba mientras las fichas salían rodando. La música se volvió triste, como de payasos. Mi madre se dio la vuelta y se le quedó mirando.

–Cabronazo –le llamó.

–¿Qué has dicho?

–Me has oído perfectamente.

–Eso no me lo dices otra vez.

–Cabrón –dijo ella.

No me cabía en la cabeza cómo se atrevía.

–Puto cabrón.

Se levantó de la silla de oficina, que crujió. Intentó darle una patada en la pierna a mi padre. Él la tiró al suelo de un empujón con las dos manos. Se fue a la cocina y ella lo siguió.

–¡Calma, calma! –gritó mi padre, pero ella estaba hecha una fiera.

Avanzó gruñendo por la cocina y cargó contra él. Él no se lo esperaba y perdió el equilibrio mientras recibía una lluvia de puñetazos por todo el cuerpo. Mi madre resoplaba y chillaba sin dejar de atizarle.

–Pero ¿qué cojones haces? –Él intentaba levantarse del suelo, pero ella se le sentó encima.

En el salón, Nina y Morten apagaron la tele y vinieron a la cocina. Al ver aquello, se echaron a reír. Morten también se sentó encima de mi padre.

–Para que aprendas –dijo mi madre.

Era imposible saber si iba en serio o en broma. Yo no sabía qué hacer para detenerla. Fui a la nevera, la abrí y saqué la tarrina del paté. Le quité la capa chamuscada de arriba, hundí los dedos, me llené la mano y volví donde estaban. Entonces le embadurné la cara a mi padre con el paté, rellenándole cada arruga y taponándole la nariz. Los pequeños no paraban de reír. Yo notaba que él intentaba levantarse. Me gritó que parase, pero ya no era posible. Hacía rato que todo se nos había ido de las manos. Ya daba igual que siguiera, que rematase la faena.

–Pero ¿qué cojones haces? –gritó, agitando brazos y piernas. Mi madre aún le sujetaba y le impedía liberarse.

–A mí no me hablas así –le dijo ella, mientras él seguía ahí tirado con la cara embadurnada de paté.

Fui a abrir la puerta del patio y llamé a los perros, que andaban cerca. Tenían cara de culpables incluso antes de haber hecho algo. Estaban bebiéndose el agua de lluvia que salía por la tubería que bajaba del canalón. Volvían a estar muy flacos, a uno se le marcaban todos los huesos. Solíamos echarles las sobras de la cena, pero últimamente no quedaba nada. Intenté silbarles, pero lo único que me salió fue un chorro de aire de entre los labios. Entonces decidí darme unas cuantas palmadas en los muslos y los perros vinieron casi a rastras, olfateándolo todo a su paso. Los dejé pasar y se acercaron a mi padre renqueantes y llenos de babas. El terrier llegó el primero y empezó a lamerle el paté de la cara.

–Sírvete tú mismo –le dije mientras le rascaba detrás de las orejas.

–Para –ordenó mi madre, pero la ignoré–. Vamos a dejarlo ya.

Mi padre cerró los ojos y apretó los dientes. Toda su cara se tensó mientras trataba de reunir fuerzas para su próximo movimiento. Los perros siguieron lamiendo y comiendo hasta que no quedó nada. Mi madre le dio un buen manotazo en el hocico al terrier y el perro salió corriendo hacia el pasillo con los demás.

–Pero ¿tú qué coño te has creído? –gritó mi padre desde el suelo levantando la cabeza.

Consiguió soltar un brazo a fuerza de retorcerlo y se quitó de encima a mi madre de un empujón. Ella cayó al suelo y se quedó tendida a su lado. Él se levantó. Mis hermanos dejaron de reírse.

–Id adentro a ver la tele –dijo mi madre, y ellos obedecieron.

Mi padre me agarró del brazo y tiró de mí. La cabeza me tembló cuando me pegó en la cara. Un buen guantazo en plena mandíbula con la mano abierta. Me estampó todos los huesos en la cara, la adrenalina me bajó de golpe. Se me empezó a dormir todo el cuerpo.

–Se acabó la tontería –dijo.

Se puso un cigarrillo en los labios y salió. Mi madre ya había vuelto a meterse en el despacho. Subí corriendo a mi habitación, coloqué una cómoda delante de la puerta y apagué la luz. Toda la casa estaba en silencio, solo se oía la tele del salón. Un anuncio de juguetes con una música de fondo muy animada. Me asomé a la ventana del tejado. El álamo blanco del jardín estaba en flor. Me fijé en la altísima antena de televisión, estaba en algún lugar de los alrededores de Viborg y parpadeaba a intervalos exactos de cuatro segundos. A veces yo los contaba. En mi acuario, los guppies seguían sin tener crías. Dentro de poco ya dará igual, pensé mientras les echaba un par de escamas del bote.

40

Cuando llegué a casa, había un chico desconocido en la entrada. No era mucho mayor que yo. Como mucho, tendría dieciocho. Lo sabía por la pelusilla de la cara y el corpachón. Y aunque nunca lo había visto antes, tenía la sensación de conocerlo. No le dije nada, solamente me agaché para atarme los cordones. Él se me quedó mirando como si hubiese visto algo que llevaba esperando mucho tiempo.

–Hola, hermanito –me saludó.

Yo no entendía por qué me llamaba así. Me entraron náuseas.

–Hola –respondí sin levantar la vista, como si fuesen a cobrarme por mirarle.

Se oía a mi madre jugando en el despacho. En ese momento salió mi padre. Nos había oído hablar.

–Hola, Jimmy, ¿eres tú? –le dijo al chico, que debía de haber llegado unos segundos antes que yo.

–Hola, papá –dijo el chico.

Un escalofrío me recorrió la espalda, dejando largas huellas a su paso. Mi padre y el chico se estrecharon la mano, daba grima verlo. Después, mi padre se volvió hacia mí.

–Bueno, Tue. Este es Jimmy, tu hermano mayor; lo tuve con una novia hace muchos, muchos años. Se llama Tenna –me dijo.

–Hola, hermanito –repitió el desconocido.

Las manos le colgaban a los lados del chándal. Se me acercó y alargó los brazos para abrazarme.

–Hola –murmuré yo sin muchas ganas de saludarlo; lo único que quería era irme de allí.

El chico me dio un abrazo, pero me solté.

–Saluda a tu hermano como Dios manda –me dijo mi padre levantando la voz.

Durante un momento, nadie habló.

–Hola –volví a murmurar, y salí corriendo hacia mi habitación para estar solo, pero Jimmy me siguió.

Andaba como un robot y olía a un sudor rancio, como de ropa que te pones varias veces sin lavarla antes.

–¿Has tenido un buen día, hermanito? –preguntó como si nos conociésemos de toda la vida.

No contesté. Él repitió la pregunta.

–Sí –dije–. No ha estado mal.

–Me alegro, hermanito.

–Ahora tengo que hacer deberes. No tengo mucho tiempo para hablar contigo –dije.

Empecé a sacar algunos libros de la mochila y a ponerlos en la mesilla.

–Vale, no te quiero molestar, hermanito. Nos vemos –dijo Jimmy, y cerró al salir.

Moví mi cómoda y traté de olvidarme de su existencia y de que estaba al otro lado de mi puerta.

Jimmy empezó a plantarse en casa a todas horas. Nunca había sabido nada de él y de repente no había forma de quitárselo de encima. Mi madre nos contó que como había cumplido los dieciocho, ahora podía ver a su padre cuando quisiera. Nos dijo también que la madre no estaba demasiado por la labor. Jimmy no estudiaba nada, pero quería ser mecánico. Un día trajo a su novia a tomar café. Se llamaba Nikita. No se quitó el plumas rojo dentro de casa. Mi padre había sacado una lata de melocotón en almíbar y nata montada.

–¡Ven a comer con nosotros! –llamó a gritos a mi madre–. Esta noche tengo aquí a todos mis hijos y vamos a tomar postre.

–¡No tengo hambre! –gritó ella–. ¡Estoy jugando!

–¡Que vengas, hostias!

Pero no vino. Mi padre encendió unas velas con el cigarro.

–¿Y tenéis tatuajes? –preguntó Nikita, cogiendo un melocotón con los dedos.

–No, qué va –contestó mi padre sonriéndole.

–Yo tengo uno –dijo ella.

–Enséñaselo –pidió Jimmy entusiasmado.

–Sí, enséñanoslo –dijo mi padre.

Yo estaba en un extremo de la mesa, comiendo solo. Nikita apartó la silla y se bajó las mallas hasta las rodillas. Llevaba un tatuaje en el culo. NO REGRETS, ponía. En ese momento, entró mi madre a coger otro cenicero.

–Realmente impresionante –dijo mi padre sin poder apartar los ojos.

–Gracias, gracias –dijo Nikita.

–¿Y qué significa? –preguntó él.

–Para mí, todo –contestó ella.

–Significa que no se arrepiente de nada –dije yo; fue lo primero y lo último que salió de mi boca esa noche.

–Vaya –dijo mi padre mientras Nikita se subía las mallas.

–Yo también voy a hacerme uno –soltó mi madre.

El silencio fue total.

–¿Y de dónde piensas sacar el dinero? –preguntó mi padre al fin–. ¿Eh? Porque no tienes un céntimo. ¿Eso también va a pagarlo O.P.? Tú estás mal de la cabeza.

Se echó en el plato otro melocotón y lo partió con la cuchara. Se le había quedado algo dentro y no veía la hora de soltarlo, se veía venir. Masticaba de una forma mecánica e insistente. El labio de abajo desapareció dentro de su boca, como siempre que estaba a punto de perder el control. Dio un manotazo en la mesa.

–Serás zorra. Cuando te digo que estamos viviendo de prestado no estoy de coña. Así que ya está bien de fundirte el dinero.

Mi madre encendió un cigarrillo y se levantó de la mesa. Todo estaba en silencio.Volvió al despacho. Se oyó al hombre del póquer hablar por los altavoces.

–Nosotros también nos vamos a marchar –dijo Jimmy agarrando a su novia por la cintura.

41

En Nochevieja, mi padre se metió en el bolsillo delantero del mono azul unos mecheros, una lata de snus y varias cosillas más. Nadie esperaba que el nuevo año trajese nada especial, por eso nos extrañamos cuando nos llamó, entusiasmado. Quería que fuésemos a la entrada de casa.

–Poneos ropa de abrigo –nos dijo.

Nina se puso el buzo y unas botas de agua, y Morten usó unos calcetines como guantes. Yo pasé, para encender cohetes era mejor tener los dedos libres, y tenía la esperanza de que nos llevara a eso. Nos estaba esperando al lado del camión. Había cargado algo en la parte de atrás, pero no vi bien lo que era.

–¿Qué vamos a hacer?

–Ahora lo veréis.

–¿Vamos a tirar cohetes?

–¡Es una sorpresa!

–¡Dilo, dilo! –gritó Morten.

–¿Queréis que os lo cuente?

–¡Sí!

–Vamos a gastar bromas de Año Nuevo.

–¿Viene Jimmy? –preguntó Morten.

–No, claro que no –contestó mi padre.

–¿Y mamá? ¿No la vamos a llevar? –insistió Morten.

Mi padre me miró.

–Ve a preguntarle, Tue –dijo–. Seguro que prefiere quedarse jugando.

–Está enferma –dije.

–Yo también lo estaría después de haberme jugado un dinero que no es mío –replicó él.

Hice una intentona, a lo mejor le venía bien salir un rato con nosotros. Al menos había que preguntarle. Entré en el despacho. Estaba dándole una calada al cigarrillo mientras movía unas cartas por la pantalla con el ratón. Hablaba sola diciendo palabrotas.

–¿Te apuntas a gastar bromas de Año Nuevo? –le pregunté.

–Ay, ahora mismo no.

–Es que salimos ya. ¿No te apetece?

–Estoy descansando un poco. Id vosotros y, cuando volváis, cenamos. Os voy a preparar algo rico.

Sonó como si sonriese, pero no apartaba la vista del ordenador, así que no era fácil verle la cara. Cada vez la enseñaba menos. Era como si pensara que, si no se la veíamos, no nos daríamos cuenta de lo triste que estaba.

–¿No crees que te iría bien un poquito de aire fresco? –pregunté.

–¿Y qué tal si eso lo decido yo?

–¿No crees que te iría bien, mamá?

–Tú eres más fuerte que yo, Tue, lo sé. Pero no voy a ir, así que ahora vete. Vete de aquí.

Cerré de un portazo y fui a reunirme con los demás. Mi padre ya había arrancado el camión.

–No viene, claro –dije.

–¡Qué te había dicho yo! Bueno, allá ella. Vámonos.

Subí y me senté con Nina encima de las rodillas. A los demás niños que conocíamos les dejaban ir por las casas de los vecinos a colgar cosas del mástil de la bandera, pero nosotros nunca salíamos a hacer bromas de Año Nuevo. Desde aquel Año Nuevo en el que nació muerto el bebé, en casa los años llegaban y punto.

–¿Has comprado fuegos artificiales? –preguntó Morten.

–Puedes apostar a que sí, hijo mío –contestó mi padre mientras el camión avanzaba entre la nieve.

Nuestra primera víctima iba a ser Cola-Kim. Criaba cerdos. Nos metimos por el desvío de su granja. Junto al camino de la entrada había un cubo lleno de lechones muertos. Había decorado con luces la fachada de la casa; «Merry Christmas», ponía. Vimos por una ventana a su familia cenando. Mi padre apagó los faros y avanzó un poco. Después apagó el motor y se bajó del camión. En la parte de atrás llevaba un cubo con boñigas tibias, tubos de salsa remoulade y pasta de dientes y hojas de los calendarios porno que las empresas de reformas le mandaban a mediados de diciembre. También había un paquete con cinco cohetes grandes.

–Venid –susurró, y nosotros le seguimos. Luego bajó un cubo del camión–. Tú vigila a los pequeños –me ordenó, y yo me quedé con mis hermanos de la mano, atento a cualquier movimiento en la casa de Cola-Kim.

Mi padre, mientras tanto, volcó el cubo de boñigas en la puerta. Apestaba desde lejos. Mi hermano se echó a reír y yo le mandé callar para que no nos pillaran. Mi padre sacó una pistola del bolsillo del mono. Al principio me asusté. Parecía recién salido de una peli de vaqueros. Apretó mucho los labios como si intentase aguantar en la boca un trozo de snus, aunque no podía ser eso, porque desde que el dentista le había dicho que se le estaban pudriendo todos los dientes había vuelto a los cigarrillos. Estaba lleno de rabia. Apuntó hacia una planta que tenían en la entrada. Vi que era una pistola de pistones. Se tomó su tiempo, cerrando un ojo para apuntar bien. Luego disparó, la planta se cayó al suelo y los trozos del tiesto rodaron por las escaleras. La mujer de Cola-Kim se levantó de la mesa. Cuando se dio media vuelta, me miró a los ojos. Me quedé paralizado durante un segundo. Luego vi que gritaba algo y Cola-Kim también se levantó.

–Viene alguien –susurré con fuerza.

Retrocedimos un poco y nos escondimos detrás de un seto. Vi que la mujer de Cola-Kim se iba el salón y temí que fuese a salir para ver lo que pasaba.

–¡Date prisa! –le dije a mi padre, y él empezó a moverse hacia el camión.

Tenía las piernas tan largas que nunca le hacía falta correr.

Las piernas lo hacían todo por él. Se agachó y sacó del bolsillo unos silbadores. Sacó también un mechero y los encendió.

–¡Corred, subid al camión! –nos gritó, y al poco oímos una explosión.

Los silbadores habían estallado, y nosotros nos alejamos con los faros apagados y volvimos a coger la carretera.

–Para que aprenda –dijo; pero en su tono había algo que no me gustaba.

Había hielo en el asfalto, pero mi padre esa noche quería ir a un montón de sitios. Puso la radio de la guantera. Mi hermana empezó a tararear una canción. De repente sentimos un estruendo en el radiador del camión.

–¡La hostia! –gritó mi padre echándose a un lado sin poner las luces de emergencia.

–¿Qué ha sido eso? –pregunté muy nervioso.

Se bajó y yo le seguí para ayudarle.

–Hemos atropellado un corzo, me cago en la puta –dijo–, quedaos donde estáis.

Cargó al animal muerto en el camión. Llevaba una pala que usó para cubrir la mancha de sangre con nieve de la cuneta. Continuamos. Apagó la música y encendió los faros.

–¿Adónde vamos? –pregunté cuando vi que nos pasábamos la iglesia y comprendí que no volvíamos a casa. No contestó.

–¿Adónde vamos ahora? –repitió mi hermano pequeño.

–¿Papá?

–Callaos de una vez –dijo él.

Torcimos para coger la carretera principal en dirección a la presa, pero antes de llegar al pueblo se metió por un camino vecinal que parecía eterno. De vez en cuando un cohete iluminaba el cielo. Cada vez que pillábamos una piedra nos dejábamos el culo. El camión traqueteaba y se bamboleaba. Todo estaba muy oscuro hasta que vimos las luces de una granja a lo lejos. Yo había estado una vez allí y sabía de quién era. De Clemens. Lo conocía de haberlo visto bebiendo cervezas en el taller del mecánico, un sitio al que mi padre iba de vez en cuando a comprar y vender cosas. Clemens había perdido el trabajo cuando el incendio del matadero de Skive, que decidieron no volver a reconstruir porque salía más a cuenta trasladar la producción a Polonia. Ahora Clemens vivía solo en su granja. Corría el rumor de que su mujer vivía en un centro de acogida para mujeres maltratadas desde que él le había soltado un tortazo.

–¿Es verdad que es alcohólico? –le pregunté a mi padre.

Me mandó callar.

Cada quien tiene lo suyo, dijo. Paramos delante de un establo. Había trampas para zorros llenas de porquería. Mi padre bajó del camión y cerró de un portazo. Luego llamó a la puerta de la casa. Clemens salió a abrir fumando en pipa y vistiendo solo unos calzoncillos largos debajo de la chaqueta. Se puso unas botas de agua que había en las escaleras. Entre él y mi padre llevaron el corzo muerto al establo.

–Vosotros quedaos aquí –les dije a los pequeños.

Me bajé y fui detrás de ellos.

–¿Quieres echar una mano? –preguntó mi padre.

–Si os hace falta –contesté.

–Igual luego surge algo. Por ahora, quédate quieto y no molestes mucho.

Dentro del establo había aún más trampas que fuera. En una de ellas se veía algo que parecía un pie cortado. Podrido y gris. En una esquina había un tractor oxidado. De una pared colgaba el esqueleto de un toro.

–Fíjate bien, es un Angus, una bestia impresionante –me dijo Clemens al ver que lo miraba.

Avanzó como pudo entre montones de trastos. Detrás de otra trampa encontró una sierra de carnicero con unos dientes enormes. La cogió; tenía la hoja de color rojo oscuro por la sangre seca. Luego tiró de una lona llena de polvo y la extendió por el suelo.

–Pon ahí el animal –le dijo a mi padre señalando hacia la lona.

Mi padre asintió una sola vez sin sacarse el cigarrillo encendido de la boca y puso el corzo sobre la lona. Luego apagó la colilla en el bolsillo del mono. Clemens iba y venía de la casa al granero trayendo más herramientas para el despiece. Cuchillos y guantes de goma largos. Nina y Morten seguían en el camión. Pensé que ya estaban acostumbrados a esperar.

–¿De verdad que quieres echar una mano? –me preguntó Clemens.

–Sí –contesté.

–Muy bien –dijo, y se quedó mirándome–. Pues anda pa dentro a hervir agua.

–Voy.

Entré en la casa. Olía fatal. No solo a tabaco, era olor a abandono, a soledad. Tenía una tele en la cocina puesta en un canal de dibujos animados. Al lado del fregadero había una torre de platos sucios, y en el suelo, restos de comida por todo el rodapié. Registré los armarios en busca de pucheros. Al final encontré dos, los llené de agua y encendí el fuego. Entraron papá y Clemens con Nina y Morten. Se sentaron todos a la mesa. Mi padre encendió otro cigarrillo. Morten bostezó con ganas.

–¿Estás cansado? –preguntó Clemens–. Si es Nochevieja.

–No –contestó mi hermano.

El agua había empezado a borbotear en los pucheros.

–¿No queréis una copita? –ofreció Clemens–. Es una noche especial.

–Sí, gracias –aceptó mi padre.

Clemens fue al cuarto de al lado a buscar una botella y llenó tres tazas.

–Estarás ya confirmado, ¿no? –preguntó mirándome. Casi me da un susto.

–Desde hace mucho.

–Se nota. Bueno, pues vamos a echar un brindis también con él –dijo Clemens, y yo choqué mi taza con las de ellos y me tragué a toda prisa aquel vino ácido.

Morten y Nina nos observaban con los codos apoyados en la mesa.

–Vosotros aún sois pequeños –les dijo–, ¿a lo mejor preferís tomar un refresco, si vuestro padre os deja?

Mi padre asintió a la vez que ellos. Clemens fue a buscar dos latas. Yo me di mucha prisa en acabarme el vino, no quería que tuviesen que esperarme para ir a descuartizar el corzo. Clemens seguía hablando. Hicieron un buen repaso de todo, mi padre y él, y eso que no tenían mucho en común.

–Ha sido un año de mierda –comentó Clemens.

–Bueno, la vida tiene sus altibajos –dijo mi padre.

–Tú sí que lo sabes bien, Lars. Joder, vaya golpes que has tenido que aguantar. Joder, cómo habéis luchado. Pero yo sé que tú eres un buen ganadero. En el fondo, es a los bancos a los que debería remorderles la conciencia. La crisis los ha vuelto unos desalmados de la hostia.

–Eso es verdad –dijo mi padre.

–Yo sé que tú eres un buen ganadero. A fin de cuentas, vi pasar por el matadero todos tus terneros. No se les podía poner un solo pero.

–Gracias, Clemens –dijo mi padre, llevándose la taza a los labios y apurándola.

–Lo digo en serio, joder. De verdad. Pero, en fin, ahora toca pasar página. ¡Corren nuevos tiempos!

–Sí.

–Feliz Año Nuevo –dijo Clemens.

Entonces vio que el agua se salía por el borde del puchero. La tapadera golpeteaba.

–Me parece que ya es hora de volver ahí afuera. Bambi nos está esperando –dijo mientras apagaba el fuego.

Agarró el puchero por las asas. Los demás nos levantamos y lo seguimos al establo. Se quedó frente al corzo, que seguía en la lona.

–Es asqueroso –dijo Nina.

–Es natural –murmuró Clemens.

La sangre rojiza brotó del corzo cuando le pinchó el vientre. Mi padre y él repartieron la carne en dos sacos negros, uno para cada uno. Cuando acabaron con el despiece, siguieron allí un buen rato de pie charlando.

–Papá, ¿nos vamos ya? Mamá nos está esperando –dije.

–Sí, sí, mejor nos marchamos.

–Feliz año, Lars –dijo Clemens–. Gracias por pensar siempre en los demás.

–Lo mismo digo –respondió mi padre, y Clemens nos acompañó hasta el camión.

Cuando llegamos a casa, todo el mundo empezó a lanzar cohetes. Los vimos en el cielo mucho rato, eran las doce. Mi madre ya se había acostado. En la mesa había cinco cócteles de gambas y media botella de vino.

–¿Qué, tiramos un cohete? –preguntó mi padre, y Nina y Morten lo celebraron con vocecilla cansada.

Mi padre vació en el lavabo una botella de litro y medio de refresco y la llenó de agua hasta la mitad. Salimos al patio. Nina ya estaba tapándose las orejas con las manos. Mi padre metió la punta del cohete en la botella y encendió la mecha. Subió por los aires a toda velocidad y en unos pocos segundos se perdió de vista. Estalló en una lluvia plateada.

–Feliz Año Nuevo –dijo mi padre.

–*Happy new year!* –gritó Morten.

–Feliz Año Nuevo –dije yo, y le di un abrazo a Nina. Tenía los ojos cerrados, no se sabía muy bien si porque estaba asustada o de puro cansancio–. Ya puedes abrir los ojos.

Me hizo caso.

–¿Ya no está?

–No, ya debe de ir por la luna –contesté.

–No es verdad –protestó.

–Sí –dije–, es verdad. –Y acaricié su mejilla helada.

42

Había ido con mi madre en el camión a recoger unas hamburguesas a la cafetería de la carretera. Pagaba mi padre, últimamente había ganado bastante. Yo llevaba varios días oyéndole maldecir por toda la casa. Era por algo de Jimmy. No vamos a verle más, nos había dicho mientras iba de acá para allá con las botas de goma puestas, sin decidirse a quedarse en casa o salir fuera. Yo le pregunté a mi madre qué había pasado.

–Han discutido –contestó.

–¿Por qué?

–Ya conoces a tu padre.

–Sí, pero ¿qué ha pasado?

–Jimmy le ha pedido prestadas cincuenta mil coronas y a tu padre se le ha ido la pinza.

–¿Y para qué quería tanto dinero?

–Una deuda. Líos de drogas.

Ante eso no supe qué decir, así que me puse a hacer dibujos en la ventanilla empañada. De vez en cuando, si veía que mi madre miraba hacia la carretera, la observaba. Se la veía mejor, aunque aún seguía muy adormilada. Era la primera vez que salía de casa en un montón de tiempo. Hasta se había puesto ropa limpia.

–No hay nada que hacer –dijo al cabo de un rato.

–¿Qué?

–Con lo de Jimmy.

–No.

–En fin, supongo que sigues siendo el mayor de la familia –dijo.

–Supongo... –murmuré.

Luego me pidió que sacara un CD de la guantera. La primera canción se resistía a empezar. Estaba todo rayado.

–Prueba con otro, a ver.

Empecé a rebuscar en una carpetita llena de discos. Mi madre se los había comprado a Bitten, que vendía CD copiados. Un currillo extra, decía. Los copiaba en casa, en el ordenador. Cuando mi madre le hacía encargos, Bitten les ponía título con rotulador negro: *Michael Jackson de Bitten, Lo mejor de los Gnags de Bitten*. Cuando mi madre se puso enferma, le hizo uno que se llamaba *Hits Depresivos de Lonny*. Mi madre se sabía de memoria las canciones y las cantaba a berrido limpio, y aunque siempre costaba animarla, Michael Jackson era una apuesta segura.

–«Can you feel it!» –chillamos por la carretera con las ventanillas bajadas.

Adelantamos a un camión enorme y algo después nos desviamos en una de las cafeterías de la carretera. No apagó el motor hasta que no acabó la canción y empezó otra. Me dio un pellizco en la tripa y me hizo un gesto para que bajase.

La cafetería estaba a las afueras de uno de los pueblos grandes de la zona, y no quedaba muy lejos de donde vivíamos. Compartía aparcamiento con el súper de un camping que generaba casi todos los ingresos fiscales del municipio. Los dos negocios se habían unido para poner las banderas de todos los países nórdicos, con la esperanza de que eso atrajera al turismo. Desde la carretera, el espectáculo era impresionante.

–¡Vamos, Tue! –gritó mi madre, y yo bajé del camión.

Entramos. Ella se limpió los zapatos en el felpudo, yo hice lo mismo. Las empleadas, que llevaban delantales con puntillas de flores, nos dieron la bienvenida con la boca pequeña. Pensé que harían lo mismo un día detrás de otro. Las paredes estaban pintadas de amarillo y rojo. Todas las mesas estaban puestas para cuatro, pero los únicos clientes éramos mi madre y yo. En una esquina había una tragaperras esperando a dar el premio, con las casillas girando y zumbando. Mi madre se quedó mirándola y luego se tocó el bolsillo, pero no llevaba suelto. El menú estaba colgado en la pared, en un panel iluminado con fluorescentes. Había hasta diez platos distintos a elegir, cada uno con una foto y un texto con la descripción debajo. En la cafetería también hacían *smørrebrød*, pero solo por encargo. La mujer de detrás del mostrador se llamaba Randi y era la segunda en la línea sucesoria para heredar el local. Estaba ocupada con algo, no apartaba la vista de su mesa. La familia de los dueños podía pasar desde el salón de su casa a la zona de restaurante, donde había dos perros salchicha en cestos de mimbre tirándose pedos al lado del mostrador.

–Buenas –saludó mi madre sacándose la cartera del bolsillo.

Yo estaba justo detrás de ella subiéndome los pantalones. Poco a poco había ido creciendo y ahora era más alto que ella, así que podía ver lo que hacía Randi al otro lado del mostrador: estaba untando el tablero con unas cortezas de queso.

–Buenas, Lonny, bienvenida –dijo–. ¿Qué va a ser?

Se nos quedó mirando como si nos conociera. Olía a fritanga. Por el hueco de una puerta se veía bullir la freidora. Una mujer cortaba lechuga algo más allá. Mi madre pidió hamburguesas para llevar.

–Muy bien, son doscientas cuarenta coronas –dijo Randi.

–Ajá –contestó mi madre mientras hurgaba en la cartera–, voy a ver si llevo efectivo.

–Muy bien –dijo Randi.

–¿Hemos traído la tarjeta? –preguntó mi madre mirándome a mí.

–No sé –respondí.

–En febrero no se fía –soltó Randi.

–¿Qué quieres decir con eso? –Mi madre levantó la vista de la cartera y la miró a los ojos.

–Que si compras algo tienes que pagar en el acto; aquí, en la tienda –dijo Randi.

Mi madre siguió hurgando en la cartera y le lanzó una mirada que yo solo le había visto cuando me echaba la bronca. Al final sacó la tarjeta.

–Pues claro que vamos a pagar. Y ¿sabes lo que te digo? Que también vas a cobrarnos tres patatas de las grandes –dijo.

–Muy bien –dijo Randi–, marchando.

Y se puso en la cabeza una gorra blanca, se volvió hacia la cocina y gritó:

–¡TRES RACIONES DE PATATAS!

Luego le dio a mi madre el número del pedido.

–Con tarjeta –dijo ella–. Y metió la tarjeta por el terminal.

–Gracias –dijo Randi.

Cuando nos dieron la comida y salimos, mi madre se acercó a un buzón verde que estaba junto a la entrada de la casa de los dueños.

–¿Qué vas a hacer? –pregunté.

No contestó. Sacó de la bolsa un cartón de patatas fritas, que aún goteaban aceite hirviendo.

–Fíjate bien, hijo mío –dijo.

Y vació casi todo el cartón en el buzón. Después echó a correr hacia el camión y yo salí corriendo detrás de ella.

–*Sayonara, baby* –gritó mirando hacia a la cafetería mientras subía al camión.

Se sentó al volante con la bolsa de patatas en las rodillas y salió a la carretera. Miró por el retrovisor a la vez que cogía una patata. Le crujió entre los dientes. Yo dejé las hamburguesas en el salpicadero.

–¿Conoces a la tal Randi?

–Aquí todo Dios te trata como si te conociera.

–¿No ha sido una estupidez? –pregunté mientras bajaba la ventanilla–. Digo lo de las patatas.

–¿Por qué?

–¿Y si se enfadan?

–¿Con quién? ¿Conmigo?

–Sí.

–No vamos a preocuparnos antes de tiempo. Además, ¿sabes lo que le pasa a esa tal Randi?

No pude evitar acordarme de lo que estaba haciendo.

–Estaba embadurnando la mesa con las cortezas del queso –dije–. ¿Por qué hacía eso?

–Pues es que hay que ser ingeniero para entenderla –contestó mi madre, luego se puso un pitillo en los labios y encendió el reproductor de CD.

43

Eché un vistazo hacia atrás, metí la mano en un bolsillo y palpé su contenido. Solo había un billete de autobús de tres zonas caducado y un llavero con un colgante de felpa. Examiné el llavero y me lo guardé en el bolsillo de atrás. Ahora era mío.

Los demás siempre salían zumbando en los recreos. A fumar al otro lado de la valla, a jugar al fútbol o a comprar trufas y yogur líquido en el economato. Si te comías las trufas por el camino, te daba tiempo a volver a clase antes de que tocara otra vez el timbre. Yo siempre me quedaba dentro del edificio del colegio. A veces iba a la biblioteca a robar libros. Había un montón de libros viejos y muy bonitos que nunca sacaba nadie. Luego se me ocurrió lo de registrar los bolsillos de los abrigos de los demás. Tampoco es que pensara robar gran cosa; además, solo se lo hacía a los que no me caían bien. Era una especie de liberación, como un subidón, y me hacía sentir que de algún modo estaba recuperando algo. Si me pillaban, al menos en el colegio me recordarían por algo. En el siguiente abrigo había una cartera. No contenía nada de valor, pero leí el nombre en la tarjeta de la seguridad social. Era de Anna. Cogí todas sus tarjetas, me las guardé en el bolsillo del pantalón y devolví la cartera a su sitio. También había un teléfono. Le saqué la batería y la tiré a la papelera. De repente, oí una respiración detrás de mí. Me di la vuelta, aunque en realidad lo que quería era cerrar los ojos y desaparecer. Había una chica. Llevaba maquillaje negro alrededor de los ojos. Tenía el pelo muy rubio hasta la altura de los hombros y era bizca. No la había visto nunca.

–¿Qué haces? –me preguntó.

–A ti qué te importa –contesté, con la esperanza de que no fuera a chivarse.

–Solo era curiosidad.

–Que te den.

–Que te den a ti. Lo he visto perfectamente.

–Has visto ¿qué?

–Cómo metías la mano en el bolsillo de ese abrigo.

–¿Y? Si estás bizca.

–Solo digo que lo he visto.

–Pues vale, gracias por la información.

–Pues de nada.

No sabía muy bien si me miraba a los ojos o a algún otro sitio. Para ser bizca, era muy guapa. Tenía el pelo rubio, casi blanco. Los reflejos me hacían dudar. También olía muy bien, debía de usar colonia. Una de las caras.

–Me mareo cuando me miras –dije, pero no pareció que le afectara demasiado.

–Sé quién eres –dijo.

–Pues yo no tengo ni idea de quién eres tú y, además, me da lo mismo.

–Eres Tue.

–Sí. ¿Qué pasa?

–Me llamo Iben, voy un curso por debajo. También te han pillado robando en el economato, ¿no?

–Qué dices.

–Ah, pues sería otro.

–Mira, tía, ¿por qué no te buscas una vida propia en vez de andar metiendo las narices en la de los demás?

–¡Eres muy guapo!

–Gracias. Tú no.

–¿Por lo de los ojos?

–Por muchas cosas.

–No me conoces.

–No, por suerte.
–¿Quedamos un día?
–¿Para hacer qué?
–No sé. Robar un coche o algo así.
–Que yo no robo, no va de eso.
–¿Qué tal mañana? –preguntó.

44

Iben y yo empezamos a quedar en la estación después de clase. Yo no tenía muy claro si éramos amigos, pero ya habíamos pasado un montón de tardes charlando en el apeadero. Le gustaba poner calderilla en los raíles. Cuando acababa de colocar una moneda, esperábamos a que pasara el tren de Aarhus. Y cuando el tren la aplastaba, saltaban chispas. Después íbamos por turnos a recoger la moneda, y también por turnos nos quedábamos pasmados al ver lo caliente que estaba. A veces Iben traía dinero que le había dado su madre para comprarse algo en la panadería, pero nosotros preferíamos gastárnoslo en tabaco. Nos fumábamos el paquete a medias en unas horas hasta que la ropa nos apestaba y nos poníamos a escupir para limpiarnos la boca.

–Oye, ¿quién es tu padre? –le pregunté un día. Me salió así, sin más.

No es que yo le contase gran cosa de mi vida ni de mi familia, aparte de lo que ya me había sonsacado y lo que había adivinado por su cuenta. Pero quería saber cosas de ella. Tenía la sensación de que me hacía falta información con la que chantajearla si era necesario. Aunque Iben hablaba sin parar, no llegaba a averiguar nada de ella. Parecía de esa gente que se guarda muchos ases en la manga. Una de esas personas que pueden ser protagonistas de películas muy largas sin diálogos; o a lo mejor simplemente era rara. Puede que más bien esto último, pero estaba convencido de que a mí la chica me gustaba.

Se hizo un silencio que me pareció eterno.

–Murió –dijo, y fue como si la palabra resonara por toda la estación.

En un banco algo más allá, había una señora mayor bien agarrada a su tróley, buscando con la mirada el tren en el horizonte. Yo tenía la esperanza de que no nos hubiese oído. No sabía dónde meterme. De repente, sentí que tenía los brazos largos y desgarbados y escondí las piernas debajo del banco.

–Perdóname, por favor –dije.

–No hay nada que perdonar. Lo que pasa es que nunca me lo había preguntado nadie.

–No se me da nada bien eso de charlar. Inga dice que no tengo ningún tacto.

–No es verdad. No tengas miedo de preguntarme, ahora somos amigos, ¿no?

–Pero ¿de qué murió?

Fue a apagar el cigarrillo a la papelera. Normalmente los tirábamos a las vías y ya está.

–Fue hace tres años –dijo cuando volvió a sentarse. Acabábamos de volver de la India. Allí atropelló a una niña que acabó muriendo.

–¿Y qué pasó después? –pregunté.

–Le pagó un mogollón de pasta a la familia, pero cuando llegó a casa estaba destrozado. Se volvió muy raro, no dormía por las noches. Se las pasaba en pijama viendo la tele.

–¿Estaba deprimido?

–Mi madre dice que perdió el sentido de la realidad.

–¿Y qué le ocurrió?

–Se suicidó.

–¿Por qué? –pregunté, y nada más decirlo me sentí un completo imbécil.

–Mi madre dice que fue porque tenía demasiados secretos.

Estaba conmovido.

–¿Cómo se suicidó?

–¿De verdad quieres saberlo? –preguntó.

No estaba muy seguro, pero aun así asentí.

–Con el humo del tubo de escape. Se lo encontraron unos vecinos en el garaje. No entendían por qué tenía en marcha la moto tanto rato en plena noche. Adoraba esa moto. Era una Harley-Davidson. Siempre me decía: «Iben, cuando seas mayor irás por ahí en esta moto». Pero después del entierro la vendimos. Luego me mandaron a un grupo de duelo para hacer terapia con mi hermano mayor. Yo lo odiaba, no tenía nada que decir. Y aún me siento así.

Algo se derrumbó dentro de mí. ¿De verdad podías morirte por tener muchos secretos? No quería ni oír hablar del tema.

–¿Y por qué no heredó la moto tu hermano mayor?

–Era algo que compartíamos solo mi padre y yo.

–Ah, vale. ¿Y qué hacíais en la India?

–Vivimos allí dos años. Mis padres trabajaban en ayuda humanitaria. Él era médico, pero entonces pasó lo del accidente.

Tenía la sensación de que ahora me tocaba contar algo a mí, pero no sabía muy bien el qué.

–Yo nunca he ido de viaje –dije. Daba un poco de vergüenza confesarlo cuando todo el mundo había estado, como mínimo, en Mallorca y en Copenhague.

–Pues deberías –dijo ella–. El extranjero está guay, es como que te vuelves más indiferente cuando ves la de sitios a los que puedes largarte.

–¿O más diferente?

–Sí, indiferente o diferente, lo que sea.

–¿Qué prefieres ser?

–Yo qué coño sé, Tue. Venga, ¿qué tal si dejamos de arreglar el mundo?

45

Una tarde, antes del anochecer, fui en mi bici de montaña hasta el vivero grande. En mayo, los campos de tulipanes florecían a lo largo de los inmensos invernaderos que surgían en medio del paisaje, y parecían el sitio perfecto para ver algo bonito. En invierno, los viveros estaban iluminados y relucían como enormes rectángulos dorados, pero en esta época del año se podía ver a través de los cristales. De camino hacia allí se me cayó la cadena de la bici. Paré y le pegué una patada a la rueda delantera. Mi padre había prometido un millón de veces que iba a arreglarla, y además ya se me empezaba a quedar pequeña. Me agaché, hice girar un poco los radios, colé los dedos por dentro y volví a colocar la cadena en su sitio. Me limpié las manos en los pantalones, que se me llenaron de manchas de grasa. Seguí pedaleando por el camino y al llegar al final del campo de tulipanes tiré la bici al suelo. Faltaban pocas semanas para que los cortaran y los mandasen a las tiendas. Llevaba sin llover varias semanas. Mi padre se quejaba mucho, como todos por aquí. Decía que instalar sistemas de riego era un pasatiempo bastante caro. El sol había chamuscado las hojas de algunas flores, y los colores de los pétalos parecían haberse derretido y se extendían por el tallo.

El propietario del vivero había contratado a más de diez rumanos para trabajar en los campos todo el verano, y los tenía viviendo en una casa grande con jardín que había comprado para ello. Eso le había enemistado con todo el pueblo. A la gente no le gustaban los rumanos, aunque ellos no se mezclaban mucho con nadie. También habían venido el verano anterior, y algunos se habían quedado todo el invierno porque no podían permitirse el viaje de vuelta. Se habían gastado en hachís todo el dinero que habían ganado, o al menos eso decía mi padre. Yo los había visto trabajar desde el camino. Las mujeres iban con pañuelos en la cabeza y los hombres con botas de goma. Arrastraban grandes cajas de aquí para allá sin dejar de cortar y clasificar flores.

De pronto se oyó un gran estruendo. Como si alguien hubiese disparado un arma enorme y no muy lejos. La onda expansiva recorrió los campos e hizo cabecear a los tulipanes. Era el cañón de gas que habían instalado para que los animales no se comieran las flores. Estaba situado en el bosque que había más allá de los campos y hacía un ruido muy fuerte a intervalos regulares. Muchos se habían quejado.

Me quedé junto al campo olisqueando las flores hasta que volvió a resonar el cañonazo. Una liebre salió disparada de entre las flores, agitándolas, y desapareció hacia el agua. Recogí la bici y la llevé tirando del manillar. Volví por otro camino, pasando por delante de unas casetas con ruedas que habían instalado en el campo. Vi un condón usado en la cuneta, todo arrugado y viscoso, tirado junto a un cartón de zumo vacío. Lo cogí, lo levanté y lo examiné. Tenía un tacto raro. Seco y harinoso. Me pregunté quién habría ido hasta allí a echar un polvo. Luego metí un dedo dentro. Se me quedó frío y húmedo por el semen viejo. Lo probé, estaba salado y espeso. Me acordé del día del fiordo con Mike y cerré los ojos. Algo empezó a bullirme por todo el cuerpo. Entonces una nueva explosión del cañón de gas retumbó por todo el campo y me sacó de mi trance. Tiré el condón y me limpié la boca en la manga. Después me senté en la bici y pasé varias veces por encima del condón hasta dejarlo destrozado entre la grava. Solo yo podía hacer algo tan asqueroso, me dije; luego escupí por encima del manillar y empecé a pedalear.

46

Iba camino a la estación para ver a Iben. Ese día, Inga me había declarado apto para el instituto.

–Tonto no eres –había dicho–. Pero creo que te vendría bien empezar a abrir los libros en serio.

Decidí intentarlo, aunque no sabía muy bien de qué iba eso del instituto exactamente ni qué me encontraría allí. Pero ir al instituto se consideraba algo muy exclusivo y nadie de mi familia había llegado tan lejos. Ya solo eso era razón suficiente para hacer la solicitud.

Iben estaba en un banco, jugando con una Gameboy Color azul. Tenía el pelo tan largo que cuando se sentaba a jugar así, encorvada, su melena tapaba la consola. No levantó la vista.

–Déjame terminar el nivel –dijo.

Me senté a su lado a esperar.

–¡Listo! –Luego apagó la Gameboy, se la guardó en el bolso y me preguntó–: ¿Por qué no has venido antes? Llegas más de diez minutos tarde.

–Voy a ir al instituto. Me lo acaba de decir Inga.

–¿Qué? –gritó ella.

–Que me han declarado apto para el instituto.

–¡Toma ya!

–Es una pasada –dije–. ¡Tres años más y podré largarme!

Me sonrió.

–Mola. ¿Irás al que está en Skive?

–Sí, bueno, si me admiten.

–Te admitirán, ahí entra todo el mundo. Les pagan por alumno. Mi hermano está estudiando allí. Dice que es un muermo, pero es eso o formación profesional –dijo.

–¿Tú me ves de carpintero?

–Para nada –dijo riendo mientras el tren entraba en la estación.

Solíamos quedarnos a verlos pasar y hablando de todos los sitios a los que podríamos ir, pero esa vez Iben se levantó y fue hacia uno de los vagones.

–¡Ven!

–¿Adónde?

–¡Tú ven!

–Pero ¿y los billetes?

–Tú haz lo que yo haga.

Subimos al tren y nos sentamos en un asiento doble, y cuando Iben apoyó la cabeza en la ventanilla y cerró los ojos, hice lo mismo. Me puso una mano en el muslo y me dio unas palmaditas; me calmó un poco, pero me daba miedo que nos pillaran y nos pusieran una multa. Se acercaba la revisora.

–Pasajeros nuevos, pasajeros nuevos –repetía mientras avanzaba.

Yo empecé a roncar un poco.

–Pasajeros nuevos –insistía la revisora.

La teníamos ya encima, pero seguimos haciéndonos los dormidos. Pasó de largo y no abrimos los ojos hasta estar seguros de que cambiaba de vagón. Iben me cogió del brazo y me zarandeó. Nos miramos en silencio. Desde su asiento, al otro lado del pasillo, una señora mayor nos lanzó una mirada furiosa. Después de una parada, el tren llegó por fin a la estación de Skive y nos bajamos.

Cruzamos la estación, pasamos junto a la parada de autobuses y doblamos en la esquina del Føtex. El centro de la ciudad estaba envuelto en un denso olor a gasolina, y la peste a fritanga que salía del McDonald's se mezclaba con el humo de los coches. Deambulamos por el centro comercial viendo todo tipo de cosas raras. La tienda de golosinas había cerrado y en su lugar habían abierto una de plantas. Delante del Kvickly había una máquina de granizados; una niña pequeña tiró del dispensador y un montón de líquido cayó al suelo.

–Vamos al Matas –dijo Iben.

–¿A qué?

–Marea roja.

–¿Qué?

–¡Que me ha venido la regla!

A mí me daba vergüenza que me hablara de esas cosas, pero ella no se cortaba un pelo. En el Matas, delante de nosotros en la cola, había un tipo con un abrigo con cuello de pieles y un montón de anillos. Seguro que era marica, se le notaba. No podía ser de aquí, en Skive no vivía ningún marica. No que yo supiera. Para no pensar demasiado en él, me puse a leer los carteles de las ofertas.

–¿En qué te puedo ayudar? –le preguntó la dependienta.

Él se inclinó hacia la caja.

–Es un asunto algo íntimo –contestó el marica, aunque lo dijo tan alto que todos lo oímos. Luego añadió–: sacaespinillas.

Tuve que hacer un esfuerzo para no mirar a Iben. Sabía que le había hecho tanta gracia como a mí y que si nos mirábamos a los ojos nos partiríamos de risa.

Después fuimos a fumar al puente de detrás del centro comercial. Le gorroneé un cigarrillo, yo no tenía. Me dijo que ya no le daba a nadie más que a mí. Desde donde estábamos, veíamos el interior de un local de piercings. Daba al río y habían dejado abierta la puerta de atrás.

–Seguro que el tío ese del Matas era marica –dije.

–Ha sido divertidísimo –rio Iben–. O sea, eso que ha dicho.

Del local salía el ruido de una máquina al atravesar la piel con agujas.

–Eso no suena muy agradable –dije al oír el chillido de una chica.

–A lo mejor podías ponerte un pendiente.

–No me dejan.

–Si ya eres mayor…

–Qué va.

–Venga, hombre, ponte un pendiente. Échale valor.

–No quiero. Mi padre se pondría hecho una fiera. No vale la pena, a lo mejor otro día.

–¿Y cuándo piensas salir del armario?

–¿Por qué dices eso?

–¿Cuándo?

–Pues no lo sé.

–¿Das por el culo o te dan a ti?

Aunque no había nadie cerca, la mandé callar.

–No sé qué decir a eso.

–Entonces ¿cómo sabes si eres marica?

Volví a mandarla callar.

–Tampoco es seguro que lo sea.

–¿Eres o no eres?

–Es que no es tan fácil como tú lo pintas.

Ella bajó la vista y tiró el cigarrillo al río. La corriente lo arrastró hacia el puerto.

–Al final se ha convertido también un poco en mi secreto –dijo.

–Pienso salir pronto –mentí.

–¿De verdad?

–Sí.

–¿Me lo prometes?

–A lo mejor. Yo nunca prometo nada.

–Venga, es un trato.

–Vale.

–¿Cómo crees que se lo van a tomar tus padres?

–Que les den.

–Si te echan, puedes quedarte en mi casa una temporada.

–Gracias.

–Si te pones un pendiente a lo mejor lo adivinan ellos solos.

–Sí, a lo mejor.

–En mi clase el otro día lo comentaban unas chicas.

–¿El qué?

–¡Que eres marica!

–¿Y qué les dijiste?

–Que claro que no.

–Menos mal.

–Pero era mentira.

–Supongo que sí.

–Sí. Venga, si tú te pones ese pendiente, yo me tiño el pelo de rosa.

–Pero no tengo dinero.

–No tienes nunca. Pago yo –dijo.

–No me puedes pagar algo tan caro.

–¡Claro que sí!

Se levantó y me tendió la mano. Entramos en el local de piercings y escogimos una piedrecita azul. Se oyó un plaf cuando el hombre me atravesó la oreja con la máquina.

–Ya está –dijo Iben.

–¿Qué tal estoy? –pregunté.

–Ha quedado superchulo –contestó ella.

–¿Tenéis espejo?

El tipo del local fue a buscar un espejito y me lo puso delante.

–¿Estás segura de esto, Iben?

–¡Sí, sí! Segurísima.

–Bueno –dije al levantarme de la silla.

Me toquiteé el pendiente. Estaba bien sujeto. No tenía ni idea de cómo iba a quitármelo.

47

Cuando llegué a casa por la tarde, Bitten estaba charlando con mi madre.

–Lo del sábado fue algo casi histórico –dijo antes de encender el cigarrillo.

La hija que tenía de otra relación había vuelto a casarse.

–Ah. ¿Qué tal la boda? –preguntó mi madre.

–La verdad es que salió todo de culo.

–¡No jodas!

–La niña y el novio, que alquilaron un palacio que no podían pagar. Así que ahora tienen encima a los del juzgado. Y no contentos con eso, el gilipollas de mi yerno se cayó en el foso al final de la fiesta. Toda esa ropa de gala tan elegante, para tirarla. Y encima resulta que su puto coche nuevo está denunciado como robado.

Hacía tiempo que no veía a Bitten. Desde el cumpleaños de mi padre. No me caía bien y no era de fiar, pero sus visitas siempre sacaban a mi madre del despacho.

–¿Qué tal con la novia? –me preguntó Bitten después de intentar silbarme cuando pasé por la cocina.

–No es mi novia –contesté.

–¡No te avergüences de ella!

–No es mi novia –repetí.

–Cagüentó, ¿te has puesto un pendiente?

Yo me llevé la mano a una oreja.

–Pues sí –dije notando que me ardían las mejillas.

–¡Toma, toma, toma! –exclamó, riendo y tosiendo al mismo tiempo. Sonaba como si tuviese la garganta llena de flemas.

–Bueno, yo mejor no digo nada –dijo mi madre.

–Si tú nunca dices nada –contesté.

–Yo tampoco digo nada –dijo Bitten; parecía a punto de partirse de risa. Luego preguntó–: ¿No da un poco el cante?

–Qué va. Es tener estilo.

–¿Por qué no me has dicho nada? –preguntó mi madre.

–¿Por qué tenía que decirte nada?

–Porque tu anciana madre tiene que estar al tanto de esas cosas. Ya verás qué poca gracia le hace a tu padre.

Fui hacia la puerta de la entrada y los perros vinieron corriendo.

–Yo decido lo que quiero.

–Tú no decides una mierda hasta que cumplas los dieciocho –dijo mi madre.

–Para ya –dije.

–Vale, yo no le digo nada, pero tú prométeme estarte quietecito –dijo ella.

–Que sí –contesté, aunque estaba convencido de que no había hecho otra cosa en toda mi vida. Luego miré a Bitten con aire interrogante y le dije–: Y tú tampoco le digas nada a nadie.

Ella negó con la cabeza.

–No, no, yo no voy por ahí con chismorreos –me aseguró–. ¿Qué, Lonny? ¿Un pitillito? –Sacó un cigarrillo del paquete de mi madre.

–Sí, mejor fumar –dijo ella cogiendo otro.

Me quedé escuchando en la entrada mientras volvía a calzarme. Quería salir un rato a oír la música que Iben me había descargado de Pirate Bay.

–Siento que lo de la boda saliera así –dijo mi madre.

–¿Sabes lo que te digo? Que no lo sientas. Ha sido una putada, eso sí.

–Pues sí.

–Oye, ¿nos prestaríais un billetito de quinientas? Sería solo hasta el día uno.

Oí que mi madre se levantaba y abría el armario. Sus manos pescaron un billete en el tarro de compota donde guardaba el dinero que le había dejado O.P.

–Cagüentó –exclamó Bitten meneando la cabeza–, ya sabía yo que me ibas a salvar el culo, Lonny, muchas gracias. Tenemos una factura que nos está amargando la vida.

–Con tal de que me lo devuelvas... No es mi dinero –dijo mi madre.

–No, claro que te lo devuelvo.

–El Papa tiene cáncer –soltó de pronto mi madre.

–¿En serio?

–Sí.

–¿De verdad? ¿Y por qué no me lo ha dicho a mí antes?

–Creía que ya no os hablabais.

–No, pero eso no quiere decir que no me pueda contar que ha pillado un cáncer.

–Es cáncer de pulmón.

–Entonces ¿ha dejado de fumar?

–No. Le han dado una bombona de oxígeno.

–Vaya. Lo peor de esa enfermedad es que no tienes ni puta idea de cuánto van a tardar en palmar. Es una cosa muy triste.

–Tampoco es seguro que vaya a palmar.

–Sí, Lonny. Es lo único seguro en esta vida: que tenemos que marcharnos.

Estuvieron un rato en silencio.

–Joder, qué vacío está esto –dijo mi madre.

–¿Sin el Papa?

–No. Tengo la taza vacía. ¿Por qué no haces más café?

–Sí, claro –dijo Bitten levantándose.

Me metí en el baño con los zapatos puestos y me puse delante del espejo. Tiré del pendiente, lo retorcí un poco hasta conseguir sacarlo y lo guardé en un cajón. Tampoco era tan bonito, pensé. Luego me puse los cascos y fui pasando canciones hasta llegar al nuevo disco de Kanye West. «Will he make it out alive? All right, all right. No church in the wild».

48

Mi madre conducía a todo gas para que no llegásemos tarde a la graduación. Antes de ir al colegio teníamos que pasar por Skive a echar gasolina. Mi padre no había querido venir. Se había quedado en casa con los pequeños, pero no importaba.

–Podéis descongelar unos filetes rusos que hay en el congelador –había dicho mi madre antes de salir.

Bajó la ventanilla y subió un poco la radio. Le dolía la cabeza. En nuestra familia siempre había alguien con algún tipo de dolor. De estómago, de cabeza, de muelas o simplemente náuseas. Mi padre decía que no eran más que malestares sin importancia y que había que aguantarse. Él podía trabajar día y noche en el establo sin cansarse.

Cruzamos la presa, ya no quedaba mucho.

–¿A qué huele? –pregunté.

–Deben de ser las algas del fiordo. Está todo podrido.

–Joder, qué asco.

–No hay que ser tan delicado.

Cuando aparcamos detrás del colegio, el motor del camión se apagó con un ronroneo. Casi como si se hubiese apagado solo. Al principio no bajamos ninguno de los dos. Nos quedamos en silencio mirando por la ventanilla.

–Venga, solo un poco más y ya habrá pasado todo –dijo mi madre.

–Sí.

–¡Diez años en el colegio! ¿Estás contento?

–No lo tengo muy claro.

–Tienes que estar contento, hijo mío.

–¿Por qué?

–¡A tu edad es lo que toca!

–Pues bueno. Y tú, ¿estás contenta?

–Claro –contestó con una sonrisa, pero yo no la creí.

Cuando tomas antidepresivos siempre estás contento. Me fijé en su mano, que seguía agarrada a la palanca de cambios. Temblaba, la alianza vibraba contra el plástico.

–¿Cómo lo sabes?

–Lo sé porque en un día como este una madre está contenta, evidentemente.

–Yo no lo veo tan evidente –contesté.

Miré por la ventanilla. Había coches aparcados por todas partes, llegábamos tarde. Miré a mi madre. Aún le temblaba la mano.

–¿Pasa algo, mamá? –pregunté.

–No, nada. –Se dio la vuelta.

–¿Estás segura?

–Podría ser peor.

–Eso es verdad. Ni se te ocurra volver a ponerte así de mal.

–No, no, Tue. Estoy bien.

–Oye, ¿sabes algo de O.P.?

–Dicen que no van a volver a operarlo. Y la abuela ve fantasmas hasta en el azucarero. Está convencida de que va a palmarla en cualquier momento.

–¿No puede hacer un esfuerzo?

–A algunas personas les cuesta un poco hacer lo que se les dice. Creo que ya sabes de qué te hablo. Pero hoy estamos de celebración.

–Vale, vale –dije.

–Entonces ¿entramos?

Mi madre abrió la puerta del camión, bajó y se arregló un poco la blusa blanca. Yo iba de estreno. En los últimos meses se me habían quedado cortos los pantalones y me llegaban por encima del tobillo. Los nuevos, en cambio, me iban grandes de cintura, y el cinturón que había cogido del armario de mi padre era demasiado largo. Había tenido que hacerle dos agujeros más para que me valiera y el trozo que sobraba me colgaba por la pierna. Aun así, se me caían. De los jardines de las casas de alrededor salía un humo dulzón que avanzaba hacia el colegio. Filetes mezclados con algo picante. Se oyeron dos copas brindando en algún sitio y se veían algunas sombrillas asomando como setas por encima de las cercas. Entramos en el patio. Allí había el mismo olor, pero más dulzón aún. Uno de los conserjes estaba dando vueltas a la carne en una barbacoa enorme.

–Bienvenidos –dijo–. Os espera una buena comilona, cagüendiez que sí. –Y murmuró algo entre dientes sobre la cebolla frita. Le brillaba la frente de sudor y se secaba las manos en un delantal lleno de manchurrones de grasa.

Le sonreímos y fuimos hacia la entrada, donde habían izado dos banderas. Del interior del colegio salía un coro de voces cantando. Las seguimos y giramos por Jørgensens Allé, por donde había pasado cada día durante años.

–Creo que llegamos muy tarde –dijo mi madre, pero yo solo podía pensar que era la última vez que ponía un pie allí.

Era como si, de pronto, llevase sobre los hombros todas las humillaciones y me aplastaran. Me sentía muy pequeño y no podía caminar deprisa. A nuestro alrededor colgaban carteles de astronomía y uno de un análisis cinematográfico.

Entramos en el gimnasio. Allí estaban ya mis compañeros con sus padres, sentados en largas hileras de sillas y cantando «La hermosa juventud». Mientras nos acercábamos, mi madre intentó sumarse a los cánticos con naturalidad, le encantaban las canciones de Kim Larsen. Muchos padres lloraban. Vi a Mike con los suyos. Llevaba una corbata que le daba un aire muy distinguido. Su madre tenía el bolso en las rodillas, y de él asomaba el cuello de una botella. Por lo bajo, le dije a mi madre que hacía falta ser histérico para echarse a llorar por algo así.

–En eso uno no manda –dijo ella.

Nos colocamos al fondo, detrás de los demás. Terminó la canción. Luego Margit subió a un pequeño estrado.

–Bueno, bienvenidos los recién llegados –dijo mirándonos–. Es estupendo que hayáis venido.

Mi madre respondió bajando la cabeza. No teníamos asientos.

–Hoy es un gran día en el que despedimos a los alumnos de noveno curso. Ahora la vida os reclama, ya sea desde el instituto, desde la escuela de negocios o desde algún centro especializado. Os reclama el mundo real, las cosas serias, y esperamos haberos preparado bien para que podáis enfrentaros a ello. Esperamos haber sabido inspirar en cada uno de vosotros un espíritu de disciplina, de celo y de dedicación –continuó Margit–. Ahora, antes de disfrutar de los aperitivos con agua y cerveza, lo único que queda en el programa es la entrega de diplomas.

Margit e Inga se colocaron delante del estrado y fueron leyendo los nombres uno a uno. Nosotros teníamos que subir con nuestros padres para recibir sus felicitaciones. Todo el mundo se sentía muy orgulloso. Estaba claro que se concedía al colegio mucha más importancia de la que tenía. Algunas chicas lloraban y se abrazaban. Todo eran palmaditas, miradas radiantes y gestos de aprobación. Margit empezó saludando a mi madre con un buen apretón de manos mientras el resto de la sala aplaudía.

–Bueno, el primer hermano ya lo ha conseguido –dijo–, enhorabuena.

–Gracias, nos vemos a la vuelta de las vacaciones –dijo mi madre.

–Claro que sí.

Luego Margit me tendió el diploma y yo le di la mano.

–Gracias –dije.

–Gracias a ti. ¿Y qué vas a hacer ahora? –preguntó.

–Espero empezar en el instituto de Skive –respondí.

–Talento tienes. Pero, por Dios, a ver si hincas los codos. Es cuestión de disciplina.

–Ya lo sé –dije.

–Pues buena suerte.

Después me felicitó Inga.

–Enhorabuena, Tue –dijo–, ¡lo has conseguido! Y suerte con el instituto, pero deja ya el papel de payaso de la clase.

Evité mirarla a la cara, y entonces se giró hacia mi madre.

–Muchas felicidades, Lonny. ¿Ya mejor?

–Mejor ¿el qué? –preguntó ella.

–Bueno, todo en general. Habéis pasado unos años algo turbulentos.

–Un poco tarde para empezar a mostrar interés, ¿no? –le soltó mi madre, y por un momento, se me olvidó lo mucho que me avergonzaba de ella.

Luego me dijo:

–Salgo a fumarme un cigarro.

–Voy contigo –dije yo.

–¡Qué coño! Si tú no fumas –protestó.

–Solo de vez en cuando.

–Coño. Pues es una idea pésima.

–Ya lo sé. Lo mismo te digo.

–Bueno. Pues coge uno de los míos y luego nos vamos a casa.

Fumaba unos cigarrillos demasiado largos y no pude terminármelo. Lo apagué por la mitad. Restregué la brasa contra la pared y tiré la colilla.

Pasamos junto al conserje, que seguía allí, dando vueltas a las salchichas en la barbacoa. Levantó la vista al vernos cruzar el patio. Tenía la mirada triste, como si creyera que nunca habíamos comido salchichas rojas. Nos saludó con la mano, yo le devolví el saludo. Mamá abrió el camión y entonces me acordé de que me había dejado el diploma en el salón de actos.

–Me he olvidado el diploma.

–Corre a buscarlo y vámonos de aquí –dijo mi madre mientras subía al camión.

–Casi que no –dije dudando un momento.

–¿Por qué?

–Qué más da.

–¿Seguro? ¿De qué te ríes?

–Solo sonreía. Pero de verdad que da igual –contesté, porque para entonces ya me había prometido a mí mismo que cuando nos fuésemos no volvería a poner un pie allí.

49

Le había prometido a Iben que la iría a recoger a la estación de Viborg. Según ella, el caso era vernos todo lo posible mientras pudiéramos. Había oído que el instituto te comía mucho tiempo. Decían que el segundo año era el más duro, así que aún nos quedaba un curso antes de que la cosa se pusiese seria. Ella había ido a visitar a su abuela, y ahora, después de haber llegado hasta allí en tren, yo la estaba esperando en la pasarela que cruzaba por encima de las vías. Paseando de un lado a otro mientras escuchaba música. Oía «No Church in the Wild» una y otra vez. No me sabía toda la letra, era difícil aprendérsela, con todas esas palabras en inglés y todo ese slang, pero había algo en el ritmo que me gustaba.

La zona alrededor de la estación estaba desierta. De vez en cuando llegaba un coche a toda velocidad, paraba un momento y se bajaba un hombre que rápidamente apagaba el cigarrillo en la grava y echaba a andar hacia el tren tirando de una maleta con ruedas. Y ahí estaba yo, esperando a mi amiga en medio del calor de junio. El segundero del reloj que colgaba en el andén parecía tardar cada vez más en llegar al doce. Pero ella iba a venir, seguro. Cuando la manecilla había pasado tantas veces por el doce que ya ni me fijaba en la hora, oí su voz.

–¡Hola! –le grité.

Ella me saludó con la mano mientras se acercaba por la pasarela.

–¿Lo has pasado bien? –pregunté.

–Sí, sí. Aunque no ha dejado de hablar en todo el rato de cosas tristísimas.

Iben meneó un poco el culo y luego se sentó en el suelo.

–Así son los viejos.

Llevaba una ropa preciosa. Una falda roja de ante y unas botas altas negras. Nadie habría dicho que solo tenía quince años. Parecía mucho mayor que las chicas de mi clase. Ninguna de ellas se pintaba los labios.

–Supongo. Además, se ha quedado ciega, pero ha desarrollado un olfato increíble. Me ha preguntado si había empezado a fumar.

–¿Y qué le has contestado?

–Le he dicho que en la estación había estado al lado de gente que fumaba.

–¿Y no crees que se lo habrá figurado? Que los viejos no son necesariamente idiotas.

–Es verdad, el caso es que no ha insistido.

–El marido de mi abuela se está muriendo. Tiene algo del corazón.

–No sé muy bien qué decir.

–Lo siento.

–No tienes por qué sentirlo. Solo es que no se me ocurre qué decir.

–¿Vamos volviendo ya a casa?

–Sí. Gracias por venir a buscarme, Tue. ¿Llevabas mucho esperando?

–No... –vacilé–. No ha sido para tanto.

Se sentó en la barandilla y encendió otro cigarrillo. Yo hice lo mismo y me sentí como su perro faldero.

Vimos salir otro tren. Era una vista bonita. Abajo, en la vía, crecían flores silvestres entre los raíles. Iben lanzó la colilla hacia allí. Había un hombre leyendo el periódico en el andén. No nos vio.

–Voy a mear –dijo Iben.

–¿Dónde?

–Aquí mismo –dijo. Luego se puso en cuclillas y se levantó la falda.

Yo aparté la mirada mientras meaba. Después volvió a subirse a la barandilla.

–Desde aquí podríamos saltar al techo del siguiente tren –propuso.

–Bueno. ¿Nos atrevemos?

–Pues claro. No creo que sea muy difícil.

El primer tren con dirección a Struer estaba entrando en la vía, había que darse prisa.

–Tú primero –dijo.

Pasé al otro lado de la barandilla y salté al techo del tren. Ella hizo lo mismo. Nos tumbamos boca abajo.

–¿Tú crees que se habrá oído dentro del vagón? –grité.

–No, seguro.

El tren se puso en marcha y empezó a avanzar por el paisaje. Ni siquiera estaba asustado. No veía los ojos de Iben, pero esperaba que ella sintiese lo mismo. El viento nos azotaba los oídos mientras nos alejábamos surfeando entre los bosques. Notaba un cosquilleo en el estómago. A lo lejos apareció la siguiente estación.

Iben me gritó algo, pero el ruido del tren no me dejó oírlo.

–¿Qué? –le grité.

–¡Somos libres!

–¡Sí! –exclamé.

De verdad éramos libres. Al cabo de dos paradas, el tren paró en la estación de Højslev. Me dolía todo el cuerpo de la tensión.

Una voz dijo algo por megafonía y después se oyó el chirrido metálico de las ruedas. Había que darse prisa. Iben se dejó caer desde el techo y aterrizó con las manos en el suelo. Yo no me decidía a lanzarme. Un poco más allá había una revisora examinando la vía. De pronto nos descubrió y nos miró furiosa.

–¡DÉJATE CAER, TUE! –gritó iben–, ¡CORRE!

Yo me deslicé por la superficie de metal. Me impulsé con las caderas y aterricé en algún punto entre la hierba y el andén. Sentí el impacto de la caída por todo el cuerpo y me hice daño en el pie.

–¡Vamos! –me llamó Iben, que ya corría hacia el bosque.

La revisora soplaba el silbato como una posesa y nos gritaba cosas que no alcanzábamos a oír. El tren seguía parado. La mujer desenganchó un walkie-talkie de su cinturón y se lo llevó a la oreja. A la carrera, nos metimos en el bosque por detrás de un puñado de casitas. Nos tumbamos en la hierba al pie de unos árboles y nos quedamos escuchando. Se oían voces de hombre junto a las vías.

–¿Tú crees que está llamando a la policía? –pregunté sin aliento.

–Seguro que sí. Lo que hemos hecho es superilegal.

–¿De verdad?

–Ya te digo. Y peligrosísimo. Vamos corriendo al colegio a coger el bus para ir a mi casa –dijo Iben–. ¡Venga!

50

Bitten apareció en la puerta de la cocina. Había entrado en pánico y estaba toda sudada, y al entrar había cerrado de un portazo. Traía un papel en la mano y antes de decir nada se secó con él la frente.

–Tue, ¿puedo hablar un momento con tu madre? –preguntó.

–Hoy no es el mejor día –contesté.

–Esto es muy serio, Tue.

–No creo que quiera hablar contigo, Bitten. Está fatal –dije mientras recogía mi plato de la mesa.

–¿Sabes qué es esto? –me preguntó. Pero no me dejó adivinarlo porque contestó ella misma–. Es una citación para que vaya al Ayuntamiento.

–Vale. Y a mí qué.

–No, mosca cojonera, no vale. –Estaba que echaba espuma por la boca. Cruzó la cocina hecha una furia y abrió la puerta del despacho.

–¡Lárgate, Bitten!

–¡No te metas! –me gritó.

Fui detrás de ella.

–¿Qué, ganas algo? –le gritó a mi madre.

Pero ella no levantó la vista de la pantalla.

–¿GANAS ALGO, LONNY?

–Muy buenas, Bitten. No, Bitten, no gano nada.

–¿Tú sabes algo de esto? ¿Me oyes?

Mi madre no reaccionó. Estaba en medio de una partida,

pero eso a Bitten le traía sin cuidado. Plantó la carta sobre el teclado. Mi madre se encogió de hombros.

–Estoy jugando, Bitten –dijo, y apartó la carta.

–¿Tú sabes algo de esto?

–No, no sé nada.

Bitten echaba fuego por los ojos. Vi que iba a tocar intervenir, así que cogí aire.

–Esta me la vais a pagar –dijo mirándome.

Ya no pude contenerme.

–Fuera –le dije.

–¿A ti te parece bien denunciar a los amigos, Tue? –me preguntó–. ¿Tú qué harías si todos tus amigos fuesen por ahí diciendo que eres mariquita? ¿O tú no tienes amigos?

Me acerqué más a ella. Tenía que largarse inmediatamente.

–Piérdete, cerda asquerosa –le solté. Hice un esfuerzo por no decirle más cosas desagradables, aunque me moría de ganas de hacerle daño–. Puerca asquerosa.

–Pero ¿qué coño dices? –me gritó, antes de echarse a llorar, pero a mí no me la daba.

–Digo que te largues. ¡Ya!

Salió por fin del despacho y yo cerré la puerta con cuidado.

Se marchó por la cocina. Oí que arrancaba el coche. Algunos perros ladraron cuando se alejó. Habría querido pegarle. O al menos darle una bofetada. Se había ido de rositas, me dije. Luego volví sobre mis pasos y abrí la puerta del despacho. Bitten siempre se iba de rositas. Miré a mi madre, pero ella no me había visto. Estaba llorando.

–Nunca nos dejan en paz –sollozaba–. Las cosas no van a mejorar.

–Para, mamá –dije. Me acerqué y apagué la pantalla, saqué la caja de medicamentos para los nervios y le di una pastilla–. Venga, tómate una.

Se la metió en la boca y se la tragó con un poco de café.

–¿Mamá?

–Sí. –Pegó un respingo. La pastilla ya la estaba amodorrando.

–Perdona el susto –dije–. Bitten ha entrado como una tromba. ¿Qué le pasa? ¿Por qué dice esas cosas?

–Era verdad.

–¿Qué era verdad?

–La he denunciado por fraude a la seguridad social.

–¿Qué quieres decir?

–Que la he denunciado.

–¿Es por papá?

–Eso que hace es ilegal.

–¿La ha denunciado él?

–La he denunciado yo.

–Pero eso solo va a empeorar las cosas. ¿En qué cojones estabais pensando? Esa tía es capaz de cualquier cosa.

–He puesto una denuncia anónima, así que nunca sabrá que he sido yo.

–Venga ya. Además, papá también hace muchas cosas ilegales.

–No ha sido papá, Tue. A ver si te entra en la cabeza. La he denunciado yo.

–No es verdad.

–Que sí, que he sido yo. Va por ahí esparciendo rumores sobre mí.

–¿Qué ha dicho?

–Qué más da.

–No, ¿qué ha dicho?

Se echó a llorar otra vez. Yo ya no lo soportaba.

–No pienso permitir que vayan por ahí diciendo que no cuido de mis hijos.

Me quedé mirándola.

–¿Eso ha dicho?

–Sí, eso ha dicho. Me lo dijo tu padre el otro día. Que había oído que va por ahí contándole a todo el mundo que me dais igual.

Volvió a empezar a berrear. Le pasé el brazo por los hombros y le sequé las lágrimas.

–No llores más, mamá.

–No tiene derecho a ir diciendo esas cosas.

Luego volvió a abrir la página del casino. Se pasaba todo el día pegada a esa pantalla.

–¿Te pondrás buena algún día?

–No lo sé, Tue. Necesito algo de tiempo.

Pero ya habían pasado varios años y no había mejorado.

–No estás tan mal, mamá –le dije, aunque mi voz sonó débil y no parecía sincera.

51

Iben estaba en su cuarto, maquillándose sin ningún motivo en especial. Decía que quería pintarse los ojos ahumados.

–¿Cuándo te vas a teñir el pelo de rosa?

–No pienso hacerlo.

–Habíamos hecho un trato.

–Mi madre me mata.

–¿Y qué crees que pasó cuando mi madre me vio el pendiente?

–Pues no me pienso teñir.

–Tú misma –dije–. Así también te queda bonito.

–¿Tú crees?

Sonaba casi atónita, como si quisiera que siguiese hablando.

–Sí, estás guapísima.

–¿Tú crees?

–Sí.

–Gracias, Tue. ¿Y por qué no se lo dices a los chicos?

–Esos no son para ti.

–No, supongo que no. Yo lo que quiero es un *hombre*.

–¿Y yo?

–Tú eres marica.

–Bueno, a lo mejor.

–No jodas. Anda, pásame esos bastoncillos.

Le di una caja transparente que había encima de la cómoda. Había encontrado en el armario una chaqueta disco y ya me había subido la cremallera. Hacía calor, pero me sentía mejor con la chaqueta puesta. Me tumbé en la cama de Iben y me quité los calcetines, porque había oído que era sano airear de vez en cuando los dedos de los pies. Por no sé qué del oxígeno. Olían fatal; llevaba un montón de días con los mismos calcetines. Iben no comentó nada, pero al notarlo me los volví a poner. Me encantaba ir a su casa. Su madre no estaba nunca, trabajaba con mongólicos en la ciudad y hacía todas las guardias que podía para pagarse los viajes en vacaciones.

Había baile en el centro comunitario que estaba a unas cuantas calles de la de Iben. No pensábamos ir, porque estábamos en contra de los bailes. Eran una cutrez para niñas pijas como Mie y Kristina. Iben y yo habíamos decidido montar nuestra propia fiesta sin la gente del colegio.

En su habitación había tantas cosas que nunca te cansabas de mirarlas. La alfombra de piel de oveja que había traído de un viaje a Islandia. Las enormes plumas de pavo real que colgaban del techo atadas con sedales. Y una vela aromática de color rosa que se había consumido. En la pared tenía un póster de Pink.

–¿Es buena? –pregunté.

–Una pasada. Mi madre dice que podemos ir al concierto que va a dar en Berlín.

–Qué suerte tienes.

–¿A qué te refieres?

–No sé.

–Ah. ¿Listo? –preguntó.

Yo no entendía por qué se ponía tanto maquillaje. Ya estaba guapa sin él.

–¿Listo para qué?

–Para emborracharte, claro.

–Hace mucho que estoy listo. Tú eres la que lleva horas poniéndose potingues.

–Vale, vale. ¿Tomamos algo?

–Sí. Pero ¿no es un poco raro, así, los dos solos?

–Tú calla, que es muy divertido. Podemos poner la música a toda pastilla, mi madre no está.

–Seguro que no podemos ponerla más fuerte que la del baile –dije.

A lo lejos se oía el bajo del centro comunitario. Iben se manchó los dientes de pintalabios de tanto reírse. Puso morritos y me lanzó un beso.

–¡Eh, estate quieta!

–¿No quieres un besito?

–¡No!

–No, claro, tú prefieres rabo –dijo riéndose, y yo me sonrojé.

Nos quedamos en su cuarto hasta que oscureció. Iben abrió una botella de vodka y lo mezcló con un zumo multifrutas. Estaba asqueroso. Nos lo tomamos con la música a todo meter. Estaba tan borracho que cuando me sacó a bailar perdí el equilibrio. Además, no había cosa más ridícula que estar allí bailando los dos solos. Cada vez que hacía girar los brazos en el aire, parecía una triste copia de mí mismo. Yo no era así. Me tiré en la cama. Todo me daba vueltas y nunca me había sentido tan contento y tan triste en toda mi vida. Pero no podía llorar delante de Iben.

–¡Venga, que estamos bailando! –dijo ella.

–¿Iben? –pregunté con la mirada fija en el techo.

–¿Sí?

–¿Echas de menos a tu padre?

Entonces apagó la música y se sentó en el borde de la cama. Yo seguí tumbado.

–La verdad es que bebía mucho después de lo de la India. Nunca volvió a ser el mismo.

–Vale. ¿Qué es lo que me estás diciendo exactamente?

–Que no sé si le echo de menos. A veces no, pero eso no puedo decirlo en voz alta, ¿no?

–Lo odio.

–¿Qué odias?

–Las cosas que no se pueden decir en voz alta.

–Estoy de acuerdo.

–*Cheers, Iben. I love you.*

Por alguna razón, era más fácil decirlo en inglés. Levanté el vaso.

–¡Salud, mendruga!

Nos bebimos las copas de un trago. Iben se levantó a poner la música más fuerte aún. Retemblaban las paredes. De repente, me quedé sin energías y caí a plomo en la cama. Apenas llegué a ver cómo me tapaba con el edredón antes de que se me cerraran los ojos.

A la mañana siguiente me despertó el móvil. Yo estaba acostado en el borde de la cama, mientras que Iben seguía dormida en el lado de la pared. Conseguí cogerlo del alféizar de la ventana sin despertarla y salí al pasillo a devolver la llamada. Era mi padre. Había llamado más de diez veces.

–¿Dónde coño te has metido? –gritó.

–Estoy en casa de una amiga.

–¿Qué amiga? Yo no sé cómo te las apañas, que siempre andas en casa de alguien.

–Solo es una amiga que se llama Iben. Del colegio.

–Ven a casa. Ahora mismo.

Estaba hecho un basilisco, yo no entendía nada. No les había dicho adónde iba, pero solía darles igual. Mi madre se pasaba el día metida en el despacho y mi padre andaba siempre por ahí con su mono de trabajo, cabreado con todo el mundo. Normalmente podía hacer lo que me daba la gana, pero ahora de repente me llamaba un sábado y pretendía que volviese a casa.

–Te vienes a casa cagando leches –gruñó en un tono muy serio.

Empecé a pensar cómo podía marcharme de allí. Cuando tenía uno de sus arranques era mejor no jugársela, como decía mi madre.

–No puedo –dije al fin–. Los sábados no hay autobuses.

Colgó sin decir palabra. Sentí alivio. Pensé que solo sería otro de sus arrebatos, y desperté a Iben.

–¿Quién era? –preguntó.

–¿Lo has oído?

–Sí, pero me he vuelto a dormir.

–Se habían equivocado.

–Ah, vale. Qué cosa tan molesta, un sábado por la mañana.

Desayunamos en la habitación. Pomelo, bollos tostados con queso y café de sifón. Me dolía la cabeza. La madre de Iben aún no había vuelto.

–¡No tires migas! –protestó Iben.

–Lo siento –me disculpé.

–Quítalas de las sábanas –dijo, pero entonces nos interrumpió un claxon que sonaba insistentemente frente a la casa. El ruido atravesaba los muros y no se callaba–. Será mi madre, que ha vuelto.

–Joder, pues vaya follón que arma.

Iben se asomó a la ventana.

–¿Tue? –me llamó.

–¿Sí?

–¿Tu padre no tiene un camión pequeño?

–Ay, no.

–¿Por qué coño pita así?

–Me voy corriendo –dije levantándome.

Un hilo de mi jersey se quedó enganchado a la arpillera de la pared. Recogí todas mis cosas y me calcé mientras mi padre seguía tocando sin parar el claxon del camión. Me estresaba que no parase.

–¿Ocurre algo? –preguntó Iben.

–No, qué va. Es mi padre con sus bromas –contesté–. ¡Nos vemos!

–Sí, nos vemos. –Bostezó ella con las manos en los oídos.

Cuando corría escaleras abajo, me volvió a sonar el móvil. Era él. Los bocinazos del camión seguían estremeciendo toda la casa. Había tantos sonidos llegando de todas partes que se me aceleró el corazón. Colgué y me lancé al esprint por el jardín de Iben hasta llegar a la calle. Aún no tenía bien puestas las zapatillas. Abrí la puerta del camión y le hice señas a mi padre para que parase. Aunque yo ya estaba allí, siguió.

–Vale ya –dije.

Entonces paró.

–Pues haber bajado antes –contestó–. Que se ha muerto esta noche.

Hablaba que no había quien le entendiera. Bajó la ventanilla y tiró el cigarrillo. Luego le dio un golpe a la radio de la guantera, que no se encendía.

–¿Qué? –pregunté.

–Que se ha muerto –repitió como si fuese lo más normal del mundo.

–¿Quién se ha muerto?

–Bueeeno. –Se lo pensó–. ¿Tú quién crees que se ha muerto?

–¿QUIÉN?

–¡Ruth, se ha muerto! Anoche le dio una embolia. O.P. se la ha encontrado en el sofá.

–¿Qué estás diciendo?

–Se ha muerto, Tue. Vamos a casa.

Pensé en la abuela, y fue como si acabase de ocurrir algo que había estado esperando sin yo saberlo.

–Total, si al final no era más que una vieja bruja amargada. Tienes que ocuparte de tu madre. Se ha puesto como loca y se ha encerrado en el baño.

Yo no quería, y a cada metro que avanzábamos me consumía más la rabia.

–Está completamente histérica, nunca la había visto así.

En ese momento, no pude contenerme más.

–Estás mal de la cabeza… ¡no puedes hablar así!

–¡Pero si es verdad!

–¡Mamá está enferma! ¡Entiéndelo de una vez, imbécil!

–Tan enferma no estará si puede dedicarse a jugarse el dinero.

–Le pienso contar lo que has dicho.

–¿Y crees que le va a importar? ¿Cuándo fue la última vez que te hizo caso?

–¡Eres un cabrón! ¡Un cabrón!

Estaba fuera de mí, pero él se lo tomó con mucha calma. Paró en el arcén.

–Haz el favor de bajarte. Si quieres tener alguna oportunidad en la vida, vas a tener que aprender a hablar bien de una puta vez. ¿Prefieres volver andando?

Luché por tragarme las lágrimas. Él me empujó con el puño y me hizo perder el equilibrio. Caí con el hombro contra la puerta del camión. La abrí.

–Muy bien, pues me voy andando.

Esperaba que le entrasen remordimientos de conciencia. Pisó el acelerador y el motor rugió un poco. Yo tenía bien agarrada la puerta abierta, pero cuando avanzó, el tirador se me escurrió entre los dedos y me caí en la cuneta. Estaba todo lleno de ortigas. Me rocé toda la piel que llevaba al aire. Por debajo de la camiseta. Por los brazos. Por el cuello y los tobillos.

–¡Ay, mierda!

–¿Piensas volver a casa o es que te da lo mismo que Ruth esté muerta?

–¡Me quema, idiota! –grité.

–No –dijo él desde el camión. Se estaba riendo un poco.

–Claro que sí.

–No. Las ortigas no queman –insistió mi padre.

–Que sí.

Empecé a sollozar. Era un llanto que salía de la tripa a golpecitos.

–No. Puede que escuezan un poco. No sé a quién se le habrá ocurrido esa sandez de que queman.

–Anda, papá, por favor.

Pero no me hacía ni caso. Estaba en su propio mundo. Se lo notaba en los ojos. Estaban como vacíos, y el labio de abajo se le tensaba sobre los dientes. Me miró desde lo alto.

–Hay muchas cosas que queman –dijo–. Pero las ortigas no. A ver si lo entiendes de una buena vez.

–Que sí, que lo entiendo. Pero vámonos a casa. Venga, papá. ¿Pasamos página?

–Tú siempre crees que todo se arregla pasando página y ya. A ver si te enteras de una puta vez de que la vida no es tan sencilla, pedazo de idiota. Y ahora te vas andando –contestó.

–¡Pues muy bien! Me voy andando –dije mientras me rascaba donde me había rozado con las ortigas.

–A ver si aprendes a hablar como es debido. ¿No te da vergüenza? Vengo hasta aquí a recogerte y a contarte que se ha muerto tu abuela, ¿y así es como me lo pagas, mocoso de los cojones?

–Eso no es verdad.

–Me marcho –dijo, inclinándose para cerrar la puerta del camión.

–¡Pues vete! Me da lo mismo. No pienso volver a casa en toda mi vida.

–No me digas.

–No. ¡No pienso volver hasta que te mueras! –solté.

–Sí, eso querrías, ¿no? Que me muriese. Pues puedo ahorcarme. ¿Eso quieres?

–¡Para ya, papá!

–Y yo que creía que ya estabas empezando a madurar –dijo cerrando de un portazo.

El camión se alejó por la carretera y desapareció por detrás del repecho de la granja de Cola-Kim. Me quedé un buen rato allí sentado. Al final me sentía casi pegado al asfalto. Me levanté, me quedé quieto un momento y luego me coloqué en medio de la carretera. Tenía ganas de chillar, pero habría sido muy raro ponerse a dar voces en medio de la nada. Olía a saúco. Eché a andar por los sembrados, pero también era extraño, así que di media vuelta y empecé a caminar hacia casa. No tenía otro sitio adonde ir.

52

Cuando mi padre acabase en el establo, iríamos al entierro de la abuela. Al entrar en la cocina, cojeaba un poco de una pierna. Mi madre dijo que suponía que había que estar allí a eso de las doce, aunque sabía la hora exacta.

–Ya está el camión dando la lata otra vez –dijo él cojeando por la habitación.

Mi madre no le hizo caso. Estaba en su mundo, liándose un cigarrillo, y yo me quedé mirando la pierna de mi padre, tratando de averiguar si cojeaba de verdad. Cuando se ponía de malas, me costaba distinguir si hacía las cosas aposta o si en serio se había dado un golpe. Tenía un montón de artimañas, y yo lo único que sabía era que aún no las conocía todas.

Me estaba preparando un poco de pan con fiambre para que no me entrase el hambre en la iglesia. No tenía zapatos negros y había tenido que ponerme las Converse azules. Por lo demás, iba vestido como Dios manda. Una camiseta negra, vaqueros negros y unas Ray-Ban negras que me había dejado Iben con la condición de que se las devolviese lo antes posible; las había heredado de su padre y quería llevárselas de vacaciones. La puerta de la terraza estaba abierta y las cortinas se movían.

–¿Me has oído? –preguntó mi padre.

–¿Qué? –contestó mi madre.

–Que el camión ha cascado. No arranca.

–Tendríamos que habérselo vendido al moro aquel –dijo ella.

–Era un estafador.

–Como todos los que contestan a los anuncios de Den Blå Avis.

–Con ese no habríamos visto ni cinco, eso seguro.

–No, claro –suspiró mi madre antes de encender otro cigarrillo.

El camión perdía aceite, goteaba a través del chasis. Por no sé qué de la carrocería o algo así. Por eso mi padre había decidido venderlo y comprar otro nuevo. Intentó colocárselo al mismo que nos lo había vendido a nosotros, pero el tipo no quiso y tuvimos que aguantar un tiempo más con el camión. Entonces mi padre puso un anuncio en internet y un hombre le había ofrecido seis mil coronas coronas, pero mi padre no quiso vendérselo. Tenía tanto miedo de que le estafaran que muchas veces acababa estafando él para adelantarse a los estafadores. Una vez le salió gratis un árbol de Navidad convenciendo al vendedor de que lo habían talado de sus terrenos.

–¿Podremos ir al entierro? –pregunté.

–No lo sé seguro –contestó mi padre.

–Tenemos que ir –dijo mi madre, levantando por fin la vista de la mesa.

–Yo no decido si el camión arranca o no –protestó él.

–Tenemos que ir a ese entierro sí o sí. Si no, me voy en un taxi –dijo mi madre.

Mi padre soltó un suspiro y salió. Oí cómo intentaba poner en marcha el motor, que estuvo un buen rato raspando y ronroneando. Le vi dar golpes al salpicadero.

–¡Venga! ¡Al camión! –gritó mi madre cuando por fin consiguió arrancar.

Salió corriendo al pasillo y se puso el abrigo. Yo fui al salón a buscar a Morten y a Nina. Montamos y nos fuimos, aprovechando que el motor aún seguía en marcha; no había que tentar a la suerte.

El entierro era en la iglesia del pueblo que había cerca de la casa donde la abuela y O.P. habían vivido casi toda la vida. Mi padre iba tan deprisa que el camión traqueteaba y temblaba.

–No suena nada bien –dijo mi madre–. Esperemos que no haya policía por aquí. Y que no se cale.

–Razón de más para venderlo, hostias –dijo mi padre tras el volante.

–¿Tú crees que llegamos a la iglesia?

–¿Y cómo cojones voy a saberlo?

Mi madre no volvió a abrir la boca. Yo fui todo el camino con Nina sentada encima, al final me dolían los muslos.

Llegamos los últimos, pero llegamos. El sol asomaba con curiosidad por detrás de los campos de colza, cuyos colores se mezclaban con la oscuridad del pueblecito. La gente de los pueblos de los alrededores había izado la bandera de su casa a media asta. Mi padre aparcó el camión delante de la iglesia, en la cuneta. Encontramos sitio al fondo. Desde allí podíamos ver a todo el mundo, si se mostraban afectados o indiferentes. El ataúd blanco estaba frente al altar. Le habían dejado claveles rosas encima de la tapa. Una de sus flores preferidas. Detrás del altar, el pastor esperaba a que el organista tocase las primeras notas sentado en una silla que había en un rincón. El sacristán estaba encendiendo las últimas velas. El pastor tenía los ojos húmedos y muy enrojecidos. Pensé que igual tenía alergia al polen o esa enfermedad que te hace llorar de forma crónica.

O.P. estaba en primera fila. Con su enorme corpachón, abultaba por dos. Parecía haber envejecido en tiempo récord; se le veía el pelo muy blanco y se estaba quedando calvo por detrás. La tía Chiqui estaba a su lado. A los demás no los conocía. Ir a los entierros se consideraba una cuestión de buenos modales. A nadie le hacía gracia irse al otro mundo en una iglesia vacía.

El organista empezó a tocar y el pastor se levantó de su rincón y subió al altar. Yo cogí la mano de mi madre.

–El Señor nos da y el Señor nos quita. Hoy despedimos a Ruth Kristiansen, cuyo corazón ha dejado de latir tan inesperadamente –dijo, y tenía razón.

Me acordé de que una vez la abuela había dicho que quería

que la incinerasen cuando muriera. Yo no entendía por qué no la habían quemado. Supuse que sería una cuestión de dinero y valentía, como siempre. El pastor continuó.

–Ruth nunca le hacía ascos a un cigarrito –dijo para destacar algunas de sus buenas cualidades–. Y tampoco a una taza de café con azúcar, o, mejor dicho, de azúcar con café.

Todos rieron entre las lágrimas.

–Hoy encomendamos a Ruth a su último viaje.

Nos pidió que abriésemos el librito con los himnos del día. Íbamos a cantar «Estoy cansado y busco reposo».

Después les hizo una señal a O.P. y a la tía, que estaban en primera fila. Ellos se levantaron, fueron hasta el ataúd y con la ayuda del sacristán y de la hermana de O.P., lo cargaron para sacar a la abuela de la iglesia. O.P. ponía cara de esfuerzo, pero no creo que pesara demasiado. Mi madre no se movió.

–¿Por qué no lo llevas tú también? –le susurré.

–No me ha parecido bien –me respondió susurrando también.

–¿Por qué?

–No lo sé, Tue. Creo que no me lo merezco. No le he hecho mucho caso a la abuela en sus últimos años.

–¿Cómo ibas a saber que eran los últimos?

–Cuando la gente es mayor, eso se sabe.

Los demás nos levantamos y salimos detrás del ataúd. Lo metieron en un hoyo mientras cantábamos «La pena y el gozo marchan de la mano». Muchos se habían dejado en la iglesia el librito de los himnos, así que solo se oía a O.P. y al pastor. Me quedé junto a la tumba de la abuela con mis hermanos y con todos los del pueblo, mirando el fondo del alargado hoyo. Era muy hondo. Después nos colocamos en una fila y dimos la mano a todos los asistentes.

–Mis condolencias –me decían los del pueblo, y yo les daba las gracias.

Después estuvimos un rato mirando la tumba. El pastor se

acercó a hablar con O.P., le estrechó la mano y le puso la otra encima.

–¿Nos vamos ya? Hace un frío que te cagas con este viento –dijo mi madre mirándonos.

–Sí, sí, vámonos de aquí –dijo mi padre, y echaron a andar los dos hacia el camión.

–¡Esperad, esperad, esperad! –gritó una voz. Era una vocecilla tenue y suplicante, me costó reconocer que era la de O.P.–. Hay café en casa, os tomaréis un café, ¿no? Vamos.

Yo llevaba mucho tiempo sin ir a su casa. O.P. preguntó si alguien necesitaba transporte, pero mi padre dijo que no, aunque no cabíamos todos en el camión. Bajamos la cuesta y aparcamos al borde de la carretera, delante de su vieja casa. Dentro, todo era silencio. De pie en la cocina, la tía Chiqui lloraba mientras se hacía el café. Me senté en el sitio de mi abuela en el sofá esquinero beis y saqué un cigarrillo del bolsillo interior de mi chupa de cuero. Me lo puse entre los labios.

–Eso es, Tue, como lo habría hecho Ruth –dijo O.P. sonriéndome.

Pero yo no conseguí devolverle la sonrisa, era un mal día.

–Al final nunca fuimos al mar del Norte –probó a decirme mientras abría un cajón de la cómoda.

–No pasa nada –contesté.

Me dio un mechero metálico.

–Era de Ruth, enciéndelo con él –dijo.

Cogí el mechero con una sonrisa, encendí el cigarrillo y me lo guardé en el bolsillo. Sería mi herencia, pensé. Eché un vistazo por la habitación. Era extraño pensar que ella ya no estaba. Entonces me fijé en que los estantes de vídeos de la esquina estaban vacíos.

–¿Dónde están todas las películas? –pregunté.

–Las he vendido –dijo O.P.–. Era Ruth quien las veía, y en la tele están todo el día echando unas pelis buenas de cojones. Podré vivir sin ellas. Bueno, ¿y tú qué tal, Tue?

–Pues, aparte de que se ha muerto la abuela, muy bien.

–Sí, claro.

–¿Qué tal estás tú?

–Me voy recuperando de la operación. Ahora solo tomo productos light. Pero no hablemos de eso ahora. Estamos aquí para recordar a Ruth.

–Siempre se van los mejores –dijo mi madre.

–¿Qué coño quieres decir con eso? –preguntó la tía.

–Nada. Son cosas que se dicen.

–¡La muerte no respeta a nadie! –dijo la tía.

Aún había grandes huevos de Pascua colgando del techo. Giraban un poco cuando todos hablaban a la vez. Seguramente a O.P. le había dado pereza quitarlos, pensé, seguro que se quedaban colgando hasta que se muriera. Estaba sentado a la mesa, leyendo las tarjetas de pésame. Había llegado una de alguien que no conocía. En la firma ponía solo «Nielsen». Empezó a buscar en el listín telefónico.

–Nielsen, ¿quién coño será? –dijo hablando solo.

–No sé –contestó la tía como si le hablase a ella.

–¿Será la gorda esa de Jebjerg? ¿Ese tapón con el que me encuentro siempre que voy a la tienda?

–No sé –volvió a decir la tía.

O.P. cerró el listín enseguida.

–Bueno, qué más da, aunque es un detalle por parte de esa mujer haberse acordado de mí.

–O de ese hombre. Pero sí –dijo la tía y pasó un termo con café y una bandeja de bizcocho alrededor de la mesa.

O.P. dio unos golpecitos en su taza con una cucharilla y se puso en pie.

–Tengo un sencillo deseo, que guardemos un minuto de silencio por Ruth –dijo.

–Qué buena idea –dijo la hermana de O.P., que tenía las manos entrelazadas–, qué bonito–.

Los demás asintieron y yo me puse derecho. Nina y Morten se daban pataditas por debajo de la mesa.

–¿Alguien puede contar el tiempo? –preguntó mi madre con expresión ausente.

Un gruñido de la tía Chiqui fue la única respuesta.

–Si nadie tiene nada más que añadir, vamos a guardar un minuto de silencio –dijo O.P.

Empecé a llevar la cuenta mentalmente. «Uno, dos, tres, cuatro, cinco, seis…». Los observé a todos, había algo raro en mi familia cuando nadie hablaba. Cuando iba por veinticuatro, O.P. levantó la cabeza.

–Gracias. Muchas gracias a todos –dijo.

Se echó más café en la taza. El resto de la familia hizo lo mismo.

O.P. fue al otro extremo del salón y empezó a hurgar detrás de una cómoda. Sacó una pila de álbumes de fotos viejos y los dejó en la mesita del sofá. Detrás de ellos apareció una caja de caudales de color azul. La levantó por el asa y se oyó un tintineo de monedas. Luego miró a toda la familia y empezó a deambular por el salón con la caja debajo del brazo. Carraspeó un poco.

–Supongo que sabéis que todo esto no ha salido precisamente barato –dijo–. Y se me ha ocurrido que no estaría mal que hicierais una pequeña aportación para el ataúd y las flores.

Chiqui sacó unos billetes de la cartera que llevaba en el bolsillo de atrás.

–Toma, querido papá.

Juntó los billetes y se los dio. Lo mismo hicieron algunos más.

–Ya solo faltáis vosotros, Lonny.

O.P. miró a mi madre, que estaba a la cabecera de la mesa.

–No llevo más que esto –dijo ella, y le dio varios billetes de cien coronas.

–¿A ti te parece normal? –protestó O.P.–. Es el entierro de tu madre. ¿No piensas contribuir?

Mi padre carraspeó. Se levantó de la silla y meneó la cabeza a un lado y otro.

–Déjalo –le dijo mi madre en voz baja, tirándole del brazo–. Déjalo, Lars.

Mi padre salió al pasillo. La puerta de la calle se cerró de un portazo. Todos se miraron.

–¿Bizcocho? –preguntó la tía Chiqui, con la voz ahogada por las lágrimas.

–¡Yo! –contestó Nina.

Y la tía cortó un trozo y se lo pasó en un plato. Mamá tenía la mirada perdida.

–Bueno, bueno –dijo O.P.

Al cabo de un rato volvió mi padre. Traía mil coronas en la mano y le dio el billete a O.P.

–Con esto debería quedar zanjado –dijo.

O.P. sonrió, lo guardó en la caja de caudales y giró la llave en la cerradura.

53

Llovía casi todos los días, pero de vez en cuando salía el sol, asomando a destellos. Las vacaciones de verano no habían durado mucho, pero ya se estaban haciendo largas. Iben estaba en Turquía con su madre. Iban a hacer senderismo por las montañas y a ver la Mezquita Azul de Estambul. Me había enseñado fotos en un catálogo de una agencia de viajes. «Unas vacaciones de las que no querrás volver», ponía en la portada. Me habría encantado ir con ellas, yo también quería ver mundo, pero, claro, antes tienen que invitarte. Mi acuario empezaba a llenarse de guppies muertos flotando. Solo quedaba uno azul que nadaba en círculos. Llevaba ya mucho tiempo sin echarles de comer. Había un olor espantoso por toda la habitación. Mi padre se había tomado unos días de vacaciones con la intención de dedicarlos a arreglar la casa. Ya había empezado a hacer reparaciones en el balcón. Si un día había que vender la casa, vendría bien decir que tenía uno. Un balcón significa vistas, decía mi padre, y eso aumentaría el valor de la casa. Había arrancado toda la barandilla y estaba poniendo tablones nuevos. Nina y yo nos subimos unas sillas para verlo trabajar. Ella se sentó a mirar en la mitad que ya estaba terminada. Mi padre nos decía que tuviésemos cuidado; aunque no lo pareciera, estaba muy alto.

–Va a quedar bien el balcón –dije.

–Desde luego –dijo él.

–Mucho.

–Tenemos que poner unos muebles de jardín. Así podremos tomar el café aquí fuera por las mañanas.

–Sí. Suena estupendo, papá.

–Aunque en este lado de la casa nunca da el sol.

–Qué más da el sol –dije–. De todas formas, se está muy bien.

Estaba de rodillas con la taladradora bien agarrada, pero los tornillos se resistían a fijarse en la estructura de madera de la casa. Estaba podrida por varios sitios.

–Menuda mierda –protestó–. Habría que cambiarlo todo.

Llevaba el mono abierto por delante. El sudor le brillaba entre los pelos del pecho. Tenía las arrugas de la frente llenas de tierra. En cierto modo, parecía un vaquero.

Yo aún no le había devuelto a Iben las Ray-Ban después del entierro, y ahora estaba jugando a su Gameboy con ellas puestas. No entendía por qué me había prestado las mejores cosas que tenía. Pensaba devolvérselas en cuanto nos viésemos después de las vacaciones.

Mi padre volvió a probar con un tornillo, pero la taladradora se le escurrió de las manos.

Una llovizna empezó a salpicar el aire y a colarse en el balcón cubierto. Me guardé la Gameboy debajo de la ropa para que no se mojara.

–Es un auténtico verano danés de mierda, no hay dios que atornille con esta lluvia.

–Seguro que lo consigues –le animé.

–Ya veremos –dijo él–. ¿Y tú por qué cojones llevas gafas de sol con la que está cayendo?

–Es que hace un momento no llovía.

–¿Y por qué hostias no te buscas un trabajo de verano en vez de estar ahí papando moscas? No estaría mal mientras esperas a que empiecen esos cursos tuyos para catedrático o lo que quiera que sea que vas a estudiar.

–No me importaría.

–Pues empieza a buscar algo de una vez, que ya estás mayorcito –dijo.

–Que sí, que sí.

–¡A mí no me des la razón como a los tontos!

–Que vale, que voy a buscar.

–¡Bueno!

Había algo frágil en el verano. Podía echarse a perder en cualquier momento por culpa de todo el tiempo que de pronto tenía que pasar. No es bueno cuando nadie puede hacer que pase el tiempo. Mi madre se pasaba el día encerrada en el despacho, jugando. Iba en bragas, hacía demasiado calor para ponerse algo más. Mi padre decía que no contásemos con que fuese a mejorar. Después de la muerte de la abuela, le habían dado unas pastillas nuevas. Ella decía que no era la de siempre, pero eso yo ya lo sabía. Mi padre pensaba que comprar todas esas medicinas era tirar el dinero, estaba claro que no funcionaban. Habíamos empezado a vender cosas. Al tío Chresten no le parecía buena idea que apostásemos por la agricultura. Había gente que entendía más de eso, le dijo. Mi padre se había cabreado tanto con el tío que le gritó y le insultó, y ahora la yaya llamaba todos los días.

–¿Me pasas a tu padre? –preguntaba al otro lado de la línea, pero yo mentía y decía que no estaba. A veces colgaba sin más ni más.

Le habíamos vendido todas las tierras a Cola-Kim. También habíamos vendido los animales. Había venido a buscarlos un camión enorme. No se llevaron los perros. Mi padre había encontrado otro trabajo, en una granja de visones. Ya llevaba unas semanas y decía que le encantaba. Después del primer día volvió contando que el trabajo con visones era un proceso muy simple. Al principio los miman, les dan de comer y los cuidan por un tiempo. Luego escogen los mejores para los peleteros. Cuando ya han sido elegidos, los gasean y luego los aplastan con un rodillo, los desuellan, curten la piel y se la venden a la industria de la moda, que a su vez la vende por todo el mundo.

–Estamos hablando de miles de millones –dijo.

Pero yo no le veía la emoción. El olor a visón muerto era tan fuerte que lo traía en la ropa al volver a casa.

Ahora estaba en el balcón, hundiendo la taladradora una y otra vez en la madera podrida. No conseguía que la cosa cuajase.

–¡Mierda de madera vieja! –dijo hablando solo.

Se detuvo bruscamente y todo quedó en silencio. Dejó la taladradora y se secó la mano en el mono. Yo aparté la vista de la Gameboy de Iben y vi que mi padre estaba mirando a Nina.

–¿Quieres hacer una cosa muy divertida? –le preguntó.

Ya tenía seis años, pero aún no hablaba bien. Iba al logopeda.

–¡Sí! –contestó.

–Ve a ver a mamá y dile que me he caído desde el balcón y me he matado –le dijo muerto de risa.

–¡No, papá! –balbució ella. Parecía incómoda.

–No tienes por qué hacerlo –le dije yo.

–Tú cierra la boca, imbécil –me dijo mi padre–. Venga, ve.

Nina bajó por las escaleras, cruzó el salón y entró corriendo en el despacho, donde nuestra madre estaba sentada frente a la luz azulada de la pantalla

–¿Qué pretendes? –le pregunté a mi padre, sintiendo que un sudor frío me corría por la espalda.

–Cállate la puta boca por una vez en la vida –contestó.

No valía la pena empezar una discusión.

Mi madre subió en bragas hasta el balcón. La grasa de los muslos le retemblaba al andar. Se había puesto fofa últimamente. Mi padre la señaló partido de risa.

–Para que aprendas, carajo –siguió riéndose.

Mi hermana también se empezó a reír. A mi madre se le heló la mirada. Se quedó con medio cuerpo en el balcón, en bragas, mirándole fijamente. Luego entró y se tumbó en la alfombra, en el más absoluto silencio. Los perros estaban abajo, al pie de las escaleras, dando golpes con las patas en los peldaños inferiores, porque tenían prohibido subir. Nina se acercó a mi madre, pero ella le gritó.

–¡Apártate de mí! –le chilló.

Y entonces rompió a llorar. Era un llanto incontrolable que no podía parar y que retumbaba por toda la casa.

–Pero ¿qué coño te pasa? –gritó mi padre desde el balcón–. Estás totalmente desquiciada.

–Mamá está triste –dijo Nina.

Mi madre empezó a rodar por la alfombra. Las mejillas se le pusieron rojas por el roce.

–Pero si solo ha sido una broma –soltó mi padre. Seguía riéndose como si no pudiese parar. Sus carcajadas parecían llegar desde todas partes, rebotando en las vigas y esparciéndose por los campos.

Mi madre seguía en el suelo, llorando.

–Os odio –sollozaba–, os odio a todos.

–Calma, hostias. Que no me he muerto –le gritó él.

Al fin logró controlarse, se puso en pie y empezó a bajar las escaleras. Supuse que iría a encerrarse otra vez en el despacho. Intenté ir a ayudarla, pero mi padre se cabreó.

–No te muevas de aquí hasta que no se le pase la histeria –gruñó, así que me quedé en el balcón.

Al rato la vi en el patio. Se había puesto el chándal y llevaba la cartera en la mano. Fue hasta el camión, abrió la puerta y se subió. Arrancó. El motor rugió un par de veces antes de ponerse en marcha, avanzó por la grava y pasó por delante del balcón. Aceleró por el camino de entrada con los perros corriendo como posesos tras las ruedas traseras, babeando y ladrando. Mi padre se quedó mirando, eso fue todo. Una nube de polvo se levantó detrás del camión, que se convirtió en un puntito naranja en el horizonte y terminó por desaparecer al otro lado de la colina.

–Pero ¿qué cojones hace? –gritó mi padre desde el balcón soltando los tornillos que tenía en la mano. Sonaron como disparos al caer en el balde de zinc que había junto a la casa–. ¿Hola? –gritó levantándose y dirigiéndose a las escaleras.

–Se ha marchado –dije.

–No estoy ciego, idiota. Seguro que ha ido a buscar algún maromo que la consuele.

Los perros entraron en casa, habían desistido de perseguir al camión y estaban otra vez gañendo al pie de las escaleras. Nina estaba sentada en su silla junto a la puerta, columpiando un pie. Me toqué el sobaco, estaba empapado. Morten salió de su cuarto. Había oído el camión.

–¿Adónde ha ido mamá? –preguntó, pero mi padre no contestó: no podía hacerlo.

Mi padre ya no habló más; si lo hizo, yo desde luego no lo oí. Se quedó allí de pie, mirando al vacío. Respiré aliviado. Sabía que algo acababa de terminar. Terminar y, en cierta forma, que no había hecho más que empezar, porque mamá iba a volver a buscarme, eso estaba claro. Pensé en Iben. Había prometido mandarme una postal de su viaje. Ahora no me llegaría, porque cuando volviese de sus vacaciones lo más seguro era que yo también me hubiese marchado. Esperaba que no le sentara muy mal, ya volveríamos a encontrarnos, los buenos amigos siempre lo hacen. Nos esperaríamos. Yo por lo menos la esperaría. Mi padre seguía con la mirada ausente. Yo sabía que mi madre iba a volver a buscarnos. Pensé en todos esos días que mi padre tendría que matar más solo que la una si nos largábamos todos. Serían muy monótonos. Le quedarían los perros, pero aún así. A lo mejor, cuando se despierte mañana, se encuentra la casa completamente vacía, pensé. El frasco de mostaza fuerte llevará en la mesa desde el día anterior. Se pondrá el mono azul y se comerá un trozo de pan con ensaladilla rusa o con queso. Se tomará un café y se fumará un cigarrillo que liará con la maquinilla que hay en la mesa del comedor. Algunas mañanas se dejará la cafetera encendida cuando salga por la puerta. Es despistado, y es una suerte que el cristal de la jarra no haya reventado nunca. Antes de irse les dará unas palmaditas a los perros sin nombre. A veces les hablará un rato, les dirá que tienen que cuidar la casa mientras él no está. Luego los encerrará para que no salgan y se irá a la granja de visones. Allí hará que pase el día gritando a unos animales que tampoco le contestan. No tiene compañeros de verdad. Solo hay un hombre que va por ahí dando vueltas con unos cascos puestos. Mi padre últimamente camina un poco encorvado, pero ya no cojea. Los únicos que cojean de verdad son los viejos y los minusválidos. Lo de ir encorvado son gajes del trabajo duro. Después volverá a la casa. Comerá unas rebanadas de pan con algo y se abrirá un refresco. Las prepara muy bien, sabe el orden perfecto en el que hay que ir colocando los ingredientes, y además le encanta el ruido que hacen las latas cuando las abres. A veces se sentará en el salón a ver el teletexto mientras cena. Luego apagará la tele y la desenchufará, no le gusta gastar electricidad dejándola en standby. Después saldrá del salón diciendo para sí: «Así estás de puta madre, viejo idiota». Se reirá un poco él solo y bajará al cuarto de baño a darse una ducha. Abrirá el grifo y dejará que el agua caliente le chorree encima. La mayoría de las tardes vaciará el calentador. Luego se pondrá un mono limpio y saldrá un rato a arreglar el jardín antes de que oscurezca. El sol a veces se pone de un rojo muy intenso cuando cae por encima de Nørre Ørum, como en las nanas antiguas. Algunas tardes quitará las malas hierbas, odia los hierbajos. Siempre arranca las ortigas con las manos, tiene muy gruesa la piel de los dedos, por eso puede hacerlo. Otras tardes se dedicará a arrastrar y amontonar toda esa chatarra que encuentra por ahí y que se lleva a casa en el camión. Una vez a la semana irá un chatarrero a recogerla. Luego le ingresará el dinero en la cuenta del banco al cabo de unos días, superrápido. El mercado de valores y esas cosas. El dinero cambia de manos a la velocidad del rayo, tal como decía el tío. En el suelo del salón tendrá puesto un enorme radiocasete. No lo usará demasiado, un regalo de un vecino majo. Él no escucha música, solo la radio. Tiene en la cara una cicatriz de una vez que se quemó con las chispas de una radial. Le saltaron a la frente. Y su pelo siempre está espeso por culpa del polvo, por más veces que se duche. Luego se irá a la cama. Algunas noches se dormirá en el sofá con la tele puesta. Se quedará dormido con la carta de ajuste y volverá a despertarse cuando terminen las emisiones, a las cinco y diez. Mi padre no se ha muerto.

Un agradecimiento muy especial a mis amigos y a mi madre.

Gracias a mi editora, Iben Konradi Brodersen. Gracias a Simon Fruenlund y a Ulla Ewald Stigel. Gracias a Henrik y a Mette por prestarme la casa de la orilla. Gracias a Susanne y a Jesper por darme ayuda y cobijo.

Y también doy las gracias a Hald Hovedgaard, por su refugio para escritores.

La frase «un crío sabe ya demasiado y al mismo tiempo casi nada de la muerte», que aparece al principio de la novela, me fue cedida gentilmente por Daniel Dencik.